KB130984

김상원 大河小說

야초 ❶

野草

— 굴곡진 소년기

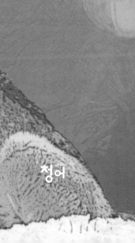

청어

野草(야초) ❶ 굴곡진 소년기

김상원 지음

발행처 · 도서출판 **청어**
발행인 · 이영철
영 업 · 이동호
홍 보 · 최윤영
기 획 · 천성래 | 이용희
편 집 · 방세화 | 이서윤
디자인 · 김바라 | 서경아
제작부장 · 공병한
인 쇄 · 두리터

등 록 · 1999년 5월 3일
(제321-3210000251001999000063호)

1판 1쇄 인쇄 · 2015년 3월 20일
1판 1쇄 발행 · 2015년 3월 30일

주소 · 서울특별시 서초구 효령로55길 45-8
대표전화 · 586-0477
팩시밀리 · 586-0478

홈페이지 · www.chungeobook.com
E-mail · ppi20@hanmail.net
ISBN · 979-11-85482-90-3(04810)
　　　 979-11-85482-83-5(세트)

이 도서의 국립중앙도서관 출판시도서목록(CIP)은 서지정보유통지원시스템 홈페이지
(http://seoji.nl.go.kr)와 국가자료공동목록시스템(http://www.nl.go.kr/kolisnet)에서 이용하실 수
있습니다.(CIP제어번호: CIP2015007021)

野草

야초 **①**

– 굴곡진 소년기

작가의 말

　소설을 쓰기 전에 어떤 소재를 가지고 어떤 주제로 소설을 쓸까 고심하는 것이 대부분의 작가일 것이다. 필자가 문학도로서 소설가의 꿈을 키울 60년대엔 한국의 유명 소설가 중 이광수의 『무정』, 『사랑』, 『흙』, 정비석의 『자유부인』, 『성황당』, 김래성의 『인생화보』, 『청춘극장』, 방인권의 『벌레 먹은 장미』 등 소설들은 재미가 있어 밤을 새워 읽기도 했다.

　그러나 요즈음의 추세는 문학적인 면에 비중을 둔 소설을 많이 발간하고 있다. 그 결과 문학에 조예가 있는 소수의 독자들만 구독함으로 소설이 잘 팔리지 않아 전업 작가가 극소수다. 돈이 안 돼 생활이 어렵기 때문이다. 소설을 읽기보다 대부분 드라마나 영화를 본다. 소설이 독자에게 가까이 다가가기 위해서는 첫째로 재미가 있어야 한다는 작가들 대부분 자성의 소리가 높아지고 있다. 그래서 필자는 독자를 소설로 끌어들이는 대중소설을 쓰려고 했다.

　본 소설 『야초』 대하소설 5부작은 독자들에게 재미와 감동 그리고 긴장감과 박진감이 넘치는 무협소설에 순애보적인 애정을 접목한 소설이다.

　일제강점기 때 만주에서 독립운동을 하다 돌아가신 백야 김좌진 장군의 아들, 해방 전후 한국 건달세계의 거두 김두한이 남긴 주먹.

의 전설을 드라마로 엮은 〈야인시대〉가 2002년 방영되었다. 그때 야인시대는 대단한 인기가 있어 드라마가 방영되는 시간엔 거리에 사람이 한산하다고 뉴스에서 말할 정도였다. 그리고 1억 2천3백7십만 부의 경이적인 판매고를 기록한 일본의 작가 에이지 요시까와(吉川英治)의 무협소설 『미야모토 무사시(宮本武藏)』가 한국어로 번역되어 또한 많은 판매고를 올렸다. 필자는 드라마 〈야인시대〉를 즐겨 시청했고 『미야모토 무사시』 전권을 밤을 지새우며 탐독했다. 그 역작에 감동했다.

필자는 〈야인시대〉와 『미야모토 무사시』 같은 재미있는 소설을 쓰고 싶어 5부작을 계획하고 집필을 시작하여 12년 만에 탈고했다.

날치기에 의해 부모를 한꺼번에 잃은 12살의 소년 고인범은 아버지의 시신 앞에서 아버지의 원수를 갚겠다고 맹세했다. 어린 시절 추위와 배고픔으로 눈물겨운 처절한 굴곡진 삶을 살면서 오직 아버지의 원수 갚음만 생각했다.

필자는 주인공 고인범이 성인으로 성장하면서 범죄인들에게 짓밟히는 약자를 돕는 싸움꾼의 삶과 휴머니즘적인 삶을 엮었다.

김상원

野草(야초) ❶
굴곡진 소년기

차례

한의 서막

1

1979년 11월 가을의 끝자락, 여름 내내 푸름을 뽐내던 가로수 잎들이 무서리를 맞고 떨어져 스산한 가을바람에 나뒹구는 거리는 삭막하고 을씨년스러웠다.

인구 천만 명이 넘는 대도시 서울. 금방이라도 비가 내릴 것 같은 음산한 하늘에 비를 머금은 짙은 매지구름이 낮게 깔려 있었다.

서초구 대로변을 끼고 즐비한 빌딩숲들이 위용을 떨치며 하늘을 찌르고 있는 도로엔 차들이 긴 꼬리를 물고 느리게 움직이고 있으며, 인도엔 사람들로 넘쳐 나고 있었다. 연한 벽돌색깔의 교보생명 빌딩과 나란히 붙은 상업은행 건물 앞에, 인상이 험악하게 생긴 세 명의 사나이들이 담배를 피우며 밀담을 나누고 있었다.

그들의 눈은 쉴 새 없이 희번덕거리며 가방이나 쇼핑백을 들고 은행을 드나드는 사람들을 세밀하게 훑고 있었다. 그들 세 명은 하나같이 군살 하나 없는 날렵한 몸매이고, 손에는 아무것도 들고 있지 않았다. 간편한 옷차림에 머리 스타일도 생김새도 한결같이 범죄형들이었다. 두 사내는 이십 대 중반이고, 한 사내는 삼십 대 중반으로 보였다.

그렇다. 그들은 뾰족이파 두목 김일과 안테나(망보기)와 바람잡이 역할을 하는 최달준, 기술자 오상철이었다. 그들은 은행 앞에서 범죄 대상을 물색하고 있는 소매치기와 날치기가 전문인 범죄 조직의 일원이었다.

날치기들이 서 있는 옆으로 건장한 삼십 대 중반의 잠바 스타일 남자 네 명이 이야기를 나누며 지나가는 것을 우연히 본 안테나 최달준이 찔끔 놀라더니 급히 고개를 돌렸다. 그들은 경동경찰서 강력계 형사들이었다. 우범자들이나 범죄인들은 언제나 강력계 형사들을 피해야 했고, 그들과 마주치는 것을 껄끄러워했다. 형사들이 지나가자 최달준이 그들의 뒷모습을 이빨을 지그시 깨물며 쩨려보았다. 지난번 강 형사에게 고문을 당하고 감옥에 수감된 원한 서린 기억이 되살아났기 때문이었다.

"형님, 저기 가는 놈들이 악질 짭새들이에요."

"그래, 우릴 봤어?"

"아니 못 봤어요. 자기들끼리 이야기를 나누며 갔으니……. 악질 강 형사 저 새끼 언젠가 물 좀 먹여야겠어요."

말을 하던 최달준이 막 은행 문을 밀치고 한 손에 열두어 살 정도의 사내아이의 손을 잡고 나오는 키가 큰 남자가 든 보따리에 시선을 딱 멈추었다. 최달준은 작은 눈을 더욱 작게 뜨고 눈알을 굴리며 관찰을 하더니, 그들이 찾는 먹잇감임을 확인하고 검지로 두목의 옆구리를 쿡쿡 찌르며 턱짓을 했다. 두목 김일은 중년의 남자와 보따리를 유심히 살피더니 눈빛이 빛났다. 두목은 고개를 두 번 천천히 끄덕이며 짤막하게 말했다.

"붙어라."

그들 세 명은 피우던 담배를 단장한 지 얼마 안 된 연한 녹색 보도블록에 동시에 던졌다. 날치기들이 버리고 간 세 개비의 담배에서 하얀 연기가 가느다랗게 긴 꼬리를 만들며 피어오르고 있었다. 한 행인이 구둣발로 연기가 피어나는 담배를 밟아 비벼 끄고 지나갔다.

날치기들은 적당한 곳에서 날치기를 하기 위해 주위를 두리번거리며 아이를 데리고 가는 중년 남자를 미행했다.

올해 서른여덟 살이 된 고팔도는 걸대가 장대했다. 젊어서는 마을에서 제일가는 씨름꾼이었다. 면, 아니 군 전체에서도 고팔도 장사를 당할 사람이 없었다. 씨름 시합이 벌어졌다 하면 어김없이 일등을 하여 상금으로 황소를 타 오곤 했었다. 그러다 나이가 서른이 넘으면서 씨름도 젊은 장사들에게 밀리지 않을 수 없었다.

고팔도는 몇 안 되는 논밭떼기로 구메농사를 지었지만 살기가 어려웠다. 그래서 서울로 솔가(率家)하기로 결심하고 시골의 논밭을 팔고 한 달 전 서울의 달동네라고 부르는 봉천동에 살림방이 딸린 가게를 계약했다. 오늘이 잔금 치르는 날이라 가게를 판 주인이 현금이 일부 필요하다고 하여 은행에서 돈을 찾아가는 길이었다.

고팔도는 날치기들이 자신을 미행하는 것을 알지 못하고 현금이 든 보따리를 왼손에 움켜쥐고 오른손엔 아들 인범의 손을 잡고 걸어가고 있었다. 잔금을 지불하면, 비록 달동네지만 시골이 아닌 서울에서 장사를 하며 살아갈 수 있을 것이라는 부푼 꿈에 들떠 있었다.

"아빠, 이젠 우린 가게를 하며 사는 거예요?"

"그럼, 오늘 잔금을 주고 나면 우리 가게야. 엄마는 가게를 보고 아빤 연탄 배달을 하는 거야. 인범아, 너도 학교에서 돌아오면 엄마를 도와드려야 한다."

"네, 아빠."

아이의 손을 잡고 가던 고팔도가 전자제품들이 진열된 상가 오른쪽 길을 꺾어 들었다. 뒤를 따르던 날치기들도 꺾어 들었다. 사람들의 왕래가 많은 길 양쪽 상가가 즐비하게 늘어서 있는 쇼윈도에 고급 상품들이 진열돼 있었다. 한낮인데도 구름이 잔뜩 낀 날씨라 스포트라이트에 비친 의상들과 고급 핸드백과 안경 등이 더욱 고급스럽게 보였다.

2

상가를 조금 지나자 사람들의 왕래가 뜸해진 곳이었다. 두목 김일이 부하들에게 턱짓으로 날치기를 하라는 신호를 보냈다. 바람잡이 최달준이 기민한 동작으로 앞으로 뛰어나가며 고팔도의 어깨를 강하게 부딪쳤다. 고팔도는 갑자기 부딪치는 충격에 넘어질 듯 몸이 기우뚱 하더니 가까스로 중심을 잡고는 자신에게 부딪친 사람을 노려보며 빠르게 상황 판단을 했다.

고팔도는 무의식적으로 손에 든 보따리를 단단히 움켜잡았다. 최달준은 보따리를 낚아채려는 첫 시도가 실패하자 두목 김일과 오상철이 합세하여 완력으로 보따리를 빼앗으려고 했다. 고팔도는 자신에게 부딪친 젊은 사내가 보따리를 빼앗으려는 것을 알고 왼손으로 보따리를 가슴 깊이 품으며 자신을 공격하는 사나이들을 무섭게 노려보았다.

고팔도는 건장한 체격만큼 힘도 대단했다. 고팔도는 자신을 에워싸고 덤벼드는 세 명의 사나이들이 자신이 들고 있는 보따리를 노리는 날치기들임을 확인하고 방어태세를 취했다.

아버지의 손을 잡고 따라가던 인범이는 화들짝 놀라 무슨 일이 일어나고 있는지 몰라 어리둥절한 표정으로 아버지에게 덤벼드는 괴한들을 노려보았다.

고팔도는 재빠른 동작으로 앞쪽에서 덤벼드는 괴한의 멱살을 잡아 무서운 힘으로 저만치 던져 버렸다. 나가떨어져 넘어진 최달준이 날치기답게 잽싸게 일어났다. 일어나는 최달준의 얼굴이 험악하게 일그러져 있었다.

"이 새끼가……."

최달준은 품 안에서 면도칼을 꺼내어 날을 폈다. 시퍼런 날이 섬뜩하리만치 날카로웠다. 고팔도에게 동료 최달준이 나가떨어지자 두목 김일과 오상철도 거의 동시에 면도칼을 꺼내었다. 시퍼런 면도칼을 세운 세 명의 날치기가 고팔도를 에워싸며 다가섰다. 어린 인범은 날치기들이 아버지의 돈을 빼앗으려는 것을 알고 두려움에 벌벌 떨고 있었다.

"날치기들이다!"

구경꾼들 속에서 소리를 지르는 사람이 있었다.

날치기들의 행동이 시작된 지 채 일 분도 안 된 시간이었는데 길을 가던 사람들이 일시에 몰려들어 날치기들과 고팔도를 에워쌌다.

날치기들은 일순간에 상대가 가진 핸드백이나 물건을 빼앗는 것이 특기인데 건장한 사나이가 보따리를 움켜쥐고 대항을 하니 무작정 칼로 난도질을 할 수도 없어 당황하고 있었다. 그냥 달아나긴 아쉬움이 컸다. 사내가 움켜쥐고 있는 보따리가 돈이라는 것을 확신한 이상 포기할 수가 없었다. 조급해진 두목 김일이 서둘기 시작했다.

"경찰들이 오기 전에 빨리 해치우고 뜨자."

세 날치기가 일시에 면도칼을 휘두르며 압박했다. 고팔도는 날림을 당하지 않으려고 면도칼을 이리저리 피하지만 점점 좁혀 오는 칼날을 피하기가 어려웠다. 고팔도는 품에 안았던 보따리로 칼날을 막았다. 몇 차례 보따리에 면도칼이 스쳤다. 그 스친 곳이 벌어지면서 지폐 몇 장이 땅에 나풀거리며 떨어졌다. 돈이 떨어지는 것을 본 고팔도는 보따리를 다시 품에 안았다. 그 순간 날치기 최달준이 고팔도의 왼쪽 뺨에 면도날을 그었다. 칼날은 고팔도의 살이 깊은 뺨을 파고들었다. 금세 붉은 피가 묻어 나왔다.

"아, 피!"

사람들의 입에서 비명이 터져 나왔다.

"아빠!"

공포에 질린 인범이가 비명을 질렀다.

얼굴에 피를 덮어쓴 고팔도는 보따리를 움켜쥐고 칼날을 피하기에 급급했다.

"우리 아버지 살려 주세요! 우리 아버지 살려 주세요!"

인범은 울면서 이 청년 저 청년들의 옷을 마구 흔들며 아버지를 살려 달라고 울부짖었지만 어느 누구도 도와주려고 나서는 청년이 없었다. 구경꾼들 중에는 대학생들로 보이는 젊은 청년들이 있었지만 도움은커녕 경찰에 연락하려는 사람마저 없었다. 오히려 좋은 구경거리를 놓치지 않으려고 호기심 가득한 눈으로 구경만 하고 있었다.

안타까운 도시인의 현명한 개인주의, 남의 위험한 싸움판에 관여하지 않으려는 공식을 철저히 실천하는 비겁한 목격자 무기력한 구경꾼으로, 방관자로 남았다. 모두 힘을 합치면 단 세 명의 날치기들을 격퇴할 수 있는데도 나서는 사람 하나 없었다. 있다 하더라도 동조자들이 선뜻 나설 것 같지 않았다.

정의가 실종된 사회, 이를 이용하는 흉악범들의 날뜀이었다. 사람들은 드라마가 아닌 가증한 살상이 저질러지고 있는 스릴 만점의 생동감과 현장감이 넘치는 구경만은 놓치지 않으려고 가장 가까운 곳에 모여들었다. 도시인들은 그래도 일말의 양심은 있는지, 이마를 찌푸려 주는 동정의 표정만은 던져 주고 있었다.

정의감은 있으나 힘이 없는 한 부인이 차마 눈뜨고 볼 수 없는 참렬한 광경에 비명 같은 소리를 질렀다.

"청년들이 힘을 합쳐 저분을 도와주세요!"

피를 토하는 절규이었지만 건장한 남자들도 청년들도 방관자가 되고 구경꾼으로만 계속 남아 있었다. 어느 누구도 날치기들의 무서운 눈초리와 날카로운 면도칼의 위협에 감히 나서지 못하고 있었다. 그 많은 구경꾼들이 아무도 자신을 도와주지 않자 고팔도는 공포로 몸을 떨며 저항이 느슨

해졌다. 이때를 놓치지 않고 맨 앞에서 면도칼을 휘두르던 두목 김일이 고팔도의 왼쪽 눈을 향해 필살의 칼날을 깊숙이 그었다.

"아악!"

"악!"

고팔도와 사람들의 입에서 비명이 동시에 터져 나왔다.

고팔도는 한 손으로 칼날이 스쳐간 왼쪽 눈을 움켜잡으면서도 한 손에 쥔 보따리는 놓지 않았다. 왼쪽 눈에서 피가 낭자하게 흘러나와 앞이 잘 보이지 않았다. 고팔도는 더는 버티지 못하고 스르르 주저앉았다. 이때를 놓치지 않고 두목 김일이 구둣발로 앉아 있는 고팔도의 턱을 강하게 걷어 찼다.

"퍽!"

수박 깨어지는 소리가 둔탁하게 났다. 얼굴에 피를 덮어쓴 고팔도는 보따리를 움켜쥐고 땅에 바짝 엎드며 황소울음을 토했다.

"누가 도와줘요! 도와줘요! 이 나쁜 놈들!"

그러나 눈살을 찌푸리고 있는 구경꾼들은 여전히 구경꾼으로만 남아 있었다.

날치기들이 보따리를 빼앗으려고 하여도 얼마나 강하게 보따리를 움켜 쥐고 땅에 바짝 엎디어 뻗대는지 쉽게 빼앗을 수가 없었다.

"안 된다, 이놈들아! 안 된다, 이 날강도 놈들아!"

"이 바보 같은 새끼가 죽어야 내어놓겠어."

세 날치기들이 일시에 구둣발로 엎디어 있는 고팔도의 옆구리와 가슴을 마구 걷어찼다.

이때다. 인범이가 토끼처럼 빠르게 뛰어나가 자기 아버지를 걷어차고 있는 한 날치기의 다리를 끌어안고 허벅지를 힘껏 깨물었다.

"아얏!"

아이에게 허벅지를 물린 날치기 최달준이 비명을 질렀다. 인범은 날치기의 허벅지에 이빨을 깊이깊이 박았다.

"아악! 이 아이 떼어 줘!"

날치기가 비명을 지르자 오상철이 최달준의 허벅지를 물고 있는 인범이를 떼어 내었다. 그러나 인범이는 악착같이 사나이의 허벅지를 감아쥐고 이빨을 더욱 깊이 박고 떨어지지 않았다.

"아악! 빨리 떼어 줘!"

날치기 오상철이 면도칼을 땅에 놓고 두 손으로 인범이의 좁은 어깨를 움켜쥐고 힘껏 당겼다. 그제야 인범은 떨어졌다. 인범의 입에 날치기의 찢어진 바지 조각과 살점이 물려 있었다. 날치기가 인범을 저만치 던져 버렸다. 인범이가 툭 하는 소리를 내며 땅에 떨어졌다. 이빨이 파고든 최달준의 허벅지에서 붉은 피가 솟아 나왔다. 나가떨어진 인범은 재빨리 일어났다. 웬만한 아이 같으면 떨어진 충격에 혼절을 하였을 것인데, 인범은 눈에 핏발을 세우고 일어나 다시 날치기들에게 덤벼들려고 하고 있었다.

이때, 한 청년이 인범을 와락 부둥켜안고 놓아주지 않았다. 아이가 날치기의 발길에 차이면 죽을 것 같았기 때문이었다.

"이거 놔요! 우리 아버지 죽어요!"

"얘야, 가만있어! 너마저 죽어!"

인범은 청년의 힘에 눌려 날치기들에게 덤벼들지 못하고 무서운 눈으로 날치기들을 노려보고 있었다.

이제 인범은 아버지를 살려 달라는 소리도 아버지를 부르는 소리도 지르지 않았다. 다만 입을 앙다문 인범은 아버지의 눈을 찌르고 발길로 턱을 찬 왼쪽 얼굴과 턱 사이에 깊은 흉터가 있고 유난히도 턱이 뾰족한 삼십 대 중반인 두목의 얼굴을 머리에 새기기 위해 무섭게 노려보고 있었다.

날치기들의 발길에 수없이 걷어차인 고팔도는 고통으로 얼굴이 일그러지더니, 그렇게 악착같이 움켜쥐었던 보따리를 스르르 놓았다. 날치기 최달준이 잽싸게 고팔도의 품에서 보따리를 낚아챘다. 틈이 벌어진 보따리에서 돈 몇 장이 떨어졌다. 두목 김일은 고팔도의 주머니를 뒤져 수표가 든 지갑을 빼어 자기 주머니에 급히 넣었다.

"빨리 뜨자."

두목 김일이 두 부하를 재촉했다. 날치기 세 명은 예리한 칼날을 휘두르며 구경꾼들을 위협했다.

"이 새끼들, 비켜!"

잠깐 사이에 겹겹으로 둘러쌌던 그 많은 구경꾼들이 시퍼런 칼날을 보고 일시에 흩어졌다. 날치기들이 부리나케 달아났다. 비명을 지르며 흩어지던 여자들 중에 넘어지는 여자도 있었다. 그 상황에서도 젊은 여자 한 명과 남자 몇 명이 떨어진 돈을 서로 먼저 낚아채려고 몸싸움을 하고 있었다.

인범은 얼굴과 눈에 피범벅이 된 아버지 앞에 주저앉아 울부짖었다.

"아버지! 아버지, 일어나세요."

고팔도는 고통으로 일그러진 피투성이의 얼굴로 힘없이 인범을 보면서 뜨겁고 진한 눈물을 주르륵 흘렸다. 호흡이 곤란한지 숨을 몰아쉬었다. 칼을 맞은 고팔도의 눈에는 피인지 눈물인지 분간할 수 없는 피눈물이 범벅이 되어 있었다. 그 형상이 차마 눈뜨고 볼 수 없는 처참한 참상이었다.

"인범아! 이젠 너희들과 엄마는…… 어떻게……. 그 돈은 그 돈은……."

아버지는 고통으로 얼굴을 찡그리며 호흡을 가다듬다 말고 갑자기 눈을 부릅뜨고 인범의 얼굴을 뚫어지게 보다 겨우 손을 뻗어 얼굴을 만지며 말을 했다.

"그 돈은 그 돈은……. 어린 너희들과 엄마를 두고……. 엄마 말 잘 들어, …… 인…… 범…… 아……."

말을 하던 고팔도가 힘없이 고개를 모로 떨어뜨렸다.

"아버지, 일어나요! 일어나 병원에 가요!"

인범은 아버지의 가슴을 흔들며 일으켜 세우려고 애를 썼다. 옆에 있던 청년 몇 명이 도와주었다. 고팔도를 일으키며 자세히 보던 한 청년이 말했다.

"얘야, 너희 아버지, 돌아가신 것 같다."

고팔도를 일으켜 세우던 청년들이 깜짝 놀라 고팔도를 자세히 보더니 일으키던 손을 멈추고 비켜섰다.

참독하고 잔인한 살인 행위였다.

"옛! 우리 아버지가 죽었다고요? 아버지, 아버지 일어나세요."

"얘야, 너희 아버진 돌아가셨다. 너희 아버지 눈을 감겨 드려라. 쯧쯧, 얼마나 원통하면 눈을 뜨고 죽을꼬?"

"아버지, 아버지! 죽으면 안 돼요. 엄마와 우린 어떡해요. 엄마, 엄마!"

이제 겨우 열두 살의 어린 인범은 아버지의 가슴에 얼굴을 파묻고 짐승처럼 울부짖었다.

구경하던 사람들이 어린아이의 처절한 절규에 눈시울을 붉히고 있었다.

잿빛 먹구름이 낮게 깔린 하늘에서 굵은 빗방울 하나가 싸늘하게 식어 가는 고팔도의 얼굴에 뚝 떨어졌다. 구경하던 사람들이 제 갈 길로 하나 둘 흩어지고 있었다. 여자들 대부분은 손수건으로 눈물을 닦았다. 한 여인이 앙칼지게 말을 했다.

"세상에 대낮에 사람을 죽이며 강도짓을 해, 죽일 놈들. 젊은 사람들이 모두 겁쟁이야, 우르르 덤벼들면 날치기 몇 명을 이길 수 있는데 구경들만 해."

오십 대의 여자가 젊은 청년들을 싸잡아 욕을 하며 갔다.

고팔도는 의협심이 없는 나약한 도시민들을 원망하며 서른여덟 살의 젊은 나이에 자식과 아내를 두고 이렇게 비명에 죽어갔다.

인범은 아버지의 가슴에 엎디어 오열하고 절규했다. 아무도 도와주지 않은 젊은 청년들이 원망스럽고 미웠다.

"아버지! 제가 자라서 반드시 아버지의 원수를 갚을게요! 나는 오늘 우리와 같은 처지에 있는 억울한 사람을 보면 목숨을 바쳐 꼭 도와줄 거예요, 아버지!"

인범은 울면서 멀거니 눈을 뜬 채, 동공이 흩어지고 피범벅이 된 아버지의 눈을 감기었다. 힘이 없는 인범은 아버지의 죽음을 속절없이 지켜만 보고 있을 수밖에 없었다.

어린 인범은 아버지의 시신을 부둥켜안고, 아버지의 원수를 갚고 오늘 자기들처럼 살려 달라고 절규하는 억울한 사람을 보면 외면하지 않고 목숨을 던져서라도 도와주겠다고 어금니를 깨물며 맹세를 하고 비를 머금은 검회색 먹장구름을 쳐다보았다.

남아 있는 사람들 십여 명이 눈물을 머금고 있었다. 신고를 받고 달려온 경찰차가 정지하고 경찰들이 급히 차에서 내렸다.

경찰들이 아직 자리를 떠나지 않은 사람들에게 정중히 부탁을 했다.

"죄송합니다. 직접 보신 사건을 이야기 해주시고 주소와 전화번호를 좀 알려주십시오."

분노에 찬 여러 사람들이 사건을 이야기 하고 주소와 전화번호를 알려주었다.

3

인범은 경찰관과 함께, 아버지가 은행에서 돈을 찾아오기를 기다리고 있는 여인숙으로 가 어머니와 두 동생과 함께 경찰차를 타고 냉기가 서린 병원 영안실로 갔다. 아버지의 시신은 흰 천으로 덮여 있었다.

　제 정신이 아닌 인범이 어머니는 영안실에 들어서자 굳은 얼굴이 더욱 굳어져 핼쑥한 얼굴로 경찰관을 쳐다보았다. 경찰관은 말없이 차가운 스테인리스에 눕혀진 고팔도의 시신을 덮어놓은 흰 천을 걷었다. 그 사이 병원에서 피범벅이었던 시신이 된 고팔도의 얼굴을 알코올로 깨끗이 닦아 놓았다.

　인범이 어머니는 얼굴이 퉁퉁 부어 있고 상처투성이인, 이미 시신이 된 남편의 차가운 얼굴을 넋이 나간 눈으로 바라보다, 눈동자의 초점이 이상해지면서 중심을 잃은 몸이 빙그레 반 바퀴 정도 돌더니, 시멘트 바닥에 머리가 먼저 쿵 하는 소리를 내며 뒤로 넘어졌다. 평소 심장병 병력이 있는 인범의 어머니가 남편의 죽음에 충격을 받은 것이다. 경찰관이 쓰러지는 인범이 어머니를 잡을 사이도 없었다. 시멘트 바닥에 심하게 머리가 부딪친 인범이 어머니는 금세 입에 거품을 뿜었다. 놀란 경찰관이 다급하게 인범이 어머니의 얼굴을 가볍게 때리며 불렀다.

　"아주머니! 아주머니! 왜 이래요. 정신 차리세요."

　인범이 어머니가 반응이 없는 것을 보고 경찰관이 급하게 문을 박차고 나갔다.

　어머니가 갑자기 쓰러지는 것을 보고 놀란 인범이가 어머니의 가슴을 흔들며 소리 내어 엄마를 불렀다.

　"엄마! 엄마! 왜 이래? 일어나, 엄마!"

　엄마의 가슴에 무너져 울부짖었다. 영문을 모르고 멍하니 서 있던 인철이와 인순이가 으앙 울음을 터트렸다.

　조금 후 가운을 입은 의사와 간호사가 급하게 들어오고, 뒤이어 경찰관과 구청 직원이 한꺼번에 들어왔다.

　의사가 인범이 어머니의 눈을 까뒤집어 작은 손전등으로 비추어 보고 청진기를 가슴에 대어 보더니 급히 상의를 벗기고 전기 충격기로 심폐소생술을 시도했다. 인범이 어머니의 몸이 용수철에 튕겨 오르듯 올라갔다 내려갔다 요동을 쳤다. 몇 번을 같은 방법으로 되풀이하던 의사는 고개를 가로저었다.

"쇼크사입니다. 그리고 뇌진탕으로 뇌에 심한 충격을 받은 것 같습니다."

의사는 이마에 흐르는 땀을 손으로 닦으며 나갔다. 그 뒤를 간호사와 경찰관과 구청 직원이 우르르 따라 나갔다.

얼마 후 구청 직원이 인범에게 다가왔다. 구청 직원의 얼굴은 무겁고 어두웠다.

"얘야, 안됐구나! 너의 어머니도 돌아가셨다."

"옛! 어머니도 죽었다고요?"

인범은 눈물이 한꺼번에 쏟아져 나왔다. 인범이가 우는 것을 본 인철이와 인순이도 격하게 울기 시작했다.

구청 직원이 아이들의 울음이 조금 꺾이는 것을 보고 연락할 가족이나 가까운 친척이 없느냐고 물었다. 인범은 고향에 고모가 있었지만 연락하고 싶지 않았다. 그보다 창졸간에 아버지, 어머니를 한꺼번에 잃은 충격에 정신을 차릴 수가 없었다.

4

어린 인범은 구청에서 매장이 아닌 화장으로 치러 주는 장례 절차를 순순히 따랐다. 아버지와 어머니의 장례는 그야말로 친척 하나 없는 초라한 장례였다.

화장을 끝낸 구청 직원이 인범을 지프차에 태워 한적한 한강변에 차를 세웠다. 차에서 내린 직원이 넓은 둔치 이곳저곳을 살펴보더니 "저곳이 좋겠군." 하고 앞장을 서 풀을 헤치고 내려갔다. 강강한 늦가을 강바람이 얇은 옷을 입은 인범의 몸을 파고들며 움츠리게 했다.

　인범은 인철이와 인순이를 힐긋 바라보았다. 얇은 옷을 입은 두 동생도 추운지 입술이 파랬다. 인범은 인순이의 손을 잡고 오동나무 상자를 목에 메고 길이 없는 풀을 헤치고 조심스럽게 아저씨를 따랐다. 인철이도 어머니의 유골을 메고 인범을 따랐다. 인범이와 인철이가 멘 아버지, 어머니의 유골함에 두른 흰 천이 더욱 희게 보였다. 도로에서 멀리 떨어진 인적이 없는 둔치였다. 주위에는 사람의 발걸음이 뜸한 곳이라 풀들이 무성하게 자라 있었다.

　강가에 도착했을 때 이곳저곳을 살피던 구청 직원이 한 곳으로 인범을 데리고 가 인범이에게 턱짓을 했다. 물결이 가볍게 나부끼는 한강 변이었다. 인범은 유골함을 내려놓고 인철이가 목에 걸고 있던 유골함을 받아 나란히 놓았다.

　보자기를 끌러 먼저 아버지의 유골이 담긴 상자를 열어 한약 봉지처럼 정성스럽게 싸 놓은 한지를 펼쳤다. 한 줌의 재가 된 아버지의 유골을 내려다보았다. 온통 비통에 젖은 인범의 가슴 깊은 곳에서 울컥 눈물이 솟구쳤다. 아! 아버지, 어머니가 돌아가셨다. 인범은 아버지, 어머니의 죽음을 실감했다.

　인범은 유골을 뿌리지 못하고 무심한 강물을 바라보다 시선을 거두고 주위를 둘러보았다. 눈에 눈물이 고여 시야가 흐렸다. 인범은 소매 깃으로 눈물을 훔쳤다. 얼마 떨어지지 않은 강가 얕은 물가에서 먹이를 잡기 위해 황새인지 두루미인지 몇 마리의 철새들이 물속으로 긴 주둥이를 파묻고 이리저리 더듬고 있는 모습이 소슬하고 한가롭게 보였다. 멀리 떨어진 도로에서 이따금 큰 차들이 질주할 때마다 소음이 간헐적으로 들려 왔다.

인범은 강가에 두었던 시선을 거두고 구청 직원의 얼굴을 바라보았다. 구청 직원은 인범의 시선과 마주치자 눈을 습벅이며 유골을 빨리 뿌리라는 눈짓을 했다. 인범은 떨리는 손으로 아버지의 유골을 한 움큼 쥐었다. 아직도 따뜻한 훈기가 손끝에 감지되는 흰 분말 같은 유골은 밀가루나 잔모래와는 사뭇 다른 촉감이었다.

"인철아! 형 하는 대로 너도 어머니 것 같이 뿌리자!"

인범은 어머니의 유골 상자를 인철에게 밀어 놓았다.

"형, 이것 아빠, 엄마의 뼈지?"

"……."

"형! 맞지?"

인범은 아무런 말을 할 수 없었다. 멍하니 동생의 얼굴만 바라보다 무겁게 입을 열었다.

"그래, 몰라서 묻는 거야?"

"…… 알아."

두 오빠가 이야기하는 것을 가만히 듣고 있던 여섯 살인 인순이가 눈물이 글썽글썽한 얼굴로 쳐다보더니

"큰오빠! 그럼, 엄마 아빤 다시는 우리에게 안 오는 거야?"

울먹이며 말했다.

"……."

"큰오빠! 아빠, 엄마 죽은 거지? 그럼 우린 어떻게, 어떻게……. 큰오빠 우린 집도 없잖아, 시골집 팔았다고 엄마가 그랬어, 오빠!"

인순이는 엉엉 소리 내어 울었다. 인순이가 울자 인범이도 인철이도 울컥 눈물이 솟구쳐 눈에 그렁그렁하였다.

아이들의 이야기를 옆에서 듣고 있던 구청 직원이 한강을 바라보며 눈

시울을 붉혔다. 한꺼번에 부모를 잃은 어린 세 남매의 미래가 암담했다. 어제 최종적으로 아이들을 거두어 줄 가까운 친척이 없음을 확인한 구청에서 세 아이를 고아원에 보내기로 결정한 것이 그나마 다행이었다.

인범은 아버지의 유골을 천천히 강물에 뿌렸다. 인철이도 형을 따라 어머니의 유골을 뿌리고 있었다.

"오빠, 나도 뿌릴래, 가루 좀 줘."

"뭐, 가루! 인순아, 이건 아버지의 뼈야, 가루라고 하면 안 돼."

"그럼 뭐라고 해?"

"……?"

사실 인범도 몰랐다. 다만 인순이가 가루라고 하니 듣기가 싫었던 것이다.

"유골이라 해."

옆에서 듣고 있던 구청 직원이 말했다.

인범이도 인순이도 인철이도 고개를 끄덕였다. 그들은 아직 너무 어려 아무것도 몰랐다.

"아, 유골……. 오빠, 나 유골 좀 줘."

인범은 아버지의 유골함을 말없이 인순이에게 내밀었다. 인순은 희고 가느다란 앙증스런 작은 손으로 한 움큼 쥐어 유골을 강물에 조금씩 뿌렸다. 그러나 팔이 짧아 물에 뿌려지는 것보다 풀에 더 많이 흩어졌다. 인순이는 풀에 흘려진 유골을 그 작은 손으로 물 쪽으로 쓸어 넣었다.

아버지의 유골을 뿌린 인순이가 이번엔 인철이에게 손을 내밀었다.

"작은오빠, 그 유골은 엄마 거지? 엄마 것도 좀 줘."

인범은 어린 인순이가 왜 유골을 뿌리려고 하는지 알 수 없었다. 이제 여섯 살의 인순이도 아버지, 어머니의 마지막 육신의 잔해를 자신의 손으로 뿌리고 싶은 애틋한 마음일까. 늦은 가을 스산한 바람 한 줄기가 옷깃을 흔들고 지나가며 유골을 흩날리고 있었다.

"어머, 오빠! 저길 봐, 뱀이야."

엄마의 유골을 뿌리던 인순이가 갑자기 소리를 질렀다. 시골에서 자란 인순이는 뱀을 많이 보았기에 놀라지는 않았다. 물가로 뻗어 내린 풀 밑으로 뱀 한 마리가 풀을 헤치며 천천히 강가를 헤엄치고 있었다. 풀숲에서 맴돌던 뱀이 먹이를 발견하지 못했는지 방향을 바꾸어 강 중앙으로 구불구불 몸을 흔들며 유영을 하고 있었다. 인범은 아버지의 유골을 뿌리다 말고 멀거니 유영하는 뱀을 바라보았다. 조금씩 멀어져 가던 뱀의 형체가 일렁이는 물결에 파묻혀 보이지 않았다.

"그래 뱀이구나! 저 뱀은 여름이 훨씬 지났는데 아직 겨울을 날 영양을 섭취 못 했는지, 겨울잠을 잘 집을 찾지 못하고 있구나!"

"아저씨, 뱀도 집이 있나요?"

"그럼 있지."

"우린 이젠 집이 없는데……."

인철이가 뿌리던 상자 속 어머니의 유골이 어느새 바닥이 났다. 인범은 인철이가 바닥에 남은 유골이 손끝에 잡히지 않는지 상자 바닥에 남은 유골을 엄지와 검지로 어렵게 집는 것을 보고 상자를 받아 비스듬히 기울여 인철이와 인순이의 손바닥에 나눠주었다.

아버지의 유골도 어느새 바닥이 났다. 인범은 상자 바닥에 남은 아버지의 유골을 아쉬운 듯 물끄러미 바라보았다. 바닥에 남은 잔해마저 뿌려 버린다면 아버지의 영혼마저 자신에게서 떠나갈 것 같아 남은 유골을 뿌리지 못하고 아쉬운 듯 한참이나 상자 바닥을 바라보고 있었다.

인범은 선뜻 나머지 유골을 뿌리지 못하고 있는 것을 보고, 팔짱을 끼고 있던 구청 아저씨가 인범의 마음을 알고 있다는 듯 안쓰러운 시선으로 내려다보고 있었다.

인범은 아저씨가 자신이 유골을 다 뿌리도록 기다리고 있다는 것을 알고 바닥에 남은 유골을 비스듬히 기울여 손바닥에 부어 천천히, 천천히 뿌리고 두 손을 씻기 위해 허리를 굽혔다.

인범은 철없는 두 동생이 아버지, 어머니의 유골이라는 것을 의식하지 않고, 아무 미련도 없이 손바닥에 묻은 유골을 털어 버리고 몸을 구부려 강물에 손을 씻고 있는 것을 멍하니 바라보며, 이제 동생들과 살아갈 일을 생각하니 막막했다.

인범은 자신은 어떻게든지 살 수 있겠지만 동생들이 걱정이었다. 특히 인순이는 이제 여섯 살이고 계집애라 더 걱정이 되었다. 인범은 인철이 쪽으로 고개를 돌렸다. 언제부터인지 인범이에게 시선을 보내고 있었던 인철이의 시선과 허공에서 부딪쳐 엉켰다. 그 엉킨 시선의 뜻은 같았지만 걱정의 방법은 달랐다. 인철이의 눈에는 형에게 집도 돈도 없이 어떻게 살아갈 거냐는 불안감이 가득 담겨 있으며 이제 형만 믿겠다는 생각이고, 인범은 동생들의 잠 잘 방과 먹여 살릴 것, 2학년인 인철이 학교 문제가 걱정이었다. 인범은 그런 동생의 시선을 대하면서 걱정을 덜게 하는 적당한 말이 떠오르지 않아 고개를 돌려 하늘을 바라보았다. 연초록 하늘에 뭉게구름이 꽃구름을 만들고 있었다.

아홉 살인 인철은 이제 당장 오늘부터 어떻게 살아갈 것인가 걱정이 되었다. 형이 무슨 생각을 하고 있는지 몰랐다. 인철은 불안과 초조함에 손끝에 닿는 풀을 뜯어 질근질근 씹고 있었다. 풀잎의 쓴맛이 목에 넘어갔다. 인철은 얼굴을 찡그리며 풀을 뱉어 버리고 형의 얼굴을 쳐다보았다. 인범은 허공을 바라보며 무엇을 골몰하게 생각하고 있었다.

인범은 또다시 고향에 있는 고모가 생각났지만 가난한 고모부의 얼굴이 떠오르자 이내 고개를 저었다. 한 명도 아닌 세 남매를 맡아 줄 고모부가 아니었다.

강강한 가을바람이 한강에 잔잔한 물결을 일렁이며, 하얗게 뜬 유골을 강물에 희석시키고 있었다.

손끝에 물이 닿자 차가운 물이 감촉되었다. 계절의 윤회로 겨울이 다가오고 있음을 체감하니, 가슴속에 한 줄기의 시린 바람이 옆구리를 스치고 지나갔다.

인범은 손을 씻어 물기를 옷에 닦았다. 입안에 고인 침을 삼켰다. 며칠 동안 밤잠을 설치고 막막한 앞날의 걱정으로 너무 애를 태우고 신경을 써서 그런지 며칠 사이 입술이 터지고 혓바닥에 돌기가 돋아나 침을 삼킬 때마다 혀가 따가웠다. 이제 아버지, 어머니의 육신은 모두 떠났다. 슬프고 허망했다. 뜨거운 눈물이 불쑥 솟구치며 눈시울을 적셨다.

인범은 아이답지 않게 진한 한숨을 길게 토했다. 그렁그렁한 눈물을 훔치지도 않은 채 한참 동안 일렁이는 수면을 무연히 바라보았다. 굵은 눈물 덩어리 하나가 얼굴을 타고 내려와 턱에 고이더니 뚝 떨어졌다.

이로써 아버지, 어머니의 장례가 끝났다. 구청에서 부모의 장례를 치러 주지 않았다면……

앞날이 막막했다. 인범은 천천히 일어나 아저씨를 쳐다보았다.

"자, 이제 가자. 너희 부모의 장례는 끝났다."

'아! 며칠 간 재워 주고 먹여 주던 고마운 아저씨도 이제 우리 곁을 떠나는구나.'

인범은 암울한 앞날을 생각하니 가슴이 답답했다. 구청 직원은 올 때처럼 풀을 헤치며 성큼성큼 앞장을 서 걷기 시작했다. 인범은 아저씨를 따라 발걸음을 옮기면서 아버지, 어머니의 유골을 뿌린 곳을 기억하기 위해 강변 위치와 주위를 자세히 살피며 걸었다. 물가에 일렁이는 물결과 아버지, 어머니의 유골을 뿌린 곳을 돌아보고 또 돌아보는 인범이의 가슴은 온통 눈물에 젖어 있었다. 그 젖은 눈물이 옮기는 걸음마다 풀잎에 뿌려지고 있었다.

둔덕에 올라서니 기사가 차를 강변 가까이 옮겨 놓았다. 내릴 때는 도로 변이었는데……. 좁고 구불구불한 긴 길을 후진하여 여기까지 오려면 힘이 들었을 것 같았다.

차는 울퉁불퉁한 비포장도로를 흔들거리며 천천히 달리고 있었다.

차창을 통해 질펀한 한강이 그림처럼 시야에 펼쳐졌다. 강 아래쪽 물가에는 띄엄띄엄 한가롭게 낚시를 하는 사람들이 보이고, 외떨어진 한강 둔덕에 낡고 늙은 판잣집 한 채가 쓸쓸히 허물어지고 있었다.

인범은 당장 다가온 암담한 앞날의 걱정이 내내 가슴을 짓눌렀다.

아저씨가 차를 멈춘 곳은 한강 가까이 있는 초등학교 근처에 있는 음식점이었다. 유리창에는 붉은 글씨와 검은 글씨로 우동, 떡볶이라고 쓰여 있었다. 문을 열고 아저씨가 먼저 들어가 자리에 앉았다. 낡은 걸상과 식탁 몇 개가 놓여 있는 그야말로 변두리의 초라한 가게였다. 식당 주인의 개인지 식당 앞에 한가롭게 앉아 있던 누렁이 한 마리가 인범이 일행이 다가가자 슬며시 일어나 자리를 옮기었다.

"자, 앉아라."

점심시간이 훨씬 지난 시간이라 그런지 가게는 한산했다. 인범은 아저씨를 따라 구석진 자리에 앉았다. 조금 떨어진 자리에 운전기사가 들어와 혼자 앉았다. 벽에 모기를 때려잡은 검붉은 상흔이 여기저기 묻어 있었다. 아저씨가 벽면에 붙어 있는 차림표를 보면서 물었다.

"너희들 뭘 먹을래?"

"난 떡볶이……."

인순이가 말했다.

"난 우동, 아니 떡볶이도……."

인철이가 미안한 얼굴로 구청아저씨의 얼굴을 보며 말했다.

"우동도 먹고 떡볶이도 먹어. 아주머니, 떡볶이를 먼저 주고 우동은 좀 있다 주세요."

잠시 침묵이 흘렀다. 인범이도 인철이도 인순이도 구청 직원도 아주머니가 떡을 숭숭 썰어 벌건 고추장에 버무려 떡볶이를 만들고 있는 것을 멀거니 보고 있었다. 인철이와 인순이가 입맛을 다시며 군침을 흘렸다.

아주머니가 벌건 떡볶이를 그릇에 담아 인범이와 인철이, 인순이가 앉아 있는 탁자에 놓아주고는, 이번에는 뜨거운 국물에 우동 사리를 마느라고 분주히 손을 움직였다.

인범은 떡볶이가 담긴 그릇을 인철이와 인순이 앞으로 놓고 먼저 떡볶이 하나를 집어 입에 넣었다. 인범이가 떡볶이를 먹자 기다렸다는 듯 인순이와 인철은 게걸스럽게 떡볶이를 먹기 시작했다. 식사 시간이 한참이나 지나 배가 고팠던 것이다. 인범은 벌건 고추장이 묻은 떡볶이가 돌기가 난 혀에 닿자 따가웠다.

구청 아저씨도 배가 많이 고팠는지 우동을 후르르후르르 소리 내어 먹고 있었다. 인범이, 인철이, 인순이는 슬픔을 잠시 잊고 떡볶이를 먹느라 정신이 없었다. 떡볶이를 다 먹은 인범이와 인철이, 인순이는 이번엔 아주머니가 갖다 둔 우동을 먹기 시작했다. 우동을 먼저 먹은 구청 직원은 주머니에서 담배를 꺼내어 라이터를 켰다. 구청 직원은 담배 연기를 길게 내뿜으며 아이들이 맛있게 우동을 먹는 것을 물끄러미 바라보다 시선을 한강 쪽으로 옮기었다.

구청 직원이 인범이, 인철이, 인순이가 다 먹기를 기다려 먼저 자리에서 일어났다.

"자, 아저씨 따라오너라. 우리 구청 관내에 무지개 고아원이 있어. 너희들이 살 수 있도록 미리 고아원에 부탁해 두었다."

"고아원이요? 아저씨 우린 이젠 고아원에서 살아야 해요?"

"그래, 고아원이야."

"아저씨, 밥도 먹여 주고 잠도 재워 주나요?"

"그럼 밥도 먹여 주고 잠도 재워 주지."

"큰오빠, 우리 고아원에 가자. 밥도 주고 잠도 재워 준다고 하잖아."

어린 인순은 아버지, 어머니가 죽은 것을 알고 어떻게 살아갈 것인가 걱정을 한 것 같았다. 인철이도 이제 아버지, 어머니 대신 형이 보호자라는 것을 알고 있었다. 형이 어떻게 자기들을 먹이고 입히고 재워 줄 것인가를 걱정하고 있었는데, 고아원에서 먹여 주고 재워 준다고 하니 그렇게 기쁠 수가 없었다.

인범이는 인철이와 인순이의 얼굴이 밝아지는 것을 보고 가슴속의 무거운 돌에 짓눌리던 것이 갑자기 가벼워지는 듯했다. 두 동생만 맡길 데만 있다면 인범 자신은 혼자 어떻게든지 살아갈 수 있다고 생각했다. 인철은 밝은 얼굴로 형을 보며 싱긋이 미소를 띠었다. 인범이도 밝은 얼굴로 미소를 나누었다.

구청 직원이 인순이를 안아 차에 태웠다. 인범은 인철이와 지프차 뒷좌석에 앉았다. 차는 다시 한강변을 따라 넓은 도로를 질주했다. 인범은 차창을 통해 아버지, 어머니의 유골을 뿌린 지점을 목을 길게 빼고 익히려고 눈을 박았다. 강변엔 철새들이 배를 덜 채웠는지 아직도 주둥이를 강물 속을 휘저으며 먹이를 찾고 있었다. 인순이와 인철은 차창을 통해 전개되는 서울의 즐비한 빌딩 숲을 구경하느라고 고개를 이쪽저쪽으로 움직이고 있었다.

"저기 높은 빌딩이 보이지? 저 빌딩이 얼마 전에 지은 우리나라에서 제일 높은 63빌딩이야."

앞자리에 앉은 구청 직원이 손으로 높이 솟은 63빌딩을 가리켰다.

"와 높다. 형, 저 높은 집이 63빌딩이래."

인순이, 인철이도 인범이도 우리나라에서 제일 높다는 빌딩 아래쪽에서 맨 꼭대기까지 시선을 옮기며 높이를 가늠하고 있었다. 시골에서만 살아온 아이들에겐 처음 보는 모든 것이 신기하고 경이로운 구경거리였다. 그러나 이제 세 아이들은 살벌하고 복잡한 서울에서의 생활에 적응해야 할 것이다. 차가 도심에서 벗어나자 즐비한 빌딩들은 보이지 않고 낮은 집들과 공장들이 띄엄띄엄 보이고 채소밭도 보였다. 차가 작은 동산 밑에 몇 채의 블록 건물 앞에 멈추었다. 먼저 구청 직원이 내렸다. 양쪽에 블록으로 쌓아 올린 기둥의 낡은 나무판자에 검정색 페인트로 '무지개 고아원'이란 글씨가 적혀 있었다. 글씨가 비바람에 낡아 희미하게 보였다.

"자, 내려. 이곳이 너희들이 살 고아원이야."

담도 없이 철조망이 쳐져 있고 고아원 마당에 축구를 하는지 새끼 생선 떼처럼 고만고만한 아이들이 이리 몰리고 저리 몰리며 놀고 있는 것이 보였다. 인철이와 인순이는 벌써 아이들과 어울려 노는 기분이었다.

"자, 들어가자. 원장님이 기다리고 계실 거야."

인범은 구청 직원의 얼굴을 멀거니 바라보며 머뭇거리고 있었다.

"왜, 인범아. 할 말이 있니?"

구청 직원은 인범의 얼굴을 자세히 보며 물었다.

"아저씨, 저는 고아원에서 살지 않겠습니다. 동생들만 부탁해요."

인철이와 인순이가 눈을 둥그렇게 뜨고 동시에 인범의 얼굴을 멍하니 쳐다보았다.

"왜? 어떻게 어린 네가 혼자 살아가려고, 친척도 없다면서……. 어린 네가 고아원에 안 가면 어떻게 살래?"

"……."

구청 직원의 말에 암담한 앞날이 뇌리에 실타래처럼 엉켰다. '그래도 나는 고아원은 싫다. 나는 혼자 살 수 있다.' 가시밭길 같은 암울하고 막막한 미래에 도전이라도 하듯 지그시 입술을 깨물었다. 혼자 살 수 있다고 인범은 자신에게 다짐을 했다.

"전 혼자 살겠습니다. 전 부모님 원수를 갚아야 해요. 꼭 갚아야 해요. 아니 꼭 갚을 거예요."

인범은 다시 한 번 분연하게 이렇게 말하고 입을 굳게 다물었다. 꼭 다문 입에는 굳은 결기가 묻어 있었다.

"형, 나도 아버지 원수 갚을 거야. 고아원에 안 살 거야."

"큰오빠 나도 작은오빠와 같이 아버지, 어머니 원수 갚을래."

"안 돼, 너희들은 고아원에서 살아야 해. 원수는 내가 갚을 거야. 너희들은 열심히 공부를 해야 돼."

"……."

"인범아! 너의 아버지를 죽이고 돈을 빼앗아 간 날치기들은 지금 경찰에서 수사를 하고 있어. 곧 잡을 거야."

"경찰에서 그놈들을 잡아서 감옥에 보낸다 해도 제가 자라서 직접 원수를 갚아야 해요. 고아원에 가면 아버지 원수를 갚을 준비를 못해요."

"왜? 무슨 준비?"

"고아원에 가면 고아원 생활을 열심히 해야 되잖아요. 그러면 싸움을 배우지 못하잖아요."

"뭐? 싸움……? 인범아, 넌 아직 어려. 학교를 다녀야 해."

"학교도 다니고 튼튼히 자랄 거예요. 그리고 돈도 벌 거예요."

인범은 싸늘하게 말하고 입을 굳게 다물었다. 그 다문 입에는 범접 못할 옹골찬 결의가 묻어 있고, 냉기가 서린 날카로운 눈은 서기를 뿜어내고 있었다.

"너 정말 혼자 살 수 있겠어? 더 자랄 때까지 고아원에서 살면 안 돼?"

"혼자 살겠습니다. 아니 혼자 살 수 있습니다."

인범은 자신에게 다짐하듯 말하고 하늘을 쳐다보았다. 구름 한 점 없는 가을 하늘이 눈이 시리도록 푸르렀다. 그 푸른 하늘에 아버지를 죽인 턱이 뾰족한 날치기 두목과 두 젊은 날치기의 얼굴이 선명하게 떠올랐다. 인범은 이빨을 지그시 깨물었다.

"형, 난 형하고 같이 살고 싶어."

"오빠, 나도."

두 동생은 울먹이며 말을 했다.

"인철아, 인순아, 아무 걱정 말고 너희들은 고아원에서 열심히 공부하고 잘 자라야 한다. 난 열심히 돈 벌 거야. 자리 잡으면 너희들 보러 올게. 걱정 마."

인범은 주머니에 아버지가 남겨 둔 돈 얼마를 인철이의 손에 쥐어 주며 두 동생의 등을 고아원 쪽으로 떠밀었다.

구청 직원은 인범이의 말을 듣고 아무 말을 할 수 없었다. 비명에 죽은 아버지의 원수를 갚겠다는 어린아이의 결의를 무슨 말로써 달랠 수도 막을 수도 없었다.

"아저씨, 우리 부모님 장례를 치러 주셔서 고맙습니다."

"인범아! 그래 혼자 살아 봐. 힘들면 아저씨를 찾아와."

지갑에서 명함을 꺼내어 인범에게 주고는, 지갑을 호주머니에 넣으려다 말고 지갑에서 얼마의 돈을 꺼내어 인범이의 손에 쥐어 주며 말했다.

"인범아! 이건 얼마 안 돼. 구청에서는 너희들을 고아원에서 살 수 있도록만 하여 주었거든."

"…… 고마워요, 아저씨. 그럼 갈게요. 그리고 저 고아원 주소를 좀 적어 주세요."

"아까 주던 아저씨 명함 줘, 뒷면에 적어 줄게."

아저씨는 명함에 주소를 적어주고 별도로 수첩을 찢어 고아원 위치를 그려 주었다. 인범은 명함과 종이를 주머니에 넣고 고개를 돌려 고아원 쪽을 바라보았다. 아이들 몇이 이쪽을 보며 자기들끼리 무어라고 지껄이고 있었다. 아이들이 새로운 고아가 오는 것을 알고 있는 것 같았다.

"인철아, 인순아, 고아원에서 선생님 말씀 잘 듣고 잘 살아야 돼. 알았지?"

인범은 두 동생에게 쓸쓸한 미소를 짓고 손을 흔들어 이별을 고했다. 구청 직원에게도 허리를 굽혀 절을 하고 돌아섰다. 두 동생은 눈물이 글썽글썽한 눈으로 돌아서는 인범을 멍하니 바라보고 있었다.

"형, 꼭 와야 해."

인범은 미소를 지었다. 그 미소는 애써 짓는 미소였고 우울한 미소였다. 구청 직원은 인범이가 쓸쓸히 걸어가는 뒷모습을 지켜보다 두 아이를 데리고 고아원 안으로 들어갔다.

인범은 가다 말고 뒤를 돌아보았다. 구청 직원은 인철이와, 인순이를 데리고 마당으로 들어가고 있었다. 인범은 한참이나 인철이와 인순이의 모습을 바라보았다. 인철이와 인순이가 건물 안으로 사라졌다. 인범은 무지개 고아원의 주위를 살펴보며 무거운 발걸음을 옮겼다. 두 동생이 걱정이 되었다.

'내가 고아원에 함께 살면서 보살펴야 하는데……. 동생들과 언제 뭉쳐질 수가 있을까? 그때가 언제일까? 아버지의 원수를 갚고 난 후일까? 나는 날치기들보다 강할 수 있을까? 나는 아버지 원수를 갚을 수 있을까? 날치기들과의 싸움에서 과연 죽지 않고 병신이 되지 않고 그들이 아버지를 죽였듯이 나도 내 손으로 놈들을 죽일 수 있을까? 무엇보다도 놈들이 어디에 있는지 알지도 못하고 있지 않은가. 그건 자라서 힘을 길러 그들 소굴을 찾아야 한다. 그래, 동생들을 잊고 살자. 피보다 진한 원한의 그 원수 놈들을 죽이지 않고는 살아서 무엇 하랴. 어떤 어려움에서든 어떤 고난에서든 살아남아 원수를 갚아야 한다.'

인범은 고아원에 가지 않고 혼자 살아가겠다고 한 자신의 각오를 다짐하고 또 다짐했다.

인범은 아무런 계획도 없으면서 아저씨에게 고아원에 가지 않겠다고 단호하게 말하고 발길은 돌렸지만 막상 어디로 가야 할지, 아니 당장 어느쪽으로 가야 할지도 몰랐다. 무턱대고 걸었다. 그야말로 발길 움직이는 대로 걸었다.

이제 나는 혼자다. 우리 가족을 지켜 주던 아버지가 돌아가셨다. 그리고 언제나 나에게 잠자리를 돌봐 주고 밥을 챙겨 주고, 옷도 학교 가는 것도 보살펴 주던 어머니도 돌아가셨다. 이제부터 나는 자는 것 먹는 것 입는 것도 내가 스스로 해결해야 한다. 아! 이것이 말로만 듣던 고아의 신세이구나!

인범은 자기도 모르게 습관처럼 무심한 하늘을 쳐다보았다. 구름 한 조각 없는 파아란 하늘에 작은 물고기처럼 구름 사이로 유유히 헤엄을 쳐 가는 비행기가 까마득하게 보였다. 인범은 비행기를 한참 바라보고 있었다. 비행기가 점점 작아지더니 드디어 은빛 날개가 잠깐 햇빛에 난반사되어 반짝이더니 시야에서 사라졌다.

인범은 비행기가 사라지고도 시선을 오랫동안 하늘에 두고 있었다. 앞날이 너무나 암담하여 눈물이 울컥 치밀어 올랐다. 조금 전 비행기가 사라졌던 하늘에 어머니의 모습이 명멸(明滅)했다.

'엄마 나 어떡해.'

인범은 무심코 엄마를 부르며 눈물을 쏟았다. '인범아! 넌 이젠 고아야. 혼자 살아야 하는 것이 고아의 숙명이란다.' 하고 말했다. '그래, 나는 서울에 올라온 이틀 만에 아버지, 어머니를 잃은 천애의 고아가 돼 버렸구나!' 엄마도 혼자서 살아야 한다고 했다.

이빨을 지그시 깨물었다. 어떻게든지 혼자 살아야 한다고 다짐했다. 인범은 주머니에 만져지는 돈을 꼭 움켜쥐었다. 조금 전 아저씨가 쥐어 주던 돈이었다.

　찬바람이 겨드랑이를 파고들었다. 몸을 움츠리며 바람에 퇴색한 낙엽이 나뒹구는 을씨년스런 황량한 아스팔트에 눈길을 돌렸다. 아! 나는 저 가을 바람에 흩날리는 낙엽 같구나! 슬픔이 또다시 울컥 목에 치밀어 올랐다. 초조하고 막막한 불안감이 가슴을 짓눌렀다. 연고도 없는, 너무나 생소한 서울에서 어떻게 삶을 시작해야 할지 막막했다. 그러면서 왠지 고아원만 은 가기가 싫었다.

　인범은 자신도 모르게 고향 하늘 쪽으로 고개를 돌렸다. 아득한 고향 하 늘 아래 시커먼 산이 겹겹이 포개져 있는 산줄기를 하염없이 바라보는 인 범의 눈동자엔 고향에서 뛰놀던 향수와 아버지, 어머니를 잃은 슬픔이 가 득 담겨 있었다. 눈에 눈물이 고여 시야가 어룽거렸다.

　날치기들에게 아버지와 어머니를 잃고 천애의 고아가 된 인범이의 처절 한 고행의 서막이 시작되었다.

첫 돈벌이

1

인범은 낮엔 거리 구경을 하며 할 일 없이 돌아다니다가 밤엔 지하철이나 빌딩의 지하를 찾아 새우잠을 잤다. 구청 직원의 보호에서 벗어난 첫 시련이었다.

십여 일이 지나자 호주머니에 남았던 아버지의 돈과 구청 직원이 준 돈이 한 푼도 없었다. 돈이 없으니 음식을 사 먹을 수 없었다. 배가 너무나 고팠다. 눈을 희번덕거리며 먹을 것을 찾아 시장통 이곳저곳을 기웃거렸다. 먹을 것을 찾아 헤매었지만, 어느 곳이든 어느 누구든 인범에게 빵 한 조각 주는 이가 없었다. 배고픔을 의식하니 배가 더욱 고팠다.

벌써 삼 일을 굶었다. 배가 고프면 인범은 물배만 채웠다. 물을 먹으면 그래도 무두질이 심하지 않았다. 이제 이 세상에선 인범이를 보호해 줄 사람은 아무도 없었다. 인철이에게 괜히 돈을 주었다고 아쉬워했다. 인철인 고아원에서 먹는 것은 해결이 될 것인데…….

날씨가 점점 추워지니 밤이 더욱 무서웠다. 냉기가 뼛속까지 파고드는 시멘트 바닥에 새우잠을 자는 것이 고통스럽고 겁이 났다. 아니 죽기보다 싫었다. 그보다 대책이 없는 막막한 앞일이 더 무서웠다. 고아원에 갈 걸, 괜히 혼자 살겠다고 한 것이 뼈저리게 후회가 되었다. 배가 너무너무 고팠다. 인범은 자신도 모르게 동생들을 두고 온 고아원으로 발길을 옮기고 있었다.

'고아원에 가면 재워 주고 밥을 줄 것이다. 고아원은 부모가 없는 아이들을 돌보아 주는 곳이 아닌가. 찾아가 지난번에 동생들과 함께 고아원에 가기로 했는데 자신이 잘못 생각해 가지 않았다고 하고 받아 달라고 하자.'

인범은 이렇게 생각하고 계속 고아원 쪽으로 걸음을 옮겼다. 밤이 깊어지니 더욱 추웠다. 온몸이 으스스하다 못해 소름이 끼치고 몸이 부르르 떨렸다.

저만치에서 희미한 불빛에 고아원이 납작 엎드려 있었다. 차디찬 수은등에 비친 고아원 주위는 인적이 없었다. 몇 시인지 알 수 없었다. 다만 밤이 깊었다는 것만 알 수 있었다. 대문 입구 시멘트 기둥에 '무지개 고아원'이라는 검은 글씨가 인범을 맞았다.

인범은 막상 고아원에 도착했지만 고아원 안으로 발을 들여놓지 못했다. 발을 들여놓기에는 너무나 밤이 깊었다. 잠자는 직원을 깨울 용기도 없었다. 인범은 벌벌 떨며 추위에 웅크리고 깊이 잠든 납작한 고아원 건물을 하염없이 바라보다, 내일 아버지의 장례를 치러 준 구청 직원을 찾아가 고아원으로 보내 달라고 하자고 생각하고 발길을 돌렸다. 인범은 돌아서며 고개를 젖혀 차가운 밤하늘을 쳐다보며 자신의 처지가 너무나 기구해긴 한숨을 어두운 허공에 토해냈다. 하늘 깊숙이 별들이 무질서하게 흩어져 반짝이고 있었다.

밤이 더욱 깊어 갔다. 야간 통행금지 시간이 임박했는지 거리에는 차들의 행렬이 한산해지고 삶에 지친 사람들의 귀가하는 발걸음이 바쁘게 움직이고 있었다. 갈 곳이 없는 인범은 그들과는 달리 옷깃에 목을 움츠리고 천천히 걸었다. 추위가 온몸을 파고들었다. 어제 잠을 잤던 빌딩 지하를 찾았다. 경비가 보이지 않았다. 인범은 어제 건물 사이에 깊이 숨겨 두었던 박스를 찾았다. 다행히 박스가 그대로 있었다. 박스를 깔고 몸을 잔뜩 웅크리고 누웠다.

인범이가 잠을 깨니 얇은 아침햇살이 지하 계단을 굴러 내려왔다. 경비원이 오기 전에 후닥닥 일어나 지하실을 빠져나와 무작정 거리를 헤매었다. 어젯밤, 오늘 구청 직원을 찾을 생각을 바꾸었다. 인범은 추위와 배고픔에 무너져가는 자신에게 약한 마음을 먹으면 안 된다, 나는 어떠한 고초가 있더라도 강하게 자라 아버지의 원수를 갚아야 한다고 이를 악물며 자신에게 각오를 다짐했다. 그래야 아버지, 어머니의 원수를 갚을 수 있다고 각오를 단단히 했다.

'아버지, 어머니가 없는 세상은 이렇게도 처절하게 외롭고 갈 곳이 없단 말인가. 부모가 살아 있을 땐 언제든지 돌아갈 수 있었던 집이 있었는데……'

배에서 먹을 걸 달라고 꼬르륵 소리가 났다. 배가 고팠다. 너무나 고팠다. 인범은 시장바닥을 눈을 희번덕거리며 먹을 것을 찾아 헤맸다. 아무것도 없었다. 시장 아래쪽으로 내려갔다. 그곳엔 채소가 쌓여 있었다. 트럭에서 채소를 내리고 있고, 버려진 채소 더미가 보였다.

인범이는 차 위에서 한 아저씨가 배추 포기를 던지고 차 아래에선 한 아저씨가 배추를 받아 쌓고 있는 것을 넋을 잃고 바라보고 있었다. 높은 차 위에서 던지는 배추를 밑에서 떨어뜨리지 않고 받는 것을 보니 신기하고 재미가 있었다. 어쩌다 떨어뜨릴 수도 있지 않을까 계속 바라보았지만 좀처럼 떨어뜨리지 않았다.

인범은 몇 번을 셀 때까지 떨어뜨리지 않고 던지는지 마음속으로 수를 세어 보았다. 숫자를 세고 있는 동안은 배고픔을 잊을 수가 있었다. 127번째다. 배추를 받는 아저씨가 옆의 아저씨와 이야기를 하며 배추를 받고 있었다. 어쩐지 불안했다. 그것도 웃고 이야길 나누며 배추를 받고 있는 것이었다. 저러다 하나 정도는 떨어뜨리겠지, 떨어뜨렸으면 싶다고 생각하면서도 떨어뜨리면 배추가 상하겠다고 생각하니 아까운 생각이 들었다. 야구 선수도 한번쯤은 공을 떨어뜨릴 수 있을 것인데…….

던지는 아저씨도 참으로 정확히 던진다고 생각할 순간 아차, 배추 한 포기가 아저씨의 손을 조금 벗어나더니 떨어지고 말았다. 배추는 박살이 났다. 그러나 아저씨는 아랑곳하지 않고 계속 배추를 받고 있었다. 155번째를 세고 인범은 숫자를 더 세지 않고 떨어진 배추에만 신경을 썼다. 아까웠다. 저걸 어쩌나? 배추는 치열한 전쟁에서 죽은 군인의 시신 같았다.

아저씨들은 배추 던지기를 계속하고 있었다. 배가 고팠다. 배에서는 이젠 쪼르륵 소리마저 나지 않았다. 창자 속에 음식물이 모두 소화되어 버리고 더 이상 위장에는 음식물 찌꺼기 하나 남아 있지 않아 무두질이 심하였다.

인범은 아까운 배추를 주워드려야겠다고 생각하고 앞으로 걸어갔다. 걸음걸이가 정상이 아니었다. 걸음걸이가 허영허영했다. 간신히 배추를 주워 배추를 쌓고 있는 아저씨에게 주었다.

"아저씨, 아까 떨어진 배추예요."

"얘야, 이 배추는 상품 가치가 없어. 저곳에 버려."

배추를 쌓던 아저씨가 상한 채소들이 버려져 있는 더미 쪽을 가리켰다. 인범이가 그쪽으로 배추를 가지고 두 발자국을 옮기다 땅이 빙그레 도는 현기증을 느끼며 스르르 땅 위에 쓰러졌다. 차 위에서 배추를 던지던 아저씨가 쓰러지는 인범이를 먼저 보고 소리쳤다.

"아! 아이가 쓰러졌다."

그때, 버려진 배추더미에서 먹을 수 있는 배춧잎을 줍던 김상우가 그 소리를 듣고 부리나케 뛰어가 인범을 일으켰다.

"얘애! 정신 차려, 어디 아프냐? 왜 그래?"

환자같이 야윈 아이의 얼굴을 본 김상우는 근심스럽게 바라보며 물었다.

"아저씨, 배가 고파요."

소리가 입 틈으로 가느다랗게 흘러나왔다.

"애야, 언제부터 밥을 먹지 못했어?"

"며칠 됐어요."

"뭐! 며칠이나?"

"……."

옆에서 사람들이 동정의 눈으로 어린 인범을 바라보았다. 버려진 배추 더미에서 덜 상한 배춧잎을 줍고 있던 상우가 급히 아이 앞에 등을 대고 다가앉았다.

"여보세요, 누가 이 애를 저의 등에 좀 업혀 주세요. 며칠째 굶었대요. 우선 뭘 좀 먹여야겠어요."

"쯧쯧, 아이가 며칠째 먹지 못해 영양 부실로 쓰러졌구나!"

한 사람이 인범을 안아 업혀 주었다. 차 위에서 배추를 던지던 아저씨도 밑에서 배추를 받던 아저씨도 또 주위의 사람들이 일손을 잠시 멈추고 걱정스럽게 업혀 가는 인범을 안쓰럽게 바라보았다.

상우는 아이를 업고 허름한 식당 앞에 섰다. 여닫이 유리문이었다. 유리문에 페인트로 빨간색과 검은색으로 세로로 서툴게 국수, 죽, 정식 등이 쓰여 있었다. 상우는 유리문을 두드렸다. 식당 아주머니가 얼른 다가와 식당 문을 활짝 열어 주었다.

상우는 아이를 긴 나무의자에 내려놓았다. 인범은 그 사이 정신을 차렸는지 주위를 둘러보다 아저씨를 멀거니 바라보았다. 그러나 아직 정신이 흐린지 몸의 중심을 잡지 못하고 있었다.

"아주머니 물 좀 줘요. 그리고 호박죽 한 그릇 주십시오."

상우는 쓰러질 듯 흐느적거리는 아이의 어깨를 잡아 주며 말했다. 아주머니가 얼른 물을 가져왔다.

"얘야! 빈속에 음식 들어가기 전에 우선 물을 좀 마셔라."

인범은 아저씨가 집어 주는 물그릇을 받아 몇 모금 마셨다.

아주머니가 죽을 가져오자 상우는 죽을 아이의 앞에 밀어 놓고 먹으라고 권했다. 인범은 죽을 보자 후루룩 후루룩 소리를 내며 먹기 시작했다. 숟가락을 들고 있는 손이 떨리고 있었다. 이가 부딪치는 소리도 들렸다. 얼마나 굶주린 것일까. 얼마나 무서운 본능의 전율이기에 아이의 손이 떨리고 이 부딪치는 소리까지 날까.

상우는 굶주림이 얼마나 무서운 고통인지 알고 있었다. 굶주림 앞에서 인간은 어디까지 인간일 수 있는가, 동물과 다름은 무엇인가. 시한부 배고픔도 이렇게 견디기 어려운데 연속적인 굶주림은 형벌이고 죽음이다.

"얘야, 죽이라도 천천히 먹어. 굶다가 갑자기 음식을 먹으면 안 좋대…… 천천히 먹어."

김상우가 걱정이 되는지 주의를 주었지만 어린 인범은 배고픔에 못 이겨 허겁지겁 죽을 먹어 치우고 있었다. 김상우는 걱정스러운 얼굴로 게걸스럽게 죽을 먹는 인범에게 천천히 먹으라며 다시 한 번 주의를 주었다.

"너, 집이 어디야?"

"……."

인범은 죽을 먹다 말고 김상우를 멀거니 쳐다보더니, 갑자기 슬픈 얼굴을 하고 기어드는 목소리로 대답을 하였다.

"집이 없어요."

"가출했구나! 부모님은 어디 계시니?"

"……."

인범은 더욱 슬픈 얼굴을 하고 눈을 밑으로 내리깔았다.

"말해 봐!"

"부모님은 모두 돌아가셨어요."

"언제 돌아가셨니?"

인범의 눈에는 금세 눈물이 글썽거렸다.

"얼마 전이에요."

"고생하는구나. 어서 먹어."

김상우는 측은한 얼굴로 인범이를 보았다. 얼마나 굶었으면 쓰러질까? 김상우는 가난하게 자라 배운 것 없어, 투견과 부잣집의 값비싼 외국산 개들을 훈련시켜 주고 어렵게 살아가고 있었다. 개를 사육하려면 많은 양의 개밥이 필요했다. 그래서 시장의 음식점에서 손님이 먹고 남은 음식을 수거하기 위해 온 것이다. 그리고 식육점의 일을 도와주고 살코기를 추려 낸 뼈를 얻어 푹 삶아서 먹는 것이다.

상우는 채소 도매상에서 상품 가치가 없는 버리는 상한 채소를 주워 김치를 담가 먹기도 하고, 잎을 말려 일 년 내내 시래깃국을 끓여 먹기 위해 배춧잎을 줍는 것이 일상이었다. 오늘도 상우는 버려져 있는 상한 채소 무더기에서 덜 상한 배추를 고르고 있었다.

"이름이 뭐냐?"

"고인범이에요."

"나이는?"

"열두 살이에요."

"몇 학년이야? 오늘 학교는……?"

"……."

"말해 봐. 지금 학교에 다니고 있니?"

"시골에서 5학년 다니다 서울로 왔어요."

인범은 죽을 먹다 잠시 멈추고 어눌하게 대답했다.

상우는 더 이상 묻지를 않았다. 이 기구하고 가련한 어린 소년의 그늘진 얼굴에 슬픔과 가난이 묻어 있었다. 불우한 환경에 살고 있음을 단박에 알 수 있었다. 더 이상 묻는다면 아이는 눈물을 흘릴 것 같았다. 상우도 일찍 부모를 잃고 자라면서 뼈저린 배고픔과 슬픔을 겪었다. 그래서 부모를 잃은 기구한 숙명을 타고난 소년이 고아의 삶을 시작하고 있다는 것을 알았다.

"인범아, 천천히 먹고 좀 쉬다가 아까 아저씨가 배춧잎을 줍던 곳으로 와."

인범은 호박죽을 먹다 말고 일어나 돈을 내고 식당 문을 열고 나가는 고마운 아저씨의 얼굴을 멀거니 바라보았다.

"일어나지 마. 앉아서 먹어."

며칠 만에 먹는 밥이다. 아니, 밥이 아니라 죽이다. 아저씨는 일부러 죽을 시키신 것이다.

인범은 죽을 깨끗이 핥아 먹었다. 이제 살 것 같았다. 허기져 쓰러졌던 몸이 죽 한 그릇을 먹었는데도 금세 회복되고 있었다. 밖으로 나오니 아저씨는 버려진 채소 더미에서 채소를 줍고 있었다. 저 아저씨도 가난한 아저씨로구나! 가난한 아저씨가 알지도 못한 나에게 밥을 사 주니 고맙고 미안스러웠다. 인범이는 아저씨 옆에서 버려진 배추더미에서 먹을 수 있는 배춧잎을 줍기 시작했다.

아직도 차에서는 배추를 던지고 밑에서는 받아 쌓고 있었다. 이곳은 채소와 청과물 집하장인 도매시장이었다.

인범은 덜 상한 배추조각을 주워 아저씨에게 다가가 배추를 내밀었다.

"좀 더 쉬고 나오지 않고 배추는 왜 주워? 성한 몸도 아니면서……, 그래, 이제 괜찮아?"

인범은 대답 대신 걱정을 말라는 듯 밝은 미소를 지었다. 고맙다는 말이 나오지 않았다.

'이놈은 착한 아이구나. 밥값을 하느라고, 아직 몸도 제대로 풀리지 않

았을 것인데…….'

"서울 사람들은 이렇게 얼마든지 먹을 수 있는 멀쩡한 채소를 다 버린단다. 먹을 수 있는 배춧잎도 떼어 내고 아주 깨끗한 부분만 먹으려고 하니 농촌에서 얼마나 어렵게 채소를 가꾸는데……. 이것을 주워 김장도 하고, 말려서 시래깃국도 생선조림도 해먹으면 맛이 좋아. 자, 오늘은 이 정도 주웠으면 됐어."

"얘, 너 집이 없다면 어디서 잠을 자니?"

걱정스러운 얼굴로 인범을 보았다.

"……."

"얘야, 말해 봐. 잘 곳은 있니?"

"지하철이나 빌딩 옥상이나 지하에서 잡니다."

"고생하는구나! 우리 집으로 같이 가자. 지하철 시멘트 바닥보다는 나을 거야. 바람도 피하고 이불이라도 있으니……."

김상우는 아이가 차가운 시멘트 바닥에서 노숙을 한다니 불쌍했다.

"……."

일순 인범의 얼굴에 기쁨이 서렸다. 밤이면 이곳저곳 잠자리를 찾는 것이 어려웠다. 그리고 밤이 무서웠다. 노숙자들끼리 서로 좋은 자리를 먼저 차지하려고 자리싸움을 자주 하였다. 아이들이나 노약자가 좋은 자리를 차지하고 있으면 건장한 어른들이 쫓아내고 자기들이 차지했다.

언젠가 왜 내가 먼저 차지한 자리를 빼앗느냐고 술을 먹은 어른에게 반항하다 죽도록 얻어맞았다. 그래도 인범은 피를 흘리면서도 악착같이 어른의 옷을 잡고 덤벼드니 술 먹은 어른이 힘이 부쳤는지 더는 때리지 못하고 숨을 헐떡이며 인범의 손을 뿌리치고 '뭐 이런 지독한 놈이 있어. 이놈 나중에 무서운 놈 되겠구나.' 하며 슬며시 가버린 적이 있었다. 그때 인범은 맞은 곳이 아파 며칠 몸살을 앓았다. 그보다 시멘트 바닥은 차가워 깔

45

고 잘 포장지 박스를 줍기 위해 온 시장을 헤매고 다녀야 했다. 깔지 않고 그냥 자면 시멘트 바닥에서 냉기가 뼛속까지 파고들어 잠을 잘 수 없었다.

오늘도 그 지긋지긋한 잠자리가 무서워 염치도 체면도 없이 아저씨를 따라나설 생각을 한 것이다.

아저씨는 오토바이에 리어카를 매달아 수거한 음식물이 담겨진 커다란 통과 주운 배춧잎들을 넣은 박스도 실었다. 어느덧 해가 서산에 빠지고 있었다.

"자, 뒤에 타. 아저씨 허리 단단히 잡아, 떨어지면 사고 난다."

인범은 아저씨의 허리를 단단히 잡았다.

도심을 빠져나와 산길로 접어들었다. 아스팔트 도로에서는 별로 소리가 나지 않는데 울퉁불퉁한 산길을 달릴 땐 음식물이 든 통에서 철렁철렁 하는 소리가 요란하게 들리고, 몸도 올라갔다 내려갔다 요동을 쳤다.

아저씨의 집은 동네에서 벗어나고도 산 아래 논들과 들판을 지나고 야트막한 산길을 한참이나 올라가 집 한 채 없는 외진 산자락에 있었다. 어스름이 산야에 내리면서 어둠에 묻히고 있는 초라한 판잣집이 가까워지니, 오토바이 소리를 들은 개들이 한꺼번에 짖는 왁자지껄한 소리가 산의 적막을 깨뜨리고 있었다.

움막 같은 조그만 판잣집이 산 그림자에 묻혀 있고 이곳저곳에서 개들이 개집 울타리 위에 다리를 걸치고 하모니를 이루며 시끄럽게 짖고 있었다. 주인의 귀가에 인사라도 하는 것 같았다. 가을인데도 썩는 냄새와 개들의 배설물인 듯한 퀴퀴한 냄새가 물씬 코에 스며들었다. 판잣집 처마에 희미한 전등불이 켜지며, 어린아이를 업은 삼십 대 중반의 아주머니가 나오고, 다섯 살 정도의 계집아이도 따라 나왔다.

"이제 오세요."

아주머니는 아저씨에게 인사를 하다 말고 낯선 인범을 의아한 얼굴로 바라보며 궁금해 했다. 아저씨는 가져온 음식 찌꺼기와 채소들을 내리며 말을 했다.

"여보, 이 아이 가락시장 채소 도매상에서 만났어, 불쌍한 아이야. 당분간 당신이 좀 돌봐 주어야겠어. 오늘 이 아이의 잠자리부터 마련해요."

"……?"

아주머니도 계집아이도 인범을 물끄러미 바라보았다.

"아빠, 이 아이 누구야. 왜, 아빠하고 같이 와?"

아이는 귀여운 모습으로 인범을 쳐다보았다.

"미영아, 아이가 아니야, 오빠라고 불러."

미영이는 인범의 눈과 마주치니 부끄러운지 엄마 뒤에 살그머니 숨더니 이내 머리를 내밀어 인범을 다시 쳐다보았다.

아저씨는 가져온 음식 찌꺼기를 커다란 통에 부어 담배꽁초나 이쑤시개나 휴지를 골라내고 있었다. 인범이도 막대기로 음식물에서 여러 가지 잡다한, 개가 먹어서는 안 될 담배꽁초나 이쑤시개, 코를 푼 종이를 골라내며 아저씨를 도왔다. 사람들이 자기들이 먹다 남은 음식을 돼지나 개 같은 짐승이 먹는다는 것을 알고, 짐승이 먹을 수 없는 것은 버리지 말았으면 하는 아쉬움이 생겼다.

부엌에서는 아주머니가 저녁 준비를 하는지 구수한 된장찌개와 고깃국 냄새가 배가 등가죽에 붙은 인범의 코를 자극했다.

얌체 없는 코는 음식 냄새를 맡고 벌름거리고 뱃속의 창자는 밥 달라고 꼬르륵 소리를 내고 있었다.

며칠을 굶으니 배고픔이 얼마나 고통스러운지 알 수 있었다. 배고픔이 극에 달할 때, 칼로 생살을 도려내는 무두질이 고문보다 더 견디기 힘들었다. 굶주림 앞에서 사람이 어디까지 견딜 수 있을지……. 배에서는 묘한 소리가 나고 그것도 지나고 보면 정신이 아물아물하면서 의식마저 희미해

지면서 최면상태에 빠지는 순간은 하늘나라에 가는 느낌이 들었다.

아버지, 어머니가 그리웠다. 오늘 배고픔으로 쓰러진, 오갈 데 없는 고아인 인범에게 밥을 사 주고 아무런 조건 없이 데리고 와서 재워 주고 먹여 주려는 아저씨가 참으로 고마웠다.

"여보, 저녁 준비 다 되었어요. 어서 와서 식사하세요."

"알았어. 자, 인범아. 우리 그만 골라내고 개울에 손 씻으러 가자."

아저씨를 따라 집 앞 어두운 길을 조금 내려가니 졸졸 흐르는 물소리가 나고 개울이 있었다. 산골의 물은 차가웠다.

방 안 희미한 백열등 아래 저녁상이 차려져 있었다. 아저씨가 낡고 칠이 벗겨진 두레상 앞에 앉았다. 등에 아기를 업은 아주머니가 국그릇을 들고 들어오고 뒤따라 다섯 살배기 미영이가 아주머니의 치맛자락을 잡고 들어왔다.

"인범아, 앉아 밥 먹자. 여보, 오늘 얻어 온 뼈다귀에 살코기가 좀 붙어 있지? 푸줏간 여주인이 일을 도와주었다고 살코기가 많이 붙어 있는 걸로만 골라 주더군. 오늘 마침 인범이가 고깃국을 먹을 수 있게 되었네."

인범은 엉거주춤 앉았다. 밥상에 김이 무럭무럭 나고 기름이 둥둥 뜨는 곰국이 놓여 있었다.

인범은 면목이 없는지 얼른 숟가락을 들지 못하고 멍하니 밥을 바라보고 있었다. 아저씨가 숭숭 썰어 놓은 파를 한 숟가락 인범의 국그릇에 넣어 주고 소금을 넣고는 숟갈을 휘휘 저어 주었다. 그러고는 아저씨의 국에도 파를 가득히 넣고 저었다. 하얀 김이 모락모락 피는 구수한 곰국 냄새가 코에 물씬 박혔다. 밥상에는 된장찌개와 김치가 놓여 있었다.

'아! 오늘은 어머니가 살아 계셨을 때처럼 가족들이 있는 밥상에서 따뜻한 저녁밥을 먹는구나!'

인범은 아저씨와 아주머니가 고맙고 한편 미안한 생각에 밥숟가락이 어

색하고 조심스러웠다. 인범은 며칠을 굶고 겨우 죽 한 그릇으로 허기진 배
를 달랬기에 배가 극도로 고팠다.

"자, 인범아, 먹자."

아저씨는 국에 밥을 몇 숟가락 덜어 넣고는 맛있게 먹고 있었다. 인범이
도 아저씨를 따라 밥을 국그릇에 넣고 휘저었다. 맛있는 곰국 냄새가 콧속
깊숙이 파고들며 식욕을 돋웠다. 아저씨, 아주머니가 없다면 게 눈 감추듯
먹어 치우겠지만, 극한 배고픔과는 달리 숟가락은 아이답지 않게 조신하
게 입속으로 드나들었다. 아저씨가 식사를 하면서 인범에게 말했다.

"인범아, 배고프겠지만 더 먹지는 마. 며칠을 굶다 갑자기 많이 먹으면
위가 상한대. 그래서 오늘 점심도 아저씨가 죽을 먹였잖아."

"넷? 이 아이가 며칠을 굶었다고요?"

아주머니는 놀란 얼굴로 인범을 바라보았다.

2

도심에서 외떨어진 산자락에 위치한 아저씨의 집 주위는 온갖 나무들로
우거진 숲으로 둘러싸여 있었다. 모처럼 인범은 나무판자로 얼기설기 지
은 산막 같은 조그만 방에 깔린 이불 속을 파고들었다. 부드러운 이불 촉
감이 좋았다. 그동안 지하철이나 빌딩 지하, 냉기가 올라오는 차가운 시멘
트 바닥에서 자다가 방에서 이불을 덮고 잘 수 있다는 것이 꿈만 같았다.
아저씨가 창고나 하려고 판자로 지은 허술한 판잣집이지만, 바람을 막아
주고 시멘트 바닥이 아닌 나무 바닥과 따뜻한 이불 속에서 잠을 잘 수 있
다는 것이 인범에겐 더 없는 잠자리였다.

얼마 있지 않으면 삭풍이 몰아치는 겨울이 올 것이다. 이제 아저씨 집에

서 지낼 수 있다니 여간 다행한 것이 아니지만, 아무런 연고도 없는 아저씨 집에서 얹혀살아야 한다고 생각하니 고맙고 미안했다.

늦가을의 밤은 깊어만 가고 있었다. 아! 얼마 만에 이렇게 이불이 있는 아늑한 방에서 자 보는가? 가을 끝자락 산골의 날씨는 찬 기운이 감돌지만, 인범은 이불을 목 위까지 끌어올려 몸을 깊게 파묻었다. 머리맡에서 울어대는 처량한 귀뚜라미 소리가 자장가처럼 들렸다. 한참을 이불 속에 있으니 체온으로 몸이 따뜻해지면서 스르르 잠이 들었다.

인범은 잠결에 아슴푸레 들리는 두런두런 이야기 소리에 잠이 깨었다. 차츰 목소리가 커지고 있었다. 아저씨와 아주머니가 다투는 소리였다. 인범은 귀를 기울였다.

"그러면 갈 곳 없는 저 어린아이를 길에 버리고 오란 말인가?"

"버리고 안 버리고가 아니잖아요. 저 아이는 저 아이의 생활이 있고 우린 우리 생활만 하면 되는 거예요. 저 아이가 배고파 쓰러졌으면 밥을 한 그릇 사 주는 것은 이해해요. 그런데 집으로 데리고 와서 언제까지나 재워 주고 밥 먹여 주어야 해요. 그리고 학교는 안 보내고 어떻게 할 거예요? 우리가 무슨 자선사업가예요? 우리 살림도 겨우겨우 살아가는데……."

"이봐, 저 아이가 먹으면 얼마나 먹는다고 그래. 학교는 나중 생각해 봐요. 여보, 목소리 좀 낮춰. 아이가 듣겠어."

'아! 나 때문에 아저씨가 부부 싸움을 하는구나!'

어린 인범은 가슴이 아팠다. 염치없이 따라온 것이 한편 부끄럽고 후회가 되었다.

"알았어, 저 애가 좀 자랄 때까지만 맡아 길러 줍시다. 내가 밥 먹여 주고 재워 준다고 약속했어."

"약속? 약속이라니요? 길거리에서 만난 고아에게 약속은 무슨 약속이라고 그러세요. 내가 내일 보낼게요. 당신은 가만 계세요."

"여보! 부탁해, 며칠만 참아. 내 어디 좀 알아볼 테니."

"당신이 뭘 알아본다고 그러세요. 어느 누가 고아를 맡아서 길러 줄 사람이 있다고 그래요."

"며칠만 기다려 줘, 내가 고아원에 알아볼게."

인범은 귀를 막았다. 듣지 않아도 알 것 같았다. 인범은 자기 때문에 아저씨 아주머니가 싸우는 것을 들으니 마음이 아팠다. '이렇게 바람을 막아 주고 따뜻한 이불이 있는 잠자리를 제공해 줄 사람이 어디 있을까.' 인범은 내일의 걱정과 아저씨에게 미안함으로 잠이 오지 않았다. 고마운 아저씨가 가난하지만 않다면……. 아! 아주머니도 고마운 분인데 가난하기 때문에 나를 보내라고 하시는구나!'

인범은 개 짖는 소리에 잠을 깼다. 눈을 뜨니 밝고 눈부신 화사한 햇살이 작은 유리창을 통해 좁은 방에 부서지고 있었다. 아, 밝은 아침이구나! 그러나 밝고 상쾌한 아침도, 이 좋은 잠자리도 하루로 끝나는구나! 인범은 아저씨 집에 버티고 살 수 없다고 생각했다. 아버지, 어머니가 돌아가시고 처음 얻은 행복이 하루 만에 산산이 깨어져 버렸다.

인범은 밝게 퍼져 오는 아침 햇살을 바라보았다. 화창한 아침 햇살마저 쓸쓸하게 보였다. 아쉬운 듯 이불을 손으로 만지작거리다 일찍 일어나야 한다는 생각이 미치자 벌떡 일어나 이불을 박차고 급히 밖으로 나갔다.

시큼하고 퀴퀴한 냄새가 코에 스며들었다. 개막사에서 나는 냄새 같았다. 산골의 찬바람이 옷깃에 파고들었다. 새 한 무리가 인범의 머리 위로 날아 반대편의 산 쪽으로 날아가고 있었다. 고향에서 수없이 많이 보았던 정경이있다.

이곳저곳에서 축사에 갇힌 개들이 축사 턱에 앞발을 걸치고 밥 달라고 짖고 있고, 아저씨는 물에 빗자루를 담가 개막사를 청소하고 있었다.

집 뒤 산은 골짜기가 끝 간 데 없이 깊었다. 개울에 깊은 산골에서 내려오는 옥같이 맑은 계류가 졸졸 흐르고 있었다. 질펀한 산자락은 갈색으로 퇴색된 잔디와 마른 풀들이 누워 있고 온갖 나무들이 숲을 이루고 있었다. 책에서 본 알프스산맥의 목가적인 스위스의 초목 같았다. 인범은 추위에 몸을 움츠리며 개막사를 청소하는 아저씨에게 가까이 다가갔다. 인범은 아직까지 초가을 얇은 옷을 입고 있었다.

"아저씨, 안녕히 주무셨어요?"

"오, 일찍 일어났네. 그래, 잘 잤어? 잠자리가 춥지 않더냐?"

"따뜻했어요, 아저씨. 제가 청소하면 안 될까요?"

"청소는 무슨 청소, 저기 개울에 가서 이 물통에 물을 좀 길어다줄래?"

슬레이트를 덮은 막사에 여러 마리의 개가 있었다. 아저씨가 청소도구로 바닥을 닦고 물로 깨끗이 청소하는 동안 개들은 한쪽으로 몰렸다. 축사마다 여러 종류의 개들이 있었다. 인범은 개울로 내려가 플라스틱 통에 물을 담아 와 아저씨가 청소하는 것을 도와주고는 아저씨를 따라 개울물에 세수를 하고 있는데 미영이가 걸어왔다.

"아빠, 엄마가 아침 식사하시래요."

"오, 그래. 미영아, 오빠에게도 아침 먹으라고 해야지!"

어린 미영이는 부끄러운지 인범의 얼굴을 가만히 쳐다보며 방긋이 웃으며 말했다.

"오…… 빠…… 아침 먹으러…… 가."

인범은 아주머니 얼굴 보기가 민망할 것 같았다. 어젯밤 아주머니가 아저씨에게 인범이를 보내지 않는다고 싸우는 소리를 듣고는 더욱 미안했다. 인범이가 방문 앞에서 머뭇거리는 것을 보고 아주머니는 친절하게 밥 먹으러 오라고 손짓을 했다. 아주머니와 아주머니 등에 업혀 있는 세 살짜리 미숙이, 아저씨, 그리고 미영이 네 가족이었다. 아버지, 어머니가 돌아가시기 전에 함께 식사했던 그때가 무척이나 그리웠다.

아저씨 가족들이 오순도순 식사를 하는 자리에 객식구인 자기가 끼여 밥을 먹으려니 좌불안석이었다. 어젯밤에 아저씨와 아주머니가 자기 때문에 싸운 것을 생각하니 더욱 안절부절못했다. 인범은 얼른 숟가락을 들지 못하고 멍하니 밥을 내려다보다, 얼굴을 살짝 돌려 실눈으로 아주머니를 힐끔 쳐다보다 아주머니의 눈과 마주쳤다.

"인범아, 얼른 밥 먹어."

아주머니가 어색한 미소를 머금고 말을 했다.

"네, 아주머니."

아침을 먹고 난 후 아저씨가 개들을 우리에서 끌어내어 펀펀하고 넓은 들판으로 끌고 나갔다. 아저씨 집 외에는 집 한 채 없는 쌀쌀한 가을 들판은 삭막하고 황량했다.

개들은 보통 개들과는 달리 털에 윤기가 나고 깨끗하고 기품이 있으며 크고 우아한 개들이었다.

"인범아, 저기 있는 진돗개를 빼고는 이 개들은 모두 외국 종자의 개들이야. 값도 비싸단다. 아저씨는 이 개들을 사냥개로, 또는 집 지키기, 그리고 주인을 위험에서 보호해 주는 호신용 개들로 훈련을 시킨단다."

다섯 마리의 개들이 서로 엉겨 붙어 장난을 치고 있었다. 어깨에 수건을 걸친 아저씨가 긴 회초리를 휙휙 허공에 날리며 개들을 날카롭게 노려보았다. 장난을 치고 놀던 개들이 아저씨가 노려보자 장난을 멈추고 일제히 긴장된 모습으로 아저씨를 쳐다보고 있었다.

"앉아!"

아저씨이 기합 같은 초령에 개들은 조용히 있있다. 질도 있세 움식이는 것을 보니 잘 훈련된 개들이었다. 아저씨는 다시 한 번 개들을 노려보았다. 아저씨와 눈이 마주친 개는 겁을 먹고 슬그머니 아저씨의 시선을 피해 고개를 돌렸다.

인범은 한쪽에 서서 개 훈련을 신기한 듯 바라보았다. 아저씨는 다시 한 번 회초리를 허공에 날렸다. 휙휙 날카로운 공기를 가르는 바람소리가 허공을 갈랐다. 그 소리에 겁을 먹은 개들이 움찔하며 몸을 움츠렸다.

아저씨는 회초리를 휘두르며 나무로 만든 뜀틀이 있는 곳으로 갔다. 개들은 잔뜩 긴장을 하고 아저씨의 명령을 기다리고 있었다. 아저씨는 뜀틀 앞에 다가가서 다시 한 번 개들을 노려보았다. 개들의 시선이 일제히 아저씨의 얼굴에 집중하며 준비 태세를 취하고 있었다. 아저씨의 눈이 어느 한 개에 머물렀다.

"도벨, 뛰어넘어!"

아저씨가 뜀틀을 회초리 막대로 딱 두들겼다. 맨 왼쪽의 도베르만이 몸을 낮게 움츠리더니 비호같이 뜀틀 앞으로 달려가 순식간에 1m 50cm 정도의 높이를 뛰어넘고는 뜀틀 옆으로 가 조용히 앉았다. 이러한 훈련을 수없이 한 것인지 행동이 민첩하고 절도가 있었다.

"잘 했어."

짤막한 아저씨의 칭찬 소리가 싸늘하게 허공을 가르고 다음 차례의 개를 노려보았다. 나머지 개들이 귀를 쫑긋하고 아저씨의 눈과 입에 시선을 집중하고 있었다.

"셰퍼, 뛰어넘어."

눈과 코와 주둥이 주위에 연한 갈색 색깔이 많고 귀가 유달리 길고 쫑긋한, 온몸이 검은 털이고 다리가 굵은 셰퍼드가 자세를 낮추더니 어느새 앞으로 돌진하여 앞에 뛴 개와 같이 단번에 뜀틀을 뛰어넘었다. 셰퍼드는 다른 개와 달리 그 행동과 모습이 우아하고 퍽 용맹스럽고 날렵했다.

"잘 했어."

앞서와 똑같이 발음 하나 틀리지 않은 칭찬의 소리였다. 이제 세 번째

개 차례였다. 몸을 움츠린 개는 아저씨에게 시선을 집중한 채 잔뜩 긴장돼 있었다.

"포인터, 뛰어넘어!"

아저씨의 입에서 금속성의 날카로운 소리가 허공에 토해졌다.

이 개는 큰 귀가 꺾이어 양 귀를 덮고 있고, 색깔도 흰색 검은색 여러 가지 색깔로 바둑무늬의 색깔이었다. 다른 개에 비해 눈매가 순하고 온순하게 보였다. 그러나 다리가 유달리 길었다. 포인터라는 개도 앞으로 질주하면서 뜀틀을 힘껏 뛰었다. 그러나 아뿔싸! 뒷다리가 뜀틀에 걸려 뜀틀이 넘어졌다. 순간 아저씨의 금속성 고함이 나면서 포인터의 등에 회초리가 사정없이 갈겨졌다.

"깨갱!"

회초리를 맞은 개는 비명을 지르며 저만치 달아났다. 이어서 개 두 마리도 뜀틀을 뛰어넘고 다섯 마리의 개가 나란히 뜀틀 옆에 앉은 것을 보니, 인범은 사람의 훈련을 보는 것보다 더 흥미롭고 재미가 있었다.

이제 다른 개들보다 월등히 키와 몸이 작은, 조금 전 아저씨가 우리나라 개라고 한 수캐 진돗개 차례였다. 인범은 진돗개에 관심을 갖고 지켜보았다. 체구가 작고 보잘 것 없어 보이는 진돗개가 덩치가 월등히 큰 개처럼 자기의 키보다 몇 배나 높은 저 뜀틀을 과연 뛰어넘을 수 있을까. 걱정과 동정심, 호기심이 가득 찬 눈으로 진돗개의 일거일동에 시선을 집중하고 지켜보았다.

진돗개는 자기 차례가 다가옴을 알고 작은 귀를 쫑긋하고 아저씨를 노려보며 뛸 준비를 하고 있었다. 몸을 낮추고 맹수가 먹이를 덮치기 전에 하듯 발을 재잘하게 움직이며 아저씨의 명령을 기다리고 있었다. 아저씨의 매서운 눈이 진돗개에 머물렀다.

"울프, 뛰어넘어!"

자잘하게 움직이던 발을 멈추고 몸을 낮게 움츠리는 순간 벌써 무섭게 빠른 속도로 질주하더니 뜀틀 바로 앞에서 땅을 박차고 뛰어올랐다. 비호 같은 빠른 동작이었다. 작은 만큼 행동이 민첩했다.

　그러나 진돗개는 앞발이 겨우 뜀틀에 닿으면서 넘지 못하고 뜀틀에 몸이 부딪치면서 땅에 툭 소리를 내며 떨어졌다. 진돗개는 떨어지자마자 부리나케 일어나 큰 개들의 옆에 앉아 겁을 먹은 눈으로 아저씨의 눈치를 살피고 있었다.

　"울프, 잘했어. 자, 모두 저리로 가."

　개들은 아저씨가 가리키는 처음 위치에 재빨리 절도 있게 갔다. 잘 훈련된 개들이었다. 이렇게 몇 번의 훈련이 되풀이되었다. 울프도 마지막은 그 높은 뜀틀을 넘었다. 아저씬 작은 키에 높은 뜀틀을 뛰어넘은 울프에게 칭찬의 소리를 하며 머리를 쓰다듬어 주었다.

　이번엔 아저씨가 팔과 소매 쪽이 유달리 넓고 솜이 두텁게 누빈 옷을 입었다. 솜이 두텁게 누벼진 옷을 입은 아저씨가 허수아비를 만들어 놓은 곳에 가더니 개들을 노려보았다. 또다시 개들이 긴장을 하기 시작했다. 한참 동안 개들을 노려보던 아저씨가 셰퍼드를 불렀다.

　"셰퍼, 물어!"

　아저씨가 발로 허수아비를 마구 차고 손으로 때렸다. 이를 본 셰퍼드가 쏜살같이 달려와 아저씨가 입은 넓은 소매 쪽을 물고 흔들었다. 아저씨는 개를 떼어내려고 안간힘을 쓰지만 소매를 물은 셰퍼드는 놓지 않았다. 한참을 셰퍼드와 아저씨가 실랑이를 쳤다.

　"그만, 그만."

　소리를 쳤다. 그제야 셰퍼드는 소매를 놓았다.

　이번엔 아저씨가 몽둥이를 들고 허수아비를 마구 때렸다. 개들이 이번엔 더욱 무서운 기세로 아저씨에게 덤벼들었다. 그 중에 체구가 작은 진돗개가 제일 사납고 악착같이 소매를 물고 덤벼들었다. 아저씨가 진돗개를 떼어 내려고 팔을 휘두르니 몸이 땅 위로 딸려 올라오면서도 소매를 놓지 않았다.

다음은 아저씨가 개를 차례로 불러 몽둥이를 휘두르며 개를 위협했다. 개는 몽둥이를 요리조리 피하면서 물러서지 않고 이빨을 까뒤집고 악착같이 덤벼들었다. 꼭 실제로 싸우는 것 같았다.

이렇게 다섯 마리의 개를 똑같이 훈련시켰다.

다음은 공을 던져 물어오게 했다. 먼저 개를 차례로 앞으로 불러내어, 공을 개에게 보이고 멀리 높이 던지면, 개는 공을 따라가 공중 높이 뛰어올라 공이 땅에 떨어지기 전에 공을 낚아채 아저씨에게 물고 왔다. 그 중 울프가 제일 민첩하게 잘 낚아챘다. 울프는 다른 개보다 체구가 작아 더 날렵하고 기민해 보였다.

인범은 처음 보는 개 훈련을 재미나게 구경했다. 산기슭 이곳저곳에 억새풀이 누렇게 마른 황량한 들판은 짙은 가을을 이루고 있었다. 집들이 없는 외진 산자락은 개 훈련을 시키기에 더없이 좋은 장소였다.

잠깐 쉰 아저씨는 싸움개라며 진돗개 울프와 덩치가 아주 큰 도사견에게는 헌 타이어를 물어뜯게 하고, 타이어를 머리로 밀게 하는 훈련을 별도로 열심히 시켰다. 타이거라고 부르는 도사견은 너무 크고 생기기도 미련스럽고, 입에 침을 지르르 흘리고 있어 추잡하게 보이고 징그러웠다. 그리고 사람을 따르지 않아 가까이 할 수 없었다.

인범은 많은 개들 중 우리나라 진돗개라고 하는 개가 좋았다. 큰 개는 너무 커 징그러웠다. 진돗개는 까불지도 않고 무엇을 생각하는지 눈을 씀벅이며 조용히 앉아 있었다. 몸집이 작은 진돗개가 큰 개들과 어울려 훈련을 받고 또 싸움 훈련까지 받는 것이 당당하게 보이고 한편 애처로웠다.

한바탕 개들과 뛰고 고함을 지르며 개 훈련을 마친 아저씨가 어깨에 걸친 수건으로 이마에 흥건히 밴 땀을 닦고 인범이에게 다가왔다.

"인범아, 저 진돗개는 전라도 진도의 토종개야. 색깔은 황갈색 또는 백색이고, 다른 개에 비해 머리가 크고 목이 굵고 얼굴 생김새는 육각형이다. 귀는 쫑긋하며 꼬리는 왼쪽으로 감기고 네 다리는 튼튼하고 다른 개에 비해 감각이 극히 예민하고 용맹스러워 사냥용과 경비용으로 기르는, 우리나라 천연기념물 제53호로 지정되어 있단다. 선천적으로 용맹해서 투견에 강하고 사람과는 쉽게 친해지지 않는단다. 그러나 한 번 친해지면 충복(忠僕)하는 개란다."

아저씨는 진돗개에 유달리 관심을 갖고 계셨다.

"아저씨, 왜 개들이 아저씨에게 덤벼들며 옷을 물고 그래요?"

"응, 개들이 주인을 해치는 나쁜 사람들에게서 주인을 보호하는 훈련을 시킨 거야."

"그런데 왜 아저씨에게 덤벼요? 아저씨가 주인인데."

"그래, 이상하지? 허수아비가 주인이고 때리는 아저씨가 나쁜 사람이라고 훈련을 시킨 거야. 그걸 개들에게 알아듣게 훈련시키는 것이 제일 어려웠어. 내가 허수아비를 때리면서 계속 소매를 물도록 훈련을 시킨 거야. 그래도 잘 알아듣지 못해서 사람을 데리고 와서 내가 허수아비의 옷을 입고 그 사람이 나를 때리게 하며 훈련을 시켰더니 그때야 개가 허수아비가 주인이라는 것을 알게 되더군. 주인을 보호하는 훈련을 시키는 것이 제일 힘들었어. 개 주인들도 도둑 지키기와 호신견을 제일 선호해. 그러나 진돗개는 덩치가 작아 사람들이 호신견으론 잘 선호하지 않아."

"그럼 왜 진돗개를 호신견으로 훈련시키세요?"

"진돗개는 영리해서 자기만 그 훈련에서 빼면 기가 죽거든. 그래서 시키는 거야."

"아, 네!"

인범의 코에 맛좋은 불고기 냄새가 솔솔 스며들었다. 아주머니가 누렇게 구운 불고기가 담긴 쟁반 두 개를 가지고 왔다.

"인범아, 이번 훈련은 돈이 들어 자주는 하지 않지만 제일 중요한 훈련이야. 버려진 음식이나 주인이 아닌 남이 주는 음식을 못 먹게 하는 훈련을 한단다. 집을 지키는 고급 개들이 도둑들이나 강도들이 청산가리 같은 극약을 넣은 고기를 던져 주는 것을 먹고 제일 많이 죽거든. 이 훈련을 받은 개들은 차에 치어 죽든지 병들어 죽지 않으면 오랫동안 살 수 있단다. 개들은 대부분 보신탕감으로 죽는단다. 그러나 이 훈련을 받은 개들은 값이 비싸기 때문에 개장수들이 보신탕감으로 사지를 않지."

불고기 냄새에 개들이 코를 벌름거리며 혀를 날름거리고 있었다. 인범은 저렇게 맛좋은 불고기를 개들이 어떻게 먹지 못하도록 훈련을 시키는지 관심을 갖고 보기로 했다.

아저씨가 개들을 모두 한 곳으로 불러들였다. 아주머니가 개들이 있는 곳으로 걸어가 고기를 땅에 떨어트리고 지나갔다. 코를 벌름거리며 입맛을 다시던 개들이 고기와 아저씨를 번갈아 보다 포인터가 날름 고기를 덥석 물었다.

인범은 아저씨의 얼굴을 바라보았다. 아저씨는 포인터를 보고 있었다.

고기를 입에 넣은 포인터가 고기를 씹다 갑자기 뱉어 버렸다. 아저씨가 빙그레 웃고 있었다.

셰퍼, 도벨, 울프는 고기를 먹지 않았다. 또다시 아주머니가 고기를 떨어트렸지만 어느 개도 고기에 입을 대지 않았다.

이번엔 아저씨가 다른 쟁반에 담긴 고기를 그릇에 담아 주었다. 셰퍼, 도벨, 울프가 고기를 맛있게 먹었다. 그러나 조금 전 고기를 먹다 뱉어 버린 포인터는 얼마나 혼이 났는지 고기를 먹지 않고 주저하고 있었다.

인범은 아저씨에게 물었다.

"아저씨 개가 왜 고기를 뱉어 버립니까?"

"궁금하지? 불고기 안에 독한 겨자에 순도 100%의 식초를 섞은 것을 넣었거든. 만약 개가 고기를 먹었더라도 결국 토해내지 않으면 안 돼. 복통을 일으키는 약도 넣었거든. 그 대신 그릇에 담은 것은 먹어도 괜찮다는 것을 알게 하기 위해 훈련을 시키는 거야. 때론 개 몰래 고기를 버려 놓기도 하지. 개가 내가 없는 걸 알고 먹다 혼이 나거든. 내가 전기선을 연결하여 놓아서 먹다 전기에 혀가 감전되어 혼절할 정도로 혼이 나지. 여러 번 훈련이 반복되면 혼이 난 것을 기억하고 절대로 먹지 않아. 오늘 포인터가 고기를 먹는 것은 늦게 훈련에 참가하여 아직 혼이 덜 난 거야."

인범은 그제야 알 수 있었다.

인범은 울프가 좋았다.

"울프, 이리 와!"

인범은 울프라는 개를 불렀지만, 진돗개는 인범을 힐긋 쳐다보더니 인범에게 별 관심을 갖지 않았다. 도사견이라는 투견은 옆에만 가도 겁이 났다. 크기가 작은 송아지만 한 것이 주둥이에 침을 질질 흘리며 먹을 것을 달라고 마구 축사에 뛰어오르곤 했다. 그러나 진돗개는 작지만 까불지도 않았다.

아저씨는 투견 훈련을 마친 후, 목에 걸친 수건으로 흐르는 땀을 닦으며 인범에게 다가왔다.

"인범아, 따라와! 세수하고 점심 먹자."

아저씨는 개울가에 내려가 세수를 하고 손을 씻었다.

"인범이도 손을 씻어! 점심을 먹어야지."

졸졸 흐르는 깊은 산골의 물은 맑고 차가웠다.

인범은 아주머니가 차려 주는 점심 밥상에 아침처럼 무거운 마음으로 앉았다. 어제 저녁도 오늘 아침도 밥을 얻어먹고 나니 미안한 마음이 들었

다. 아주머니 얼굴을 마주 보기가 민망했다. 어젯밤에 자기 때문에 아저씨
와 아주머니가 싸웠다는 것을 생각하니 아저씨에게 미안했고, 아주머니가
괜히 두려웠다.

가난한 아저씨의 식단은 잡곡이 많이 섞인 밥이었다. 반찬도 김치와 장
아찌, 그리고 시장에서 주워 온 배추를 말려 끓인 시래깃국이 전부였다.
김치는 아저씨가 버리는 채소 더미에서 주워 온 것으로 담갔는지 성한 배
추는 보이지 않고 상하고 억센 맨 바깥쪽의 배춧잎들이었다.

아저씨는 부잣집 개들을 훈련시켜 주고, 약간의 보수와 투견을 훈련시
켜 전국을 다니며 투견대회에 참가하여 그 등수에 따라 상금을 받아 생활
한다고 했다. 그러기에 가난한 살림이고 초라한 식단이었다.

점심을 먹은 아저씨가 오토바이에 리어카를 달고 나갈 채비를 하는 걸
보고 인범도 따라가려고 했다.

"인범아, 너는 집에 있지, 왜 따라가려고 하니?"

"저도 시장에 나가고 싶어요."

상우는 물끄러미 인범의 얼굴을 보았다.

"그래, 같이 나가자."

아저씨는 오토바이에 한 발을 얹어 힘껏 엔진을 밟아 시동을 걸었다. 아
주머니는 미영이의 손을 잡고 남편을 배웅하기 위해 따라 나왔다.

"아주머니, 안녕히 계세요. 고마웠습니다. 미영아, 잘 있어."

인범은 아주머니에게 공손히 인사를 하고 오토바이 뒷자리에 앉았다.

"…… 잘 다녀오세요."

아주머니와 아기가 손을 흔들었다.

'저 아이는 가난하지만 무람없는 아이는 아니구나.'

미영이 엄마는 아이가 남편 오토바이를 타고 가는 것을 보고 왠지 모를
아픔이 저미었다.

인범을 태운 오토바이는 구불구불하고 완만한 산비탈을 지나고 또 밭과 논길을 달려 내려왔다. 찬바람이 인범의 얼굴을 때렸다. 아저씨가 조심스럽게 운전을 하는데도 아스팔트가 아닌 울퉁불퉁한 산길이라 인범의 몸도 오토바이를 따라 뛰는 대로 함께 뛰어올랐고, 그때마다 리어카도 털거덕거리는 소리를 내었다.

인범은 산을 내려오면서 햇살이 소복이 모여 있는 언덕배기를 유심히 보았다. 고향에서 비렁뱅이가 언덕배기에 토굴을 파서 사는 것이 떠올랐다. 아! 나도 햇살이 모여 있는 따뜻한 양지쪽에 굴을 파서 살면 비바람을 막을 수 있고, 지하철이나 빌딩의 시멘트 바닥보다 나으리라는 생각이 불현듯 들었다. 인범은 잠 잘 곳을 찾아야 하는 밤이 두려웠다. 내려오면서 혼자라도 찾아올 수 있도록 좁은 산길을 자세히 보아 두었다.

앞쪽에서 군용차 한 대가 먼지를 일으키며 올라오고 있었다. 아저씨는 폭이 조금 넓은 길 바깥쪽에 잠깐 정지하였다. 군용 트럭 운전사가 아저씨에게 고맙다고 손을 흔들며 지나갔다. 인범은 외떨어진 이곳에 무슨 일로 군용 트럭이 올라오는지 궁금하여 아저씨에게 물었다.

"아저씨, 저 차는 군인 차가 아니에요?"

"그래, 맞아. 아저씨가 살고 있는 뒷산은 골이 깊단다. 산꼭대기에 미사일 기지가 있어, 민간인은 출입하지 못하도록 군인들이 지키고 있단다."

인범은 아저씨 말을 듣고 고개를 끄덕이었다.

시가지에 들어서면서 아저씨의 오토바이가 많은 차들에 섞여 달리고 있었다. 리어카를 매단 오토바이가 시장 가까이 가고 있을 때다. 교통 단속을 하고 있던 경찰이 아저씨의 오토바이를 보더니 경찰봉을 흔들며 세우라고 했다. 아저씨는 투덜거리며 오토바이를 길가에 세웠다.

"아저씨, 간선도로에서 오토바이에 리어카를 달고 다니면 위반이라는 걸 몰라요?"

"……."

아저씨는 물끄러미 경찰의 얼굴을 마주 보고 있었다.

"면허증 내어 봐요."

"경찰관님, 좀 봐 주십시오. 먹고살려니 어쩝니까?"

아저씨는 면허증을 낼 생각은 않고 사정만 했다.

"리어카에 뭘 실으려고 달고 다녀요?"

경찰이 물었다. 경찰은 퍽 젊은 이십 대 초반이었다.

"식당에서 개밥을 거두어 오려고 합니다."

이때 함께 있던 또 한 명의 젊은 경찰이 가까이 다가와 동료와 아저씨의 승강이를 지켜보았다.

"짐을 실으려면 사륜차를 이용해야 될 거 아니요. 아저씨."

"그걸 누가 모릅니까. 형편이 못 되니 어쩝니까?"

경찰은 아저씨에게 면허증을 달라고 손을 내밀면서 잔뜩 인상을 쓰고 있고, 아저씨는 면허증을 낼 생각은 않고 버티고 있었다.

"상길아, 그냥 보내 드려. 형편이 못 되니 어쩌겠니. 좋은 일 하면 천당 간다 카더라."

손을 내밀고 있던 경찰이 아저씨를 보내 드리라는 동료 경찰을 째려보더니

"야, 심무한, 너 직무 방해로 과장님께 보고할 거야. 아저씨 그냥 가세요. 위반이라는 걸 아셔야 해요."

"젊은 경찰들, 고맙수다."

오토바이는 다시 무수한 차들이 질주하는 행렬에 끼였다.

"형편이 나아지면 중고 픽업 차라도 사야겠는데, 불편하고 위험해."

아저씨가 투덜거렸다.

3

가락 도매시장에서는 이곳저곳에서 많은 배추와 과일 상자들을 차에서 내리고 싣고 옮기고 있었다.

"인범아, 아저씬 식당에 가서 개밥 거두어 올 테니 여기서 놀고 있어."

인범은 여러 가지 과일들과 채소들이 쌓여 있는 시장을 둘러보았다. 시장엔 배추를 사려는 사람들과 파는 상인들이 분주히 움직이고 있었다. 아저씨를 따라 나올 때는 시장에서 무슨 일이든 일거리를 찾으려고 했는데, 막상 시장에 나와 보니 어린 인범이에게 일거리를 줄 어느 누구도 없으리라 생각되었다.

인범은 어제 배추 쌓던 곳으로 갔다. 인범은 어제처럼 차 위에서 배추를 던지고 밑에서는 받아 쌓고 있는 것을 한참이나 구경하고 있었다. 차 위에서 던지는 속도보다 땅 위에서 배추를 쌓는 일손이 모자라, 위에서 던지는 아저씨나 차 밑에서 받는 아저씨가 배추를 들고 기다리는 것을 보고 슬며시 다가갔다.

"아저씨 절 주세요. 제가 도와 드릴게요."

인범은 얼른 아저씨 손에서 배추를 빼앗듯이 받아 배추더미를 가지런히 쌓는 아저씨에게 주었다. 아저씨가 잠깐 인범의 얼굴을 의아한 듯 보더니 말했다.

"아! 너는 어제 쓰러진 애가 아니냐?"

하면서 측은한 얼굴로 인범을 자세히 보았다.

"……."

아저씨는 인범이가 무안해하는 모습을 보고 아무 말 하지 않고 자리를 비켜 주었다. 인범이가 배추를 중간에서 받아 주니 던지는 속도도 배추 쌓는 속도도 빨라지고 있었다. 인범이 어려서 몸놀림이 유연하고 이 일이 힘도 그렇게 들지 않아 안성맞춤의 일이었다. 배추 쌓기가 빠르게 진행되고 있었다.

"그놈 기특한데. 어린놈이 일솜씨가 몸에 밴 것 같아."

인범에게서 배추를 받아 쌓는 일을 하던 박 씨 아저씨가 일을 하면서 한마디 했다. 박 씨는 어제 인범이 쓰러진 것이 걱정이 되는지 물었다.

"얘, 꼬마야, 점심은 먹었니?"

점심은 먹었니 물었지만, 아침이나 아니 어제 저녁이나 먹었는지 묻고 있는 것 같았다. 그러면서 인범의 안색을 살폈다.

"예."

"아까 함께 온 아저씨 집에서 잤어?"

"예."

"그래, 그분 참 좋은 분이구나. 시래기를 줍는 것을 보니 그분도 가난한 것 같은데……."

"……."

인범이도 아저씨가 가난하다는 것을 알고 있었다. 그래서 더욱 마음이 무겁고 아팠다.

시간이 지나면서 등과 이마에 땀이 흥건히 배기 시작했다. 아직 어리고 일이 숙달돼 있지 않고 몸도 부실했기 때문이었다.

"얘야, 이마에 땀이 많이 났구나! 추운데도 등에 땀이 배었어. 이제 됐어, 그만해. 힘들지?"

"괜찮은데……."

인범은 혼자 말하듯 기어드는 목소리로 중얼거리며 일손을 놓지 않았다.

박 씨는 배추 포기를 받으며 연민 어린 시선으로 인범이를 힐끔힐끔 보며 안쓰러운 표정을 지었다.

'아니다. 내가 여기서 이만한 일에 지치면 나에게 주어질 일거리는 없다. 나는 나의 힘으로 살아가지 않으면 안 된다. 누가 나에게 동정으로 밥을 먹여 줄 것인가? 있다고 하더라도 동정으로 받는 것은 떳떳하지 못하다. 이제부터 나는 혼자다. 아니 아버지, 어머니가 돌아가신 그날부터 나는 잠잘 곳이 없는 고아다. 나 혼자 살아야 한다.'

이렇게 인범은 마음속으로 다짐을 했다.

"애, 좀 쉬라니까."

"괜찮아요."

인범은 소매로 이마에 밴 땀을 쓰윽 닦았다.

"그래도 땀이 많이 나는데……."

"오늘 처음 하는 일이라 일이 몸에 익숙하지 않아서 그런가 봐요. 내일은 더 잘할 수 있을 것 같아요."

인범은 어색한 미소를 지으며 하던 일을 계속하였다.

'이 아이는 무언가 일거리를 찾고 있구나! 내일은 더 잘할 수 있다는 말은 내일도 일을 시켜 달라는 말이 아닌가? 불쌍한 것, 배고픔을 면하려고 어린 나이에 이런 삭막한 시장 바닥에서 일거리를 찾아 나섰던 것인가?

초등학교에 다닐 나이에 배고픔을 면하려고 겨우 열 살이 조금 넘은 나이에 노동일을 하려는 아이가 너무나 가련하고 불쌍했다. 그래도 구걸하려고 하지 않고 일거리를 찾으려는 아이가 기특하다고 생각했다. 아이가 불쌍하여 가슴이 시렸다. 이 아이의 얼굴에 우수가 서려 있다. 그래, 내가 일을 중단시키지 않는 것이 배고픈 어린 너를 위하는 것이겠지.

그보다 아이가 일에 가세함으로 배추 쌓기가 빠르게 진행되었다. 아이가 어른 몫을 하여 열심히 배추를 받아 주니 일의 능률이 훨씬 빨라지기 때문이었다. 아이는 땀을 계속 흘리면서도 일손을 멈추지 않았다. 이 아이가 일손을 멈춘다면 배추 쌓는 일도 그만큼 늦어질 것이다.

두 시간 가량 일이 진행되니 트럭의 배추도 얼마 남지 않았다. 박 씨는 아이를 힐긋 보며 시계를 보았다. 일이 힘이 드는지 아이의 이마에서 땀이 점점 많이 흐르고 있었고 등에도 땀이 배어 있었다. 박 씨는 아이의 이마에 땀이 쉬지 않고 흐르고 등에마저 땀이 배는 것을 보고 어제는 굶어 쓰러지고 오늘은 일에 지쳐 쓰러질까봐 겁이 났다. 그렇다고 일을 그만두게 할 수 없었다. 아이가 안쓰럽고 불쌍해 아이를 쉬게 해야겠다고 생각했다. 아니 쉴 시간이 되었다.

"자, 잠깐 쉬었다 새참 먹고 합시다. 얘, 너도 가자."

이 말에 차 위의 아저씨도 내려와 식당 쪽으로 가면서 서 있는 인범이를 불렀다.

"애야, 너도 한몫을 했으니 새참 먹으러 가자."

"……"

인범은 따라갈 생각은 않고 엉거주춤 서서 이마에 흐르는 땀을 닦았다. 앞서 걸어가던 박 씨가 인범이가 따라오지 않자 가다 말고 뒤를 돌아보며 말했다.

"애, 너, 오지 않고 뭐 하니? 나머지 일은 안 거들어 줄 거야? 쉬고 먹어야 힘이 생겨, 빨리 와."

박 씨가 가지 않고 손짓을 했다. 인범은 박 씨가 서 있는 곳으로 뛰어가지 않을 수 없었다. 아저씨는 인범을 기다려 인범의 작은 어깨에 손을 얹고 먼저 간 아저씨들을 따라가며 말을 했다.

"너 일 잘하는데 이름이 뭐야?"

"고인범이라고 합니다."

"나이는?"

"열두 살이에요."

"그래, 부모님은 뭘 하시나?"

"……"

박 씨는 가다 말고 인범의 얼굴을 보았다. 인범의 얼굴은 금세 슬픈 표정으로 변했다.

"인범아, 내가 뭐 잘못 물었니?"

"아니에요. 부모님은 돌아가셨어요."

"오, 그래! 안됐구나! 언제 돌아가셨어?"

"얼마 안 됐어요."

기어드는 목소리였다.

"그럼 고아구나!"

"……."

시장 한 모퉁이에 '전주식당'이라는 낡은 간판이 있는 음식점으로 들어가니, 먼저 간 아저씨 두 분이 긴 나무 걸상에 앉아 담배를 피우고 있었다.

"어서 오시어잉."

투박한 전라도 사투리의 인심 좋아 보이는 식당 아줌마의 인사다.

"두만이, 자네 뭐 할 텐가?"

"그래, 막걸리하고, 오징어 삶은 회나 먹지."

"전주댁, 여기 막걸리 한 되와 오징어 삶은 것 몇 마리 주시오."

"예, 예."

음식점 아주머니의 시원한 대답이었다.

"얘, 인범아 앉아라. 여보게, 이 아이, 일 잘하지? 부모가 돌아가셨대. 그리고 이름이 고인범이래. 나이는 열두 살, 고인 물이라고 외우면 이름은 잊어버리지 않겠어."

"오, 그래! 고생하는군."

아주머니가 요리대 위에 금방 솥에서 꺼낸 김이 무럭무럭 나는 먹음직스러운 검붉은 오징어를 투박한 손으로 숭숭 썰어 쟁반 두 개에 얹어 식탁 위에 올려놓고 막걸리가 든 주전자도 갖다 놓았다.

인범은 삶은 오징어를 보니 군침이 입안 가득히 고였다.

"자, 한잔들 하게나."

아저씨가 주전자에 가득 담긴 막걸리를 질그릇 잔에 넘치도록 따라 맞은편에 앉은 구레나룻 아저씨에게 권했다.

"얘, 인범아! 너는 술은 먹을 수 없으니 사이다나 콜라를 마셔라."

"아니, 저 안 먹을래요. 아저씨들 드세요."

"아니야, 그래도 뭘 마셔야지. 이봐요 전주댁, 콜라 한 병 주세요. 그리고 이 오징어 회 먹어. 맛있어."

박 씨가 인범이 앞에 오징어가 담긴 쟁반과 붉은 초장을 담은 그릇을 가까이 당겨 주었다. 아저씨들은 막걸리를 마시며 금년 채소 시세에 대해서 이야기들을 하고 있었다.

인범은 혹시 아저씨가 먼저 와서 기다릴까 싶어 걱정이 되었다.

인범은 맛좋은 오징어 회를 아저씨들이 많이 먹으라고 했지만 인범은 참았다. 혼자 다 먹어도 모자라는 양이지만 아저씨들의 술안주를 날름날름 먹어 치울 수가 없어 삶은 오징어 몇 점을 먹고 아주머니가 갖다 놓은 콜라를 마시고 일어났다. 콜라가 시원하고 달착지근했다. 그보다 오징어 회가 기가 막히게 맛이 있었다. 생각 같으면 오징어 회를 혼자 다 먹어 치우고 싶었지만 참았다.

"아저씨, 저 먼저 나가 있을게요."

"얘, 얘 인범아. 이 오징어 회 더 먹고 가."

"아니에요. 많이 먹었어요."

"그래……. 그럼, 먼저 나가 있어. 우리 곧 갈게."

인범은 이 다음에 돈 벌면 오징어 회를 배가 터지노록 사 먹어야겠다고 생각했다. 세상에 저렇게 맛좋은 회가 있는 줄 몰랐다.

인범이가 식당을 나와 채소를 쌓은 곳에 가니 아저씨가 버려진 과일 더미에서 먹을 수 있는 과일을 골라 비닐봉지에 넣고 있었다.

"아저씨, 일 다 보셨어요?"

"응, 많이 기다렸지. 오늘 푸줏간에 일이 있어 좀 거들어 주었어. 그 대신 오늘도 살코기가 붙은 뼈를 많이 얻었다. 집에 가서 고깃국을 먹자."

"……."

"인범아, 이 사과 썩은 곳을 칼로 약간만 도려내면 먹을 수 있는 것을 장사하는 사람들은 상품 가치가 없다고 버리는 거야. 사람들이 절약 정신이 없어. 하긴 이렇게 버리니 우리 같은 가난뱅이도 과일을 먹을 수 있으니 다행이지 않니. 자 우리 과일 깎아 먹자."

하시며 덜 썩은 사과를 골라 주머니에서 손칼을 꺼내어 썩은 곳을 파내고 깎아 인범이에게 내밀었다.

"자, 먹어 봐. 먹는 데는 이상이 없어."

인범은 사과를 받아 맛있게 먹었다. 와작와작 씹을 때마다 단물이 물씬 나와 참으로 맛이 좋았다. 아저씨가 주는 과일 두 개를 먹으니 배가 불렀다. 더 먹고 싶었지만 참았다. 아! 배가 고프면 이곳에 와서 과일을 주워 먹어야겠다고 생각했다.

인범이가 힐긋 배추더미 쪽으로 보니 아저씨들이 오고 있었다.

"아저씨 저 배추 쌓는 일 도와 드리고 있어요. 저 일하러 가야 해요."

"그래, 그 사람들이 도와 달래?"

"아니에요. 제가 도와 드리겠다고 했어요."

"그래……. 가서 일 마치고 와. 아저씨 여기서 배춧잎 고르며 기다릴게."

"아저씨, 저…… 먼저 가세요……."

"…… 왜? 기다릴 테니 일하고 와, 같이 가게."

"…… 아니에요. 저 다른 데서 잘게요."

"너 어디서 잘 테야? 잘 곳이 있니?"

아저씨는 인범을 똑바로 보며 물었다.

"……"

"인범아! 너 어젯밤에 아주머니가 뭐라는 소리 들었구나. 그래서 그러지?"

"…… 아저씨 저, 언제까지나 아저씨 집에 살 수 없잖아요. 아저씨 어제는 정말 고마웠습니다. 은혜 잊지 않을게요."

"인범아! 아주머니는 너의 사정을 잘 몰라서 그래. 그러지 말고 아저씨 기다릴게 일하고 와."

"아저씨, 저 혼자 열심히 살아 볼래요. 어차피 저는 혼자인 걸요. 저, 아저씨, 집 찾으려면 어떻게 가야 해요? 길을 자세히 보아 두었지만……. 저 아저씨 집에 자주 놀러 가고 싶어요. 아니 그 근처에 갈 일이 있어요."

"뭐, 그 근처에……?"

상우는 그 근처에 올 일이 있다는 말에 의아한 얼굴로 인범을 바라보았다. 아이가 한없이 불쌍했다.

'아! 아내가 배고픔과 잠잘 곳이 없는 불쌍한 이 아이에게 상처를 주었구나!' 김상우는 가련한 소년을 물끄러미 보다 쓴맛을 씹었다.

이 소년에게서 혼자 살겠다는 결연한 의지가 굳어 있는 것을 보았다. 더이상 권할 수도 없었다.

"그래, 인범아. 열심히 살아 보렴. 그러나 배고프고 힘들면 언제든지 이 아저씨 찾아와. 우리가 너에게 야속한 짓을 하는구나! 우리 집을 찾아오려면 석남동 연학초등학교 입구에서 가래성당을 물어 검단산 가는 길로 곧장 오면 길은 히니밖에 없이."

"네, 그렇게 할게요. 아저씨, 안녕히 가세요. 저 일하러 가요."

처연한 얼굴로 돌아서는 아이의 뒷모습을 김상우는 애잔한 눈빛으로 한

참을 바라보았다.

저 어린것이 살기 위해 일거리를 찾는구나, 쯧쯧. 그래서 점심을 먹고 자기를 따라 나섰다고 생각하니 아이가 한없이 애처롭고 가련했다. 아직은 혼자 살아가기에는 어린데…… 어제 저녁 아내와 다투는 소리 듣고 집으로 따라가려고 하지 않는 염치가 있는 아이. 김상우는 자신도 모르게 눈시울이 뜨거워졌다. 상우도 아버지가 일찍 돌아가시고 겪은 조고여생(早孤餘生)의 어린 시절이 주마등처럼 떠올랐다. 얼마나 추위와 배고픔에 고생하며 자랐던가!

김상우는 어른들 속에서 일을 하는 아이를 한참이나 바라보다 배춧잎을 줍기 위해 걸음을 옮겼다.

쇠잔한 늦가을의 해가 서쪽으로 기울어지고 건물들의 그림자가 길게 드리우고 있을 때까지 인범은 땀을 흘리며 열심히 배추 쌓는 일을 했다. 배추를 다 내려놓은 아저씨들은 천막으로 쌓아 놓은 배추더미를 덮고는 줄로 묶었다. 일을 마친 아저씨들은 옷을 털고 얼굴의 땀을 닦고 있었다. 저 배추더미는 내일 새벽 경매가 끝나면 많은 소매상인들에게 팔려 가게 된다고 했다.

"오늘은 인범이가 손이 빨라 일을 빨리 마쳤다. 수고 많았다."

"그래 인범이라고 했지? 앞으로 큰 일꾼 되겠는데. 여보게, 두만이. 인범이 일당 많이 주어야겠어."

"자, 인범아. 이것 받아라! 얼마 안 된다. 내일 또 올 수 있으면 오너라. 올 수 있지?"

박일도는 아이가 한 푼이라도 돈을 벌려고 뜬벌이를 하려고 하는 것을 알기 때문에 내일 오라고 했다.

"…… 와도 돼요. 아저씨?"

"그럼 와야지. 너 때문에 얼마나 일을 일찍 마쳤는데."

"…… 네. 올게요. 고맙습니다."

인범은 울컥 솟구치는 눈물을 삼켰다. 고마운 아저씨들이었다.

"그래, 꼭 와야 해."

아저씨가 만 원짜리 지폐 두 장을 내밀었다. 인범은 받기가 민망했다. 아저씨들이 부탁하여 일을 한 것이 아니다. 인범이 스스로 일거리를 찾아 일을 도와준 것이다.

"아저씨, 돈 안 주셔도 돼요. 제가 하고 싶어 했는걸요."

인범은 받지 않으려고 했다.

"인범아, 그러면 안 된다, 받아. 그래야 내일 다시 일 시킬 수 있잖아."

아저씨가 억지로 손에 쥐어 주었다. 인범은 쥐어 준 돈을 도로 아저씨에게 내밀었다.

"아저씨. 저, 그러면 내일 일하고 받을게요."

"아니야, 받아. 너 오늘 몇 시간 일한 줄 알아? 장장 네 시간이야."

"얘야, 받아. 너 오늘 일 많이 했어, 어린 나이에."

구레나룻 아저씨도 적극 권했다.

"아저씨, 그러면 저 그 반만 주세요. 너무 많은 것 같아요."

이만 원이면 쌀도 여러 되 사고 보리쌀도 살 수 있고, 라면 몇 상자 값이다. 인범에겐 과분한 돈이다. 인범이 태어나고는 처음으로 자기 노력으로 돈을 벌어 보는 것이다. 노력하여 돈을 버는 방법을 배운 것이다. 그리고 무엇이든지 자기가 일거리를 스스로 찾아야 된다는 것을 깨달았다. 가만히 있으면 누가 나에게 일을 시키지 않는다는 것을…….

"얘야, 그렇게 많은 게 아니야. 어른이면 더 주어야 해. 아직 어리다고 적게 주는 거야."

아저씨들은 인범이가 고아이고 배고파 쓰러진 아이임을 알고 인범을 동정하여 돈을 주었다.

버려진 배추더미에서 아직도 아저씨는 먹을 수 있는 배춧잎을 열심히 고르고 있었다. 일을 마쳤지만 인범이에겐 특별히 갈 곳이 없었다. 고마운 아저씨를 도와주려고 배추더미에서 배춧잎을 줍기 시작했다. 김상우는 배춧잎을 줍다 인범이가 옆에서 배춧잎을 줍고 있는 것을 보았다.

"너, 일 마쳤구나."

"아저씨, 배춧잎 많이 골랐어요?"

"그래, 이제 됐다. 내일 또 주우면 돼. 너 고되지 않아?"

"견딜 만해요."

"그래!"

"아저씨, 이 배춧잎 받아요."

"그래, 고맙다."

아저씨는 배춧잎들을 커다란 박스에 차곡차곡 넣었다.

"인범아, 너 오늘 어디 잘 곳은 있니? 고집 부리지 말고 같이 가자."

"……."

돈이 생겼다. 미영이에게 무언가 사 주고 싶었다. 그래야 마음이 편할 것 같았다. 어제 잤던 방이 그리웠다. 참으로 아늑한 방이었는데……. 오늘밤 잠자리를 찾으려니 겁부터 났다.

인범은 아저씨를 마주보며 마른 미소를 지었다.

"너, 내일도 여기 일하러 올 거지?"

"예, 아저씨들이 오라고 했어요."

"인범아, 저녁밥 사 줄게, 같이 가."

"아저씨, 아니에요. 저 오늘 돈 벌었어요. 제가 저녁 사 먹을게요. 아저씨 집에 가서 아주머니와 아이들과 잡수셔야죠. 제 걱정 마세요. 아저씨, 여기 조금만 기다리세요. 잠깐 다녀올게요."

인범은 말간 미소를 던지고 어디인지 뛰어갔다. 김상우는 인범이의 밝은 미소를 보고 마음이 편했다. 저 아이는 아이가 아니다. 어른 같은 말을 한다. 상우는 인범을 기다리며 배춧잎을 넣은 박스와 개밥을 리어카에 싣고 끈으로 단단히 묶고는 인범이를 기다리고 있는데, 인범이가 시장 모퉁이에서 뛰어오고 있었다. 뛰어오는 발걸음이 가벼웠다. 인범은 상우 앞으로 다가오더니 검은 비닐봉지를 내밀었다.

"아저씨, 이것 미영이 주세요."

"이것 뭔데?"

상우는 의아한 얼굴로 인범과 비닐봉지를 번갈아 보았다.

"별것 아니에요, 과자예요."

저 애가 어제 먹은 밥값 하느라고 그러는구나! 저 나이에 돈이 없어 고구마 하나 못 사 먹고 배고파하던 애가……. 상우는 아이가 불쌍하여 가슴이 저미었다.

"인범아, 쓸데없는 짓 하는구나!"

"아저씨, 저 돈 있어요. 그리고 며칠간은 일거리가 있을 것 같아요."

"인범아, 돈은 소중한 거야. 한 푼이라도 아껴 써야지. 너 배고픔을 겪어 봤지."

"네……. 아껴 쓸게요. 아저씨 안녕히 가세요. 아주머니께 제가 고맙다 하더라고 아저씨께서 대신 인사 드려 주세요."

어른 같은 인사를 하고 고개를 푹 숙이고 처연히 걸어가고 있는 아이의 좁은 어깨가 더 좁게 보였다. 김상우는 슬픈 눈으로 아이의 뒷모습이 시야에서 사라질 때까지 좇고 있었다. 비쩍 마른 아이의 모습이 길 모퉁이로 사라졌다.

'저 아이는 아이가 아니다. 이 험난한 세상을 저 아이는 잡초처럼 질긴 삶을 살아가는구나.'

김상우는 집으로 돌아오는 동안 내내 마음이 우울하고 무거웠다. 상우는 아버지 없이 홀어머니 슬하에서 배고팠던 어린 시절을 회상했다.

아이는 잠자리를 찾아 오늘도 지하철이나 빌딩 지하를 찾아 헤맬 것이다. 아이를 달래어 데리고 오지 못한 아니 강제로라도 데리고 오지 못한 것을 생각하니 심장을 바늘로 찌르고 가슴을 후벼 파듯 아렸다. 아이를 생각하니 가슴에 돌덩이 하나가 들어 있는 것같이 편하지 않았다. 참으로 불쌍하고 착한 아이인데⋯⋯. 야박한 아내가 한없이 원망스럽고 미웠다.

집이 가까워지자 오토바이 소리를 듣고 개들이 짖는 소리가 요란하게 들렸다.

김상우는 댓돌에 올라서며 긴 한숨을 쉬었다. 미영이 엄마 순실이는 남편이 혼자 오는 것을 보고 한편으로 안도를 하면서도 마음이 아팠다. 남편이 아이를 아끼는 것 같은데 어떻게 떼어놓고 왔을까 의아했다. 어젯밤에만 보아도 남편은 아이를 어떻게 하든 당분간 돌보려고 하지 않았던가. 그런데도 아이는 오지 않고 남편만 왔다. 순실이는 남편의 눈치만 보고 있었다.

“이제 오세요. 그런데⋯⋯.”

“당신이 원하는 것 아니야. 아이가 오지 않겠대. 어젯밤 당신과 싸우는 것 들었나 봐.”

“⋯⋯.”

“염치가 있는 아이야. 고아이고 가난하지만 보기 드문 올곧은 아이야.”

“미안해요. 저도 아이가 착한 아이인 것을 알아요.”

“아이가 오지 않겠대. 아이가 오늘도 지하철이나 빌딩 지하에 잠자리를 찾아 헤맬 거야. 옷도 얇은 옷을 입고 있던데.”

“⋯⋯.”

“이걸 받아, 아이가 미영이 주라고 사 주더군.”

“아이가요?”

“오늘 배추 쌓는 일을 도와주고 돈 얼마를 받은 모양이야. 아이가 배고품을 면하려고 뜬벌이라도 하려고 하는 것이 너무 애처로워."

"……."

순실은 깊은 회한의 긴 한숨을 쉬었다. 가난이 원망스러웠다. 순실은 아이가 미영이 주라고 보낸 과자 봉지를 한참이나 내려다보며 눈물을 글썽거렸다.

'착한 아이였구나!'

아저씨는 갔다. 자존심이 밥 먹여주나. 염치가 밥 먹여주나. 눈 딱 감고 따라갈걸. 그러면 오늘밤 잠자리도 저녁밥도 아침밥도 걱정하지 않아도 될 텐데…….

늦은 가을의 해가 기우니 으스스한 찬 기운이 얇은 옷에 파고들었다. 인범은 몸을 바르르 떨었다. 아, 겨울이 다가오고 있구나! 겨울이 되기 전에 잠잘 곳을 마련해야 하는데. 지금도 시멘트 바닥의 냉기가 등을 시신처럼 싸늘하게 하는데……. 살을 에는 한겨울에 시멘트 바닥에서 자야 한다고 생각하니 겁이 났다. 한겨울 시멘트 바닥에 자면 얼어 죽을 것 같았다. 하루빨리 토굴을 파야겠다고 생각했다.

잠자리를 찾기 전에 저녁밥을 먹어야 했다. 배가 고프지만 조금 늦게 먹자. 그래야 내일 아침밥을 먹지 않고 아침을 건너뛸 수 있다. 그보다 음식점에서 식사 시간이 지나 파할 때가 되어 가면 밥을 많이 준다는 것을 알았다. 언젠가 돈을 아끼려고 저녁밥을 사 먹지 않으려 했는데, 배가 어찌나 고픈지 견딜 수가 없었다.

늦은 시간에 음식점을 찾았다. 문을 닫으려고 하던 아주머니가 식당 문을 들어서는 인범을 보고 지금 문을 닫으려고 한다고 했다. 인범은 아주머니에게 빨리 먹겠다고 하였다. 아주머니는 인범의 얼굴을 물끄러미 보더니 급히 우동 한 그릇을 말아 주었다. 아주머니가 허겁지겁 우동을 먹는 인범을 멀거니 바라보더니 말을 했다.

"얘야, 밥이 있는데 더 먹을래?"

"…… 안 먹을래요."

"아니, 왜 안 먹으려고 그래, 배가 많이 고픈 것 같은데."

아주머니는 의아한 얼굴로 물었다.

"돈이 없는걸요."

"얘야, 돈 받지 않을게."

아주머니는 장사를 마쳤으니 그냥 두면 내일 팔 수 없다고 하며 얼마나 많이 주는지 포식을 하여 다음날 아침을 굶어도 배가 고프지 않았던 생각이 났던 것이다.

문 닫기가 바쁘다는 아주머니가 공짜로 주는 밥을 많이 주어 빨리 먹으려고 입안 가득히 밥을 넣어 먹고 있었다. 그 모습을 보고 "얘야, 천천히 먹어, 기다려 줄게. 체하겠다."고 하시며 인자하게 웃으시는 모습이 꼭 어머니 같다고 생각했다. 인범은 아주머니에게서 어머니의 얼굴을 찾으려고 밥을 먹으며 힐긋힐긋 훔쳐보다 무안당한 것을 생각하니 지금도 부끄러웠다.

"얘야, 내 얼굴에 뭐가 묻었니?"

아주머니는 물 묻은 손을 앞치마에 닦으며 인자한 얼굴로 말을 했다.

"아, 아니에요."

인범은 그때가 떠올라 공허한 미소를 머금었다.

상가의 쇼윈도에 하나둘 불이 켜지며 휘황찬란한 네온사인이 거리를 밝히고 있었다. 찬바람 한 줄기가 얇은 옷을 입은 인범이의 몸을 파고들었다. 오늘 밤 잠잘 곳을 생각하니 가슴이 답답했다. 인범은 아저씨를 따라가지 않은 것을 다시 한 번 후회했다. 어젯밤 아저씨 집의 따뜻한 저녁밥과 따스한 이불이 간절하게 그리웠다. 그러나 가난한 아주머니와 아저씨가 말다툼하던 것을 생각하니 따라가지 않은 것이 잘했다는 생각도 들었다.

할 일 없이 이 거리 저 거리를 헤매고 쇼윈도에 진열된 값비싼 상품들을 구경하며 시간을 때웠다. 밤이 깊어지면서 날씨가 추워졌다. 인범은 시간을 잘 몰랐다. 시계가 없기 때문이다. 대강 몇 시에 자고 몇 시에 일어난다는 것은 알지만……

뒷골목 허름한 식당을 찾아 기웃거렸다. 식사 시간이 지나서 그런지 식당 안은 한산했다. 아, 식당 문을 닫을 시간이 되었구나! 인범은 오늘 저녁밥을 굶지 않으려면 빨리 식당을 정해야겠다고 생각하고 서둘렀다.

좁은 골목에 들어서니 돼지국밥집이 눈에 들어왔다. 구수한 국밥 냄새가 물씬 코를 자극하며 신 침이 울컥 목구멍에서 올라왔다. 인범은 입에 고이는 신 침을 벌써 몇 번이나 삼켰는지 몰랐다.

어느 국밥집 문이 빼죽이 열려 있었다. 그 틈으로 시선을 밀어 넣던 인범의 눈과 요리대에 서서 칼질을 하던 아주머니의 눈이 마주쳤다. 아주머니의 눈이 밥 먹으러 왔느냐고 묻고 있었다. 인범은 발을 식당 문 안으로 한 발자국 밀어 넣었다.

"저, 돼지국밥 한 그릇 얼마예요?"

"이천 원이야, 들어와."

인범은 얼른 문을 닫았다. 먹고 싶지만 비쌌다. 게다가 아주머니의 쌍심지 눈을 보니 많이 줄 것 같지도 않았다.

"별 미친놈이 다 있어. 뭘 훔치러 온 게 아니야?"

아주머니가 쏟아 뱉은 앙칼진 목소리가 문틈으로 빠져나와 인범의 가슴을 아프게 했다.

몇 식당을 더 기웃거렸다. 유리에 빨간색 검은색 페인트로 국수, 우동이라고 적혀 있는 식당 안에 두 손님이 앉아 식사를 하고 있었다. 이번엔 당당히 문을 열고 들어갔다. 할머니였다.

"아주머니, 국수 한 그릇에 얼마예요?"

할머니같이 보이지만 인범은 아주머니라고 불렀다. 언젠가 처녀를 아주머니라고 불렀더니 "얘가 누구 혼삿길 막으려고 아주머니래." 하며 신경질을 부렸다. 옆의 친구가 "영숙아. 아이들의 눈이 정확해. 네가 아주머니 같이 보이니 그렇게 부르는 거야. 아주머니 소리 듣기 싫으면 머리와 옷에 좀 투자를 하란 말이야. 너무 돈만 움켜쥐지 말고 화장품도 고급을 사고……."

그 아주머니 같은 처녀가 눈을 흘기는 것을 본 후로 인범은 웬만하면 아주머니라고 부르지 않기로 했다. 그렇다고 어린 인범이가 당돌하게 아가씨라고 부를 수도 없었다.

"앉아! 천 원이야. 늦게 왔구나! 아이들이 무엇이 바빠서 이제야 저녁 먹니?"

"한 그릇 주세요."

일에 익숙한 할머니는 삶아 놓은 국수 다발 한 묶음을 동그랗고 깊은 대바구니에 넣고 뜨거운 국물에 넣어 몇 번을 흔들더니 투박한 사기그릇에 여러 가지 양념과 함께 금세 먹음직스러운 국수 한 그릇을 말아 인범이 앞에 놓았다. 김치를 곁들여 몇 가지 반찬도 나왔다.

인범은 빨리 먹기가 아쉬워 맛을 음미해 가며 우동 한 그릇을 천천히, 국물과 멸치 한 마리, 채소 찌꺼기 하나 안 남기고 먹었다. 배고픈 걸 생각하면 게걸스럽게 먹어 치우겠지만 빨리 먹고 나면 아쉬울 것 같았다. 인범은 국물까지 한 방울 안 남기고 천천히 마셨다. 그러면서 반찬을 더 달라고 했다. 반찬은 더 달래도 돈을 받지 않기 때문이었다.

배 한쪽 귀퉁이를 겨우 채웠다. 인범이가 할머니를 쳐다보았지만 할머니는 하루의 일에 지쳤는지 꾸벅꾸벅 졸고 있었다. 지난번 어느 아줌마처럼 팔다 남은 밥이라도 더 먹으라고 줄 것을 기대할 수도 없었다. 동정을 바라는 것은 비굴이고 구걸인 것이다.

인범은 일어섰다. 할머니 앞으로 갔지만 게슴츠레한 할머니의 눈은 겉잠에 취해 있었다. 할머니의 단잠을 깨우기가 민망하여 잠시 서 있었다. 그때 두 아저씨가 식사를 마치고 일어서 나왔다.

"할멈, 돈 받으세요."

졸던 할머니가 눈을 번쩍 떴다. 아저씨들은 나갔지만 인범은 우동 값을 주고도 나가지 않고 주저하고 있었다.

할머니는 얼른 나가지 않는 인범을 의아한 듯 마주보았다.

"애, 너 무슨 할 말이 있니? 왜 안 가고 머뭇거리니?"

"아주머니, 저…… 아주머니 일 도와 드릴 것 없어요?"

"무슨 일?"

할머니는 인범이가 무슨 말을 하는지 의아한 듯 멀거니 바라보았다.

"아주머니, 청소해 드리고 싶은데요……."

"왜?"

"아니에요, 아주머니. 안녕히 계세요."

할머니는 일을 도와주고 남은 밥이나 우동이라도 얻어먹으려는 인범의 의도를 알 리가 없었다.

문을 열고 밖으로 나오니 고추바람이 얇은 옷을 입은 인범의 몸을 파고들며 바르르 떨게 했다. 인범은 옷깃을 여미고 목을 움츠렸다.

인범은 냉기를 막아 줄 버려진 종이 박스를 찾으려고 눈은 구석진 건물과 건물 사이의 어둠 속을 훑고 있었다. 상인들이 박스를 버릴 곳이 없어 건물 사이에 끼워 놓기 때문이었다.

건물 이곳저곳 구석을 뒤지다 박스 하나를 주워 나오려는데 앞에 아파트가 보였다. '아! 요즘 아파트가 많이 지어진다던데, 이곳이 아파트이구나.' 인범은 옆구리에 종이박스를 끼고 아파트 안으로 끌리듯 들어갔다. 경비실 안 희미한 전등 불빛 아래 경비원이 앉아 신문을 뒤적이고 있었다.

넓은 주차장엔 차들이 같은 방향으로 질서정연하게 주차해 있었다. 어둡고 늦은 밤이라 그런지 사람들의 왕래가 뜸했다. 고독과 추위로 떨고 있는 인범은 밤하늘을 쳐다보았다. 희미한 초승달이 구름 속으로 들어가고 있었다.

인범은 어둠 속에 묻혀 있는 거대한 시멘트 건물을 치어다보며 층수를 헤아려 보았다. 5층 높이의 비둘기 집 같은 고만고만한 아파트의 창에서 불빛들이 비쳐 나오고 있었다. 인범은 처음 보는 아파트를 한참이나 휘둘러보다 화단의 시멘트 턱에 앉았다.

인범은 옷깃을 세우고 자라목처럼 목을 움츠리며 망연히 밤하늘을 쳐다보았다. 구름에 가려졌던 별들이 잠시 구름이 걷히면서 별들이 쏟아지다 다시 구름 속에 숨어 버렸다. 침묵의 밤 풍경에 구름과 별들이 숨바꼭질을 하고 있었다.

싸늘한 달빛에 떨고 있는 희미한 수은등 아래 몸을 잔뜩 웅크리고 떨고 있는 인범은 밤을 기다리는 것이 무서웠다. 지하철이나 관리인이 빌딩의 셔터를 내리기엔 아직도 시간이 남아 있었다. 오늘도 지하나 옥상 입구 문 앞을 찾아야 했다.

며칠 전에 잠을 잤던 빌딩엔 관리인이 늦게 문을 닫는다는 사실을 알고 있는 인범이는 그 시간까지 기다려야 했다. 시계가 없는 인범은 무릎을 깍지하고 앉아 기다리다 잠깐 겉잠이 들었다. 수은 같이 무겁고 차가운 방범등이 인범의 굽은 등을 적시고 있었다.

"얘야, 일어나! 너 누구냐?"

부르는 소리에 놀란 인범은 벌떡 일어났다.

"얘! 여기서 뭐해?"

경비원 최승일은 인범의 머리에서부터 발끝까지 손전등을 이리저리 비추며 수상한 눈초리로 옷차림과 행색을 뜯어보고 있었다. 최승일은 아직도 어린아이임을 알고 안도를 하며 다정하게 물었다.

"애! 처음 보는 아이네. 몇 호에 사는 아이야? 너 부모에게 야단맞고 나왔지?"

"저 아파트에 살지 않아요."

"그래? 그럼 어디 사는 아이야?"

"저 집이 없어요."

최승일은 불쌍한 생각이 드는지 더욱 다정한 소리로 말했다.

"집이 없어……. 그럼 부모도 없겠구나?"

"예."

"왜? 여기서 잠을 자니?"

"여기서 기다리다 빌딩 관리인이 집에 가면 지하실 계단이나 옥상 문 앞에 잠을 자려고 해요. 그 건물 관리인은 늦게 집에 가거든요."

"그러면 지하실에서 몰래 잠을 자니?"

"…… 예. 들키면 혼나고 쫓겨나요."

"시멘트 바닥에 자면 춥지 않니?"

"이 박스를 깔고 자면 차가운 김이 덜 올라와요."

"그래서 박스를 가지고 있구나!"

"……."

최승일은 아이에게 말도 시켜 보았다. 착하게 보이지만 그래도 괴이쩍은 것이 풀리지 않았다.

"너 무엇을 하는 아이야?"

"저, 어제부터 채소 시장에서 채소를 옮기는 일을 하고 있어요."

최승일은 아이와 여러 가지 말을 나누고 난 후에야 의심이 풀렸다. 그리고 아이가 너무나 불쌍했다. 초라한 아이는 아직도 가을 옷을 입고 있었다. 최승일은 잠잘 곳이 없다며 변죽을 울리는 아이의 애처로운 눈동자를 어둠 속에서 보고 가슴이 짠했다. 어린아이가 너무나 불쌍했다. 분명 비렁 뱅이는 아니었다.

"애야, 당분간 잠자리를 구할 때까지 여기 아파트 지하실에서 자도록 해! 밤에만 잠을 자는 거지."

"정말이에요? 아저씨, 고맙습니다. 고맙습니다."

"애야, 밤에만 자는 거 맞지?"

"예, 밤에만 자면 돼요, 아저씨."

최승일은 아파트 지하실에 인범이를 데리고 내려갔다. 습기가 차고 음습한 지하실은 넓었다. 한쪽 벽에 경비원의 옷이 걸려 있었다. 지하실은 버려진 물건들이 이곳저곳 널브러져 있었다. 특히 인범이가 애타게 찾는 버려진 박스가 많이 있었다. 최승일은 두터운 박스 두 장을 펴서 시멘트 바닥에 깔아 주었다. 최승일은 손자 철우가 생각나 아이가 더 불쌍했다.

'우리 철우도 내가 없으면 저 아이처럼 고생을 하겠구나.'

최승일은 아들이 교통사고로 죽자 자식을 버리고 집을 나간 야속한 며느리의 얼굴이 떠올랐다.

4

인범이가 채소 쌓는 일을 한 지도 십여 일이 되었다. 언제까지나 아저씨들의 동정을 받을 수 없었다. 이쯤에서 스스로 그만두어야겠다고 생각했다. 아저씨들이 나를 불쌍히 여겨 일거리를 주는 것이지 내가 필요해서가 아닐 것이다. 그보다 겨울이 점점 닥쳐오고 있었다. 더 춥기 전에 아저씨 집 근처에 토굴을 파 잠자리를 마련한 후 임시가 아닌 오랫동안 할 수 있는 일을 찾아야 했다.

무엇보다도 잠자리가 급했다. 이불도 없이 시멘트에서 올라오는 냉기에 밤을 지새워야 하는 고통이 무서웠다. 그리고 임시로 자라고 한 지하실에 언제까지나 잘 수 없었다. 아저씨도 몰래 나를 재워 주는 것 같았다. 그리고 아파트 지하실엔 경비원들이 몰래 밤잠을 못 자게 하기 위해 관리실에서 이불을 못 두게 하기 때문에 이불이 없다고 했다.

날은 자꾸만 추워지는데 겨울옷도 마련해야 했다. 더 추워지면 차가운 시멘트 바닥에 이불도 없이 자다가 얼어 죽을지도 모른다고 생각하니 겨울이 두려웠고 밤이 무서웠다.

그동안 배추 쌓는 일을 하여 받은 돈으로 토굴을 팔 공구도 구입하고 값싼 겨울옷도 사 입을 수 있을 것 같았다. 토굴을 팔 수만 있다면 시멘트 바닥보다는 훨씬 나을 것이다. 그러나 '나 혼자서 토굴을 팔 수 있을까?', '혼자 토굴을 파기에 나는 너무 어리다.', '아저씨에게 파 달라고 할까?' 하는 생각도 해 보았지만 그만두었다. 아저씨는 바쁘다. 아니, 또 아저씨 집에서 같이 살자고 할 것이다. 아주머니가 떠올랐다. 인범은 고개를 저었다. 그보다 이제는 자는 것, 입는 것, 먹는 것은 나 스스로 해결해야 한다.

인범은 오늘도 일을 마치고 일당을 받았다.

다음 날, 일을 마치고 일당을 받은 인범은 가지 않고 머뭇거리고 있었다.

"인범아, 너 왜 가지 않니? 무슨 할 말이 있니?"

"아저씨, 일을 그만두어야겠어요."

갑작스런 인범의 말에 아저씨들은 의아한 눈으로 인범의 얼굴을 멍하니 바라보았다.

"왜, 일을 그만두려고, 다른 일자리가 생겼어?"

아저씨들 중 인범이에게 제일 잘해 주는 박 씨가 인범의 얼굴을 자세히 보며 의아한 표정으로 물었다.

"아니에요. 언제까지나 여기서 일할 수는 없잖아요. 제가 할 수 있는 일을 찾아볼까 해요."

"무슨 일을……?"

"…… 생각 중이에요."

그러면서 구두닦이를 떠 올렸다. 그러나 딱히 결정한 것은 아니었다.

"하긴 그래, 어린 네가 이 일을 하긴 힘들 거야."

"힘들지는 않은데……."

"그럼, 왜 그만두려고 하는 거야, 계속해. 우린 네가 필요한데……."

인범은 그 말이 빈말인 줄 알았다.

"아저씨, 제가 할 일을 찾아 열심히 살아갈게요."

박 씨는 인범이가 자기 일을 찾아 하겠다는 말에 더는 말을 할 수 없었다. 이 아이는 무슨 말이든 아무렇게나 할 아이가 아니다. 아이 나름대로 계획을 세우고 말을 한다고 생각했다.

"그동안 정이 들었는데……."

"넌 무슨 힘든 일이나 고생을 이겨 나갈 수 있을 거야. 그래, 인범아. 네가 할 일을 찾아 열심히 살아 봐."

박 씨는 인범이와의 이별이 아쉬운 듯 측은한 얼굴로 인범을 멀거니 보더니 잠깐 기다리라고 하고 아저씨들을 데리고 사무실로 갔다. 한참 있다 돌아온 박 씨는 자기들이 돈을 거두어 오만 원을 넣었다며 봉투를 내밀었다. 인범이에게는 큰돈이었다.

"아저씨, 고맙습니다."

"인범아, 어디 가든 건강하게 살아야 한다. 넌 아프면 안 돼. 어서 가."

박 씨는 봉투를 손에 들고 눈물을 글썽이는 인범이의 등을 떠밀며 어서 가라고 재촉했다. 넌 아프면 안 된다는 말이 묘하게 인범의 가슴을 적셨다.

인범은 시장 주위에서 봐 두었던 공구 상점을 찾아 토굴을 파는 데 필요한 군용 야전삽과 작은 곡괭이, 그리고 군용 식판과 취사도구를 사서 커다란 헌 배낭에 넣었다. 배낭은 등산용품을 파는 가게 사장이 인범이가 가난한 것을 알고 손님이 새 배낭을 사고 두고 간, 아직도 깨끗한 배낭을 주었다. 어른의 것이라 배낭이 컸다.

인범은 커다란 배낭을 짊어지고 아파트 지하를 찾았다. 경비 최승일은 옷을 갈아입고 지하 계단을 올라오다 배낭을 짊어지고 계단을 내려오는 인범이와 부딪쳤다.

"인범아, 그게 뭐야?"

"아저씨, 저 토굴을 파서 살아야겠어요."

"뭐, 토굴?"

경비 최승일은 궁금한지 지하실에서 올라오다 내려가는 인범이를 따라 도로 내려갔다. 인범은 지하 시멘트 바닥에 배낭 안에 든 공구를 하나 끄집어내었다. 최승일은 공구를 유심히 내려다보았다.

"이거 공구 아니야? 이것으로 토굴을 팔 거야?"

"예."

"너 혼자 팔 거야?"

"예."

"어디에?"

"산 밑에 보아 둔 곳이 있어요."

"…… 너 구청에 가서 고아원에 보내 달라고 해. 그러면 자고 먹고 학교에 다니는 것은 걱정 안 해도 되잖아. 그런데 왜 사서 고생을 하는 거야. 사람이 어떻게 토굴에 살아. 내일 내가 노는 날인데 아저씨와 같이 구청에 가자. 내가 말해 줄게."

"……."

"왜, 싫어?"

"아니에요. 제가 가기 싫다고 했어요. 두 동생은 고아원에 살고 있어요."

"그래? 왜 고아원에 가기 싫어. 애 너 혼자 아무렇게나 살려고 그러지. 그래서 이 고생을 하는 거지? 그건 잘못 생각한 거야."

"아저씨 저는 사정이 있어요. 우리 아버지, 어머니는 날치기들이 죽였거든요. 그래서 저는 튼튼히 자라 아버지 원수를 갚아야 해요. 아저씨……."

"어떻게 원수를 갚을 거니?"

최승일은 아이가 자기 아버지를 죽인 원수를 갚는다고 하여 궁금해서 물었다.

"……."

아이는 말을 하지 않았다. 최승일은 아이가 어떻게 원수를 갚을 생각을 하는지 궁금했다.

"말해 봐, 네가 튼튼히 자라 어떻게 원수를 갚을 거야?"

아이가 무엇을 심각하게 생각하는지 한참을 망설이다 말을 했다.

"저는 그놈을 찾아 우리 아버지를 죽인 것처럼 그들을 죽일 것입니다."

"뭐 죽여?"

"네, 꼭 죽일 거예요. 아버지 시신 앞에서 원수를 갚겠다고 맹세를 했어요."

"……?"

이렇게 말을 하는 아이의 얼굴이 일그러지며 이빨을 앙다물었다. 그 앙다문 입술이 파르르 떨리더니 얼굴에 경련이 이는 듯 실룩거렸다.

최승일은 아이의 얼굴을 멀거니 바라보았다. 희미한 형광등 아래 아이의 눈이 형형하게 빛나고 있었다. 그냥 불쌍한 고아라고만 생각했는데 사람을 죽이겠다는 끔찍한 말에 아이의 얼굴을 유심히 바라보았다. 아이의 눈빛이 섬뜩했다. 그 섬뜩한 살기 띤 눈빛에 서기가 서려 있었다. 무언가 일을 낼 것 같았다.

'원한이 골수에 맺힌 아이구나.'

아버지의 원수를 죽이겠다는 말에 최승일은 학교에 다닐 때 역사 시간에 부모의 원수를 갚기 위해 움막 속 장작더미 위에서 잠을 자며, 움막을 드나들 때마다 복수의 일념을 불태우기 위해 쓴 곰쓸개를 핥으며 보복을 다짐한 끝에 부차를 패배시켰다는 와신상담(臥薪嘗膽)이라는 고사성어가 생각났다.

최승일은 경비실로 돌아오며 자신도 모르게 긴 한숨을 토했다.

인범은 주머니에서 돈을 끄집어내어 돈이 얼마가 쓰이고 얼마 남았는지 계산을 하였다. 그리고 공구를 점검했다.

밤이 깊어질 무렵 경비 최승일은 지하실에 잠깐 내려갔다. 박스를 깔고 고슴도치처럼 몸을 잔뜩 웅크린 채 등걸잠을 자는 아이의 모습을 물끄러미 바라보며 혀를 끌끌 차더니, 벽에 걸린 자신의 잠바를 아이에게 덮어주고 계단을 올라왔다.

토굴을 파다

1

아침 일찍 일어난 인범은 버스를 타고 전철역에서 내려 아저씨가 알려주던 가래성당을 찾아 동네를 벗어나 산길을 접어들었다. 길가에 띄엄띄엄 피어 있는 코스모스 꽃대가 엷은 바람에 하느작거리고 있었다. 인범은 인적이 없는 산길을 걸으면서 들판인지 산인지 분간할 수 없는 전경을 휘둘러보았다. 온통 누런색으로 변색된 만추의 산야는 스산하고 적막했다. 세찬 바람 한 줄기가 지나갔다. 산골의 바람은 차가웠다.

아저씨의 오토바이를 타고 내려오면서 눈여겨보아 두었던 토굴을 파기에 알맞은 언덕배기를 살피며 올라갔다. 두리번거리던 시야에 커다란 바윗돌이 시야에 들어왔다. 바윗돌 옆에 언덕배기가 보였다. 길을 벗어나 논배미를 따라 발바닥에 감지되는 폭신폭신한 풀과 흙을 밟으며 올라가 한 무더기의 햇살이 소복이 모인 자리에 서서 어른처럼 팔짱을 끼고 질펀한 들판을 내려다보았다.

넓은 들판에 아침 햇살이 퍼지고 있었다. 누렇게 변색해 가는 가을 풀잎에 맺힌 이슬방울이 햇빛에 반사되어 반짝거렸다. 저 이슬들은 공기에 흡수되어 무서리로 내릴 것이고 스산한 겨울바람이 들판을 얼게 할 것이다.

병풍처럼 둘러싸인 산 모습이 파노라마같이 펼쳐 있고 산 아래는 구릉

지와 초원으로 뒤덮여 있었다. 고즈넉한 고요에 묻혀 있는 목가적인 산야였다. 들판이 끝나는 곳에 아슴하게 보이는 지평선에 희끄무레한 빌딩 숲들이 가물가물 보였다.

어디서 졸졸 물 흐르는 소리가 들렸다. 인범은 끌리듯 물소리를 따라 내려갔다. 얼마 떨어지지 않은 곳에 계곡이 굽이굽이 끝없이 뻗어 있었다. 계곡엔 골 깊은 산골에서 흘러내리는 맑은 물이 바위틈을 비집고 다투듯 흘러내리고 있었다. 바위 같은 큰 돌에서부터 작은 돌들이 어지럽게 각양각색으로 조화를 이루고 있는 아름다운 자연경관이었다. 계곡 가에는 서리를 맞아 생기를 잃은 갈색으로 퇴색된 풀들이 힘없이 누워 있었다.

인범이가 서 있는 곳에서 조금 떨어진 아래쪽에 판잣집 한 채가 외롭게 웅크리고 엎디어 있는 것이 보였다.

토굴을 팔 자리는 개 아저씨 집과 아래쪽 판잣집 중간 지점이었다. 이곳에 토굴을 파고 살 것이라고 생각하니 왠지 모르게 언덕배기와 들판이 정이 갔다. 아, 아저씨의 집과 저 집이 나의 이웃이 되겠구나!

인범은 어디에 토굴을 파야 할지 언덕배기 주위를 살펴보았다. 사람들의 눈에 뜨이는 길 쪽은 싫었다. 누가 보면 비렁뱅이가 토굴을 파서 살고 있다고 할 것이다. 나는 비렁뱅이가 아니다. 인범은 사람들이 보이지 않는 곳을 택하고 싶었다.

좀 더 안쪽으로 들어가면서 이곳저곳을 살펴보니 커다란 바위가 있는 언덕배기가 마음에 들었다. 산 아래가 훤히 내려다보이고 바위 아래쪽 실개천에 맑은 물이 졸졸 흐르는, 전망이 탁 트인 곳이었다. 아저씨가 다니는 길도 보이지 않았다. 무엇보다도 종일 볕이 드는 남향 언덕배기에 토굴을 파고 살기에는 더없이 좋은 장소였다. 인범은 언덕 위로 올라갔다.

언덕 위 질펀한 산기슭에 누렇게 마른 억새가 쇠잔한 늦가을 햇살 아래 억새꽃이 분분히 흩날리고 있었다. 억새는 한 포기 한 포기는 보잘것없는 푸새에 지나지 않지만, 군락을 이루고 있을 땐 참으로 아름다웠다. 억새가 끝나는 산 중턱부터는 울창한 숲이 우거져 있었고 물이 풍부하고 골이 깊었다.

인범은 자신의 키만큼 큰 억새밭을 뛰어다녔다. 갑자기 옆에서 푸드덕 하는 소리에 깜짝 놀랐다. 억새 속에서 잠을 자고 있었는지 모이를 찾고 있었는지 인범의 출현에 놀란 꿩 세 마리가 한꺼번에 두두둑 날갯짓을 하며 날아갔다. 꿩이 날아간 억새밭에서 조금 떨어진 곳에 한 무리의 새의 행렬이 보였다. 꿩의 행렬이었다. 자세히 보았다. 맨 앞에는 까투리가 뒤뚱거리고 걸어오고 어미 뒤쪽에 꺼병이 여남은 마리가 어미의 뒤를 아장아장 걸으며 따라오고 있었다. 어미 꿩이 새끼들을 데리고 놀다 오는지 먹이를 찾아 먹고 오는지 억새 속으로 돌아오고 있었다. 그 모습이 퍽 평화스럽게 보였다.

'저 꺼병이들은 어미가 있구나!'

인범은 까투리가 자기를 보고 억새밭으로 돌아오지 않고 달아날 것 같아 가만히 억새 속에 숨었다. 어릴 때 꿩을 홀치기로 잡고 꿩알을 줍던 때가 기억이 났다.

'아! 이곳에 살면 꿩알을 주울 수가 있겠구나!'

생각이 거기까지 미치자 어서 빨리 토굴을 파고 싶었다. 고향 산천이 떠올랐다. 친구들과 산자락 풀 속에서 꿩알을 찾아 진흙 속에 넣어 불에 익혀 먹었던 그 감칠맛을 회상하니 혓바닥에 군침이 돌았다.

저 골 깊은 산속에 가재도 산 과일도 버섯도 작은 짐승도 있을 것이다. 그러나 아저씨가 이 산은 아무나 들어갈 수가 없다고 한 말이 생각나 금세 시큰둥해졌다. 한번쯤 몰래 들어가 보아야겠다고 생각을 했다.

인범은 억새밭에서 내려와 아침 햇살이 비치는 동쪽을 찾았다. 어느덧 태양이 불쑥 산 위로 올라와 있었다. 하루빨리 토굴을 파 마른 풀을 두텁게 깐 폭신한 토굴 속에서 자고 싶었다.

인범은 토굴을 파야 할 높이를 가늠했다. 빗물이 넘쳐 들어오지 않도록 하려면 바닥에서 30cm 정도 높이에서 파야겠다고 생각했다. 인범은 배낭을 햇빛이 쏟아지고 있는 양지바른 쪽에 내려놓고 지퍼를 열었다. 어제 산 군용 야전삽과 토굴을 파는 데 필요한 공구와 점심을 겸해서 먹을 빵과 우유가 들어 있었다. 채소 내리기 일을 하여 번 돈이 인범의 잠자리를 팔 공구와 음식을 마련해 준 것이다. 참으로 요긴하게 쓰이는 돈이었다. 인범은 구청에서 보내 주려는 고아원을 거부하고 스스로 고생의 삶을 선택한 것이다.

인범은 얼어 죽지 않고 혹한에서 살아나려면 토굴을 파서 잠자리를 마련하는 것이 최선의 방법이라고 생각했다. 땅 한 평 없고 돈이 없으니…… 남의 땅에 허락도 없이 몰래 토굴을 파는 것이다. 밭주인에게 발각된다면 쫓겨날지 모른다. 어서 돈을 벌어 개 아저씨처럼 판잣집을 지어 토굴을 벗어나야 한다.

아버지, 어머니의 목숨을 앗아가고 자신을 황량한 사막에 알몸으로 던져버린 날치기들을 생각하니 가슴 밑바닥에서 뜨거운 원한의 복수심이 울컥 솟구쳐 올랐다. 인범은 아랫입술이 덮이도록 입을 앙다물고 야전삽을 힘껏 잡았다.

며칠이 걸릴지 몰라도 열심히 파자. 이 언덕배기가 이제 나의 잠자리이고 삶의 터전이 될 곳이다.

인범은 토굴을 파기 시작했다. 바닥에서 30cm 정도의 높이의 언덕배기를 파 들어가기 시작했다. 고향에서 수없이 맡아보았던 흙냄새와 풀뿌리 냄새가 물씬 코에 스며들었다. 겨울잠을 자던 개구리 한 마리가 흙 속에서 튕겨 나왔다. 몸을 제대로 가누지 못하는 개구리는 추위에 흐느적거리고 있었다. 인범은 옆 언덕배기를 삽으로 힘껏 찍어 흙 한 무더기를 파내어 개구리를 구덩이 속에 넣고 흙을 덮어 주며 가만히 속삭이었다.

'개구리야! 너의 집을 부수어서 미안해. 개구리야, 잘 자. 내년 봄에 나오면 나와 친구 하자!'

입구를 1m 정도 파 들어가다 잠자리를 만들기 위해 조금 높게 더 넓게 파기 시작했다. 눈어림으로 측량을 하며 팠다. 두더지처럼 토굴을 팠다. 시간이 얼마나 흘렀는지 등에 땀이 젖고 숨결이 거칠어지고 있었다. 햇빛이 구멍을 통해 들어왔다. 파 놓은 흙더미가 수북이 쌓였다.

인범은 흙더미를 밖으로 끌어내기 위해 굴을 빠져 나왔다. 어느새 해가 중천에 올라와 있었다. 시계가 없는 인범은 해와 배고픔으로 시간을 추정했다. 몇 시간을 좁은 공간에서 허리를 굽혀 굴을 파니 허리가 뻐근했다. 잠시 토굴 밖으로 나와 가벼운 운동으로 몸을 풀고 흙더미를 밖으로 긁어내기 시작했다. 흙더미를 긁어내자 토굴이 넓어지고 반대로 밖의 흙무더기도 자꾸만 부피가 커졌다.

힘도 들고 배도 고팠다. 인범은 햇살이 소복이 모인 마른 풀 위에 앉아 점심으로 가져온 빵과 우유를 먹었다.

인범은 점심을 먹고 쉬지 않고 다시 토굴을 파기 시작했다. 열심히 파야 하루라도 빨리 잠자리를 마련할 수 있다는 생각이었다. 토굴이 조금씩 넓어졌다. 이제 조금만 더 파면 잠자리를 마련할 수 있어 냉기가 올라오는 시멘트 바닥에서 자지 않아도 된다는 것에 인범은 불끈 힘이 생겼다.

이곳은 양지라 햇볕이 쏟아져 따사로웠다. 그보다 겨울엔 북풍의 찬바람을 막아 주는 언덕이 있어 토굴 속에선 혹한은 피할 수 있을 것 같았다.

흙더미에서 향긋한 고향 냄새가 났다. 토굴이 깊어지면서 파기도 힘들고 어려워졌다. 입구를 좁게 파야 했다. 입구가 넓으면 바람이 많이 들어오기 때문이었다.

어느덧 온몸은 땀으로 젖었다. 인범은 잠시 쉬고 또 땀도 식힐 겸 밖으로 나왔다. 가을 끝자락의 청량한 하늘은 맑고 더없이 푸르렀다. 토굴을 파 잠자리를 마련하는 것을 축복이라도 하듯 따스한 햇살이 토굴 속으로 모여들었다.

종일을 파고 밖으로 나오니 중천에 떠 있던 해가 어느새 서쪽으로 기울더니 햇살이 스산한 바람에 온기를 잃고 있었다. 쇠잔한 해가 서산에 빠지고 으스스 한기가 들면서 서쪽 산기슭에서부터 산 그림자가 길게 드리워져 있지만, 멀리 보이는 동쪽 멧부리엔 아직도 담담한 햇살이 머물고 있었다. 고원이라 그런지 산골은 해가 지자 기온이 급속히 내려갔다. 찬바람이 엷은 옷을 파고들며 토굴을 파면서 등에 밴 땀이 식으면서 한기를 느꼈다.

한기를 느끼자 문득 인순이, 인철이가 떠올랐다. 고아원에서 겨울옷은 줄까, 춘추복을 입고 갔었는데……, 인범은 우울했다. 그래, 생각하지 말자. 고아원에는 다른 고아들도 있지 않은가. 우선 나부터 잠자리를 마련하자.

인범은 다시 토굴 안으로 들어갔다. 어둡기 전에 아파트에 도착해야 하기 때문에 하던 일을 마무리하려고 서둘렀다. 거리가 먼 아파트까지 가려면 일을 일찍 마쳐야 했다.

토굴 안을 살펴보았다. 하루 동안에 판 굴이 제법 넓었다. 이틀만 열심히 파면 잠을 잘 수는 있을 것 같았다. 인범은 토굴을 빠져나왔다. 석양의 잔영이 거두어지기가 바쁘게 산야는 이내가 깔리면서 고요한 황혼을 이루고 있었다.

인범은 긴 산 그림자를 밟으며 산자락을 타고 산을 내려왔다. 동네가 가까워지니 거리에 어둠이 깔리면서 상가의 쇼윈도에 하나, 둘 불들이 켜지고 있었다. 아파트에 도착하니 경비 아저씨가 의아한 시선으로 인범이를 맞았다.

"애, 인범아. 토굴을 파고 오는 거야?"

"네."

"그래, 많이 팠니?"

"네, 며칠만 파면 잠은 잘 수 있을 것 같아요. 아저씨 제가 오지 않으면 토굴에서 자는 줄 아세요. 아저씨, 지하실에 잠잘 수 있게 해 주셔서 고맙습니다."

"다행이구나! 어린 네가 고생이 많구나."

요즘 세상에 어린 나이에 저렇게 굴곡진 삶을 살아가는 아이가 몇이나 있을까. 최승일은 아이가 너무나 가련하고 불쌍했다.

2

인범은 다음 날도 아침 일찍 일어났다. 버스를 내려 산길을 걸었다. 어젯밤 비가 왔는지 산길이 약간 질척질척했다. 비가 내린 뒤 날씨는 갑자기 추워졌다. 찬바람이 온몸을 파고들었다. 추위를 잊기 위해 잰걸음으로 산길을 치받았다. 호흡이 거칠어지면서 등에 땀이 배었다.

인범은 잠시 쉬며 하늘을 바라보았다. 파아란 하늘엔 철새 떼들이 겨울을 나기 위해 우리나라를 찾아들고 있었다. 춥다. 야전삽을 든 손이 시렸다. 괜히 삽을 가지고 왔다고 후회했다. 그냥 흙 속에 숨겨 두어도 될 것인데. 그곳은 외진 곳이고 사람의 발걸음이 없는 곳인데…….

인범은 삽을 잡고 어제처럼 넓이와 높이를 가늠하고 파기 시작했다. 어린 생각에도 천장의 흙이 무너지지 않게 하기 위해서는 천장을 지붕처럼 비스듬히 파야겠다고 생각했다. 흙이 부드러워 쉽게 파졌다. 혹시 천장이 무너질까 걱정이 되었다. 종일 토굴을 팠다. 햇빛이 언덕배기에 머물 때는 온기가 있더니 해가 서산으로 기울어지니 한기가 들기 시작했다. 내일까지 파면 잠은 잘 수 있을 것 같았다.

내리 삼 일 동안 토굴을 팠다. 이제 인범의 몸 하나 눕기엔 충분한 넓이였다. 배가 고팠다. 토굴을 빠져나왔다.

저녁밥을 짓기 위해 플라스틱 물통 두 개를 들고 맑은 물이 졸졸 흐르는 계곡으로 내려갔다. 여름이 아닌데도 물이 흐르는 것을 보니 여름엔 물이 풍부할 것 같았다. 손을 씻고 두 손으로 손 바가지를 만들어 물을 마셨다. 그리고 쌀을 씻어 냄비에 넣고 불에 얹었다.

인범은 언덕배기를 올라 산으로 갔다. 산에는 마른 나뭇가지들이 지천으로 있었다. 인범은 마른 풀과 삭정이 얼마를 자루에 넣고 내려오는 시야에 붉게 변색되는 서쪽 하늘이 보였다. 서산에 해가 뉘엿뉘엿 빠지면서 멧부리가 아름다운 색채로 물드는 낙조의 순간이었다. 인범은 현란하고 장엄한 낙조의 장관이 사위어질 때까지 넋을 잃고 관망했다.

'아! 아름답다.'

인범은 감탄사가 저절로 토해졌다. 낙조가 사라지고도 오랫동안 그 자리에 서 있었다. 너무나 아름다운 노을이었다. 쇠잔한 해가 서쪽 산마루에 빠지면서 주위는 서서히 석훈(夕纁)이 물들고 있었다. 여기 살면 저런 석양을 자주 볼 수 있을 것이라고 생각하니 토굴 주위의 언덕배기에 정감이 갔다. 인범이가 태어나고 자란 안태본, 고향 마을 뒤 부림산 꼭대기에서도 저런 노을이 피었지. 서서히 묽어지는 노을을 하염없이 바라보며 고향 생각에 젖었다.

인범은 서둘러 자루를 들고 계곡으로 내려가 적당한 돌 몇 개를 가져와 냄비가 얹어지도록 돌을 둥글게 쌓고는 그 안에 가져온 소나무 낙엽을 넣고 성냥을 그어 낙엽에 불을 지폈다. 인범은 불이 살아나게 입으로 후후 불어 바람을 일게 했다. 불꽃이 일면서 금세 주위가 밝아졌다.

언덕배기 아래서 이렇게 모닥불을 지피는 것은 인범이 고향에서 얼마나 많이 하였던가. 모닥불에 갓 여문 보리를 주인 몰래 서리하여 이렇게 구워 먹었지. 그리고 아이들이 호주머니에 넣어 온 고구마도 구워 먹었고. 겨울 엔 썰매를 타다 지치면 시린 손도 발도 따뜻하게 녹였지 않았던가. 마른 풀이 타면서 삭정이에 옮겨 붙으면서 빨간 불꽃이 피었다.

인범은 밥이 끓는 동안 시린 두 손을 불꽃에 데우며 산 아래를 내려다보 았다. 수없이 많은 불빛이 반짝이고 있었다. 아! 서울은 넓고 사람도 집도 빌딩도 많구나! 서울의 하늘 아래엔 크든 작든, 허름한 주택이든, 고급 주 택이든 수백만 채의 집들이 있다. 그들 가족들은 행복하게 살아가고 있는 데, 유독 나만이 이렇게 산자락 언덕배기에 토굴을 파고 살아야 하는가 생 각하니 자신의 신세가 너무나 서러웠다.

피 하는 소리가 나면서 구수한 밥 냄새가 코에 물씬 스며들었다. 인범은 시장에서 사 온 장아찌를 배낭에서 끄집어내어 군용 식판에 조금씩 담았 다. 군용 식판은 편리했다. 별도로 그릇이 필요 없었다. 씻기도 편할 것 같 았다.

아궁이의 불기운이 몸을 따스하게 데웠다. 냄비 뚜껑을 열었다. 하얀 김 이 확 얼굴을 덮으며 코에 물씬 스며든 밥 냄새가 식욕을 돋우었다. 큼직 한 군용 숟가락으로 쌀밥을 조금 찍어 맛을 보았다. 물이 적어 그런지 밥 이 너무 꼬들꼬들했다. 꼭 옛날 시골에서 어머니가 술을 담기 위해 지은 고두밥 같았다. 고두밥은 오히려 밥보다 더 맛이 좋았다.

따뜻한 고두밥이 이빨에 씹혀 혀를 타고 목구멍에 넘어갔다. 숟가락으 로 먹지 않고 손으로 먹어도 될 것 같았다. 인범은 기막히게 맛있는 고두 밥을 빨리 먹기가 아까워 천천히 조금씩 떠 오래오래 음미하면서 씹었다.

아궁이에 타고 있는 빨간 불씨가 너무 아까웠다. 저 숯불에 고향에서는 고구마도 감자도 밤도 구워 먹었지, 돈을 벌면 고구마도 밤도 사서 불에 구워 먹어야겠다고 즐거운 걱정을 했다.

외떨어진 산골에 짙은 어둠이 묻힌 들판은 묘지처럼 적막하고 음산했다. 금방이라도 수풀에서 귀신이나 짐승이 불쑥 나올 것 같아 머리끝이 곤두섰다. 인범은 두려움에 떨며 고개를 들어 주위를 둘러보았다.

토굴에서 얼마 떨어지지 않은 곳에 희미한 불빛 하나가 외롭게 가물거리고 있었다. 조금 떨어져 있지만 가까운 곳에 판잣집이 있어 위안이 되었다. 나도 어서 자라 돈을 모으면 판잣집을 지어 살아야겠다고 생각했다.

사위는 짙은 어둠에 물들고 들판의 밤은 깊어갔다. 태고의 정적이 감도는 산야는 적막강산이었다. 인범은 이제 이 적막마저도 견뎌야 했다. 침묵의 풍경이 밤에 젖고 있었다.

으스스한 추위가 옷깃을 파고들었다. 빨간 불씨만 어둠 속에서 유난히 빛나고 있었다. 인범은 고개를 들어 밤하늘을 쳐다보았다. 희미한 초승달이 은하수 중심에 빠져들고 있는 것을 바라보며 아버지, 어머니, 동생들을 생각하니 눈시울이 붉어졌다.

인범은 일어나 토굴 속으로 더듬고 들어갔다. 당장 손전등이 아쉬웠다. 토굴 안은 먹물같이 어두웠다. 인범은 호주머니에서 라이터를 끄집어내어 불을 켜 초에 붙였다. 초에 불이 붙으면서 굴 안이 희미하게 밝아졌다. 토굴 바닥은 시멘트와는 달리 찬 기운이 올라오지 않고 오히려 훈기가 있었다. 너무나 아늑했다.

'아, 동굴 파기를 잘했구나! 동네에서 너무나 외진 산골이라 불편하고 무섭긴 하지만.'

인범은 마른 풀 위에 몸을 웅크리고 누웠다. 산골의 밤은 추웠다. 이불이 없는 인범은 두텁게 깐 풀 속에 움츠린 몸을 깊이 파묻었다. 시멘트와는 달리 처음은 추웠지만 가만히 오래 있으면 몸의 훈기로 따뜻해졌다.

아버지, 어머니가 돌아가시고 고아가 된 인범은 배고픔과 잠자리 때문에 얼마나 시달렸던가. 지하철이나 빌딩을 찾아 헤매던 인범이가 드디어 산 언덕배기에 토굴을 파고 잠자리를 마련한 첫 밤이었다. 며칠 동안 어린 나이에 토굴을 파느라고 온몸이 파김치가 된 인범은 스르르 깊은 잠 속에 빠졌다.

산야의 침묵과 밤의 정적에 묻힌 토굴 앞에 음식 냄새를 맡고 내려온 오소리 두 마리가 토굴 속을 들여다보며 코를 벌름거리고 있었다.

인범은 잠이 깨었다. 토굴에서 첫 밤을 보낸 첫 날이었다. 얼마나 몸이 고되었던지 꿈 하나 없이 잤다. 하룻밤의 깊은 잠으로 그동안의 피로가 다 풀린 것 같았다. 토굴 밖으로 나왔다. 동트기 직전인 회명의 하늘 저편에 유난히 큰 새벽 별 하나가 사위어 가고 있는 들판에 새벽안개가 자욱이 퍼지고 있었다.

인범은 두 팔을 벌려 심호흡을 하고 상쾌한 새벽공기를 가슴 깊이 빨아들이고 어둠이 서서히 걷히는 들판을 내려다보았다. 낮게 깔린 엷은 구름인지 안개인지 들판을 휘감고 산야를 타고 내려가면서 아슴하게 내려다보이는 마을을 덮고 있었다. 그 엷은 안개 위로 먼동이 터 오는 여린 빛이 조금씩 밝아지면서 들판이 드러나고 있었다.

동쪽 산 멧부리 한 부분에 붉은 빛이 물들이더니 금세 일출이 장엄하게 솟아오르고 있었다. 인범은 일출의 붉은 태양을 향해 두 손을 모으고 하느님께 빌었다.

'하느님, 아버지, 어머니는 우리 어린 세 남매를 두고 날치기들에 의해 비명에 돌아가셨습니다. 저는 아버지의 원수를 꼭 갚아야 합니다. 그래서 두 동생을 고아원에 보내고 저는 이렇게 토굴을 파서 오늘부터 혼자서 살려고 합니다. 춥고 배고파도 그리고 어떤 어려움이 닥치더라도 강하고 열심히 살겠습니다.'

인범은 옹골차게 살겠다고 다짐을 하고 각오를 했다.

한 무더기의 새떼들이 경쾌하게 날갯짓을 하며 산 아래로 내리 쏟아지고 있었다. 상쾌한 아침이 밝아왔다. 으스스한 새벽에 찬 기운이 인범의 옷을 파고들었다. 인범은 추위에 몸을 움츠리며 일출과 들판을 관망하던 시선을 거두고 서둘러 토굴 속으로 들어왔다.

밝고 맑은 아침 햇살이 굴 안까지 스며들었다. 이불이 없어 추웠다. 이불을 마련해야겠다고 생각했다. 이불은 비쌀 텐데……. 그래도 이불이 없으면 한겨울을 나지 못할 것이라고 생각하니 괜히 우울해졌다. 인범은 다시 토굴을 빠져나왔다. 아까보다 더 눈부시게 밝아진 아침의 신선한 태양이 언덕배기에 쏟아지고 맑은 공기가 코에 싱그럽게 스며들었다. 인범은 계곡으로 내려가 세수를 하였다. 물이 차가워 손이 시렸다.

화사한 햇살이 산야에 뿌려지고 있었다. 아! 이제 이곳은 내가 살 곳이고 나의 놀이터가 될 곳이다.

3

토굴을 판 인범은 아저씨를 만나야 했다. 인범은 저녁밥을 지어먹고 투견 아저씨를 만나기 위해 어두운 산길을 손전등을 비추며 올라갔다. 아저씨 집은 저만치 짙은 어둠에 묻혀 있었다. 그러나 인범은 어둠이 더 좋았다. 중고로 산 손전등이 있었기 때문이었다. 불빛을 훤히 비추어 주는 예쁜 손전등으로 어두움을 밝히며 길을 올라가는 맛은 쏠쏠했다. 배터리만 닳지 않는다면 어두울 때 언제나 켜고 싶은 손전등이었다. 어두운 토굴에서 초를 찾고 물건들을 찾을 땐 없어서는 안 되는 것이 손전등이었다.

아저씨 집이 가까워지자 인적이 없는 외딴집이라 개들이 사람의 발소리를 듣고 일제히 짖기 시작했다. 인범은 손전등으로 개들을 비추었다. 개들의 눈알이 귀신처럼 파랗게 보였다. 개들이 손전등에서 비치는 강한 빛줄기를 보고 더욱 요란하게 짖었다. 아저씨가 마루에서 개밥 찌꺼기를 골라내다 말고 개가 짖는 소리에 방문자가 누구인지 의아한 얼굴로 목을 빼고 바라보다 인범이임을 알고 반색을 하며 하던 일을 멈추고 맞았다.

"오, 인범이냐? 이 밤에…… 어서 와. 그동안 어떻게 지냈어?"

"아저씨, 저 잠자리를 마련했어요."

"그래! 어디에, 어떤 곳이야?"

김상우는 그러잖아도 날이 갈수록 추워지는데 인범이가 지하철이나 빌딩의 지하에서 자는지 걱정이 되었는데 잠잘 곳을 마련했다는 소리가 예사로 들리지 않았다.

"아저씨 집 근처예요."

"뭐, 이 근처에?"

상우는 더욱 궁금했다. 근처엔 정씨 집밖에 없다. 그리고 한참 더 내려가면 십여 채의 집이 있지만 그곳에도 자기처럼 못사는 빈민들이라 잠잘 곳이 없을 것인데…….

"언덕배기에 토굴을 팠어요."

"뭐? 토굴을? 어디에?"

인범이가 점점 이상한 소리를 하고 있었다. 토굴이라는 말에 상우는 자신이 잘못 듣지 않았나 싶어 다시 물었다.

"예, 아저씨 집 조금 아래 언덕배기에 토굴을 팠습니다."

"음……."

상우는 긴 신음을 씹었다. 요즈음 세상에 토굴을 파고 산다는 것은 상상도 못할 일이다. 어린 것이 얼마나 잠잘 곳이 없으면 토굴을 팔 생각을 했고 또 팠을까 싶어 마음이 아렸다.

"인범아, 좀 자세히 말해 봐. 토굴을 팠다고……?"

"예, 며칠 되었어요. 바닥에 마른 풀을 깔고 자니 시멘트 바닥보다는 훨씬 따뜻해요."

"그래, 왜 아저씨에게 말하지 않았니?"

"아저씬 바쁘잖아요. 흙이라 파기가 쉬워 저 혼자 팔 수 있었어요."

"그래, 저녁 먹고 가 보자."

"아저씨, 오늘은 늦었어요. 내일 아침에 보세요."

상우는 인범이가 퍽 만족해하는 것을 보고 안심이 되었다. 하긴 토굴이 빌딩 지하의 시멘트 바닥보다는 따스할 것이다.

"그래, 내일 아침에 보자꾸나."

"여보, 손 씻고 식사하세요."

아주머니가 다가오고 있었다.

"아주머니, 안녕하셨어요. 저 인범이에요."

"인범이구나! 잘 있었니?"

"예, 아주머니."

"너도 손 씻고 밥 같이 먹자."

"아니에요. 전 저녁을 먹고 왔어요."

"인범아, 그러지 말고 같이 밥 먹도록 해."

아주머니는 인범이가 아이답지 않고 유달리 염치를 차린다는 것을 알고 있었기 때문이었다.

"아주머니, 저 정말 밥을 먹고 오는 길이에요."

"그래, 정말 먹었어? 체면 차리면 안 돼. 그런데 이 밤에 웬일이야?"

"저 아저씨 집 가까이에 있어요."

"뭐? 가까이?"

아주머니는 고개를 갸웃거렸다.

"아저씨, 아주머니 식사하세요. 개들을 구경하겠어요."

인범이는 개막사를 돌아보며 개들을 구경했다. 인범이가 낯설어 그러는지 밥 달라고 그러는지 개들이 인범을 보고 요란하게 짖었다. 인범은 개를 좋아했다. 요란하게 짖는 개들 가까이 다가가 개의 이름을 나름대로 지어 부르며 개들의 머리를 쓰다듬으려고 손을 내밀었다. 개들은 자기들을 해치지 않는 것이 확인되면 사람을 따른다는 것을 인범은 알기 때문이었다.

인범은 개들의 머리를 일일이 쓰다듬었다. 개들은 손을 핥으며 꼬리를 흔들었다. 그러나 투견용 도사견과 식용으로 사육하는 도사견에는 손을 내밀지 않았다. 아저씨가 도사견은 지능이 낮고 공격적이기 때문에 사람을 공격할 수 있다고 주의를 주었기 때문이었다.

인범은 지난번 보았던 울프라는 진돗개를 보기 위해 손전등을 켜서 훈련 개들이 있는 막사로 갔다. 개들은 손전등에 비친 불빛을 경계하는지 으르렁거리고 있었다.

"울프, 포인트 짖지 마. 나야, 인범이."

인범은 으르렁거리는 개들을 달래며 살금살금 다가가 개들을 쓰다듬었다. 그 중 울프의 머리를 제일 많이 쓰다듬어 주었다.

"네가 울프지? 난 울프가 제일 좋더라. 울프, 그동안 훈련 많이 받았니? 이제 잘 뛰어넘을 수 있지?"

다음 날 이른 아침 막 앞산을 넘은 청량한 붉은 태양이 산야를 화사하게 비추고 있었다. 인범은 쏟아지는 찬란한 태양을 오랫동안 관망하다 바가지에 쌀을 퍼 담고 계곡으로 내려갔다. 손이 시리도록 계곡 물은 차가웠다.

'아! 이제 겨울이구나!'

인범은 보리쌀이 많이 섞인 아침을 먹고 아저씨 집으로 올라갔다.

요란하게 짖는 개들의 소리에 아주머니가 부엌 앞에 서서 산 아래에서 인범이가 올라오고 있는 것을 내려다보고 있었다. 아주머니는 식사 준비를 하다 미소를 머금고 인범이를 맞았다.

"아주머니, 잘 주무셨어요?"

"인범아, 아저씨가 새벽같이 널 찾아 나가더니 못 찾겠다고 도로 왔어. 굴을 어디에 팠어?"

"그래서 올라왔어요. 아저씨가 토굴을 못 찾을 것 같았거든요."

"그래, 저쪽에 가 봐. 개 훈련시키고 있을 거야."

아저씨는 지난번처럼 개들을 훈련시키고 있었다. 눈망울이 초롱초롱한 개들이 아저씨의 호령에 따라 긴장하고 있었다. 인범은 울프가 훈련받는 모습을 더 자세히 보았다.

훈련을 마친 아저씨가 땀을 닦으며 인범이 가까이 왔다.

"인범아, 네가 팠다는 토굴이 어디쯤 있는지 못 찾겠더구나. 가 보자."

아주머니도 미영이의 손을 잡고 따라나섰다.

김상우는 인범이가 파 놓은 토굴을 한참이나 보고 있었다.

상우의 얼굴은 어두웠다. 옆에 있는 아주머니의 눈에는 눈물이 그렁그렁 고여 있었다. 요즈음은 거지도 이런 굴에서 살지 않는데……. 아주머니는 지난번 인범과 함께 살 수 없다고 한 것이 마음에 가시처럼 자꾸만 걸렸다. 그때는 인범이가 착하고 염치 있는 아이라는 것을 몰랐던 것이다.

"얘, 인범아, 그러지 말고 우리 함께 살자. 지난번에는 내가 잘못 생각했어. 온돌도 없는 굴에서 어떻게 한겨울을 나려고 해?"

"…… 아주머니, 저 혼자 살아 볼게요. 혼자 살다 힘들면 도와 달라고 할게요."

입을 한 일 자로 굳게 다문 아이의 눈에는 아이답지 않게 혼자 살겠다는 옹골찬 의지가 굳어 있었다. 상우는 입술을 지그시 깨물고 인범을 바라보았다.

'이 아이는 남에게 의지하기 싫어하는 성미가 있다. 그보다 지난번에 아내가 함께 사는 것을 싫어하는 것을 알고 있는 것 같다. 그래, 혼자 살도록 버려두자. 어릴 때부터 고생하는 것이 이 아이에게는 모진 세파를 헤쳐 나가는 데 좋은 삶의 교훈과 경험이 될 것이다.'

김상우는 인범이가 커다란 바위 옆에 파 놓은 토굴 주위를 유심히 관찰하고 있었다.

"인범아, 어디 한번 네가 파 놓았다는 굴 속에 들어가 보자."

인범이가 먼저 들어가고 김상우도 토굴 속을 엎디어 기어 들어갔다. 토굴 속은 낮고 좁아서 어른이 들어가기엔 좁았다. 미영이 엄마도 등에 아기를 업고 안을 들여다보고 있었다.

"엄마, 나도 한번 들어가 볼래."

"미영아, 넌 안 돼. 다음에 들어가. 안이 비좁을 거야."

토굴의 입구로 약간의 빛이 들어오지만 토굴 안은 어두웠다. 인범은 손전등을 켜, 초를 찾아 불을 켰다. 바닥에 마른 풀이 깔려 있어 폭신했다. 김상우는 어린아이가 자기 잠잘 곳을 찾아 언덕배기에 이렇게 혼자서 굴을 판 것을 보고 가슴이 아팠다. 제법 머리를 써서 위치 선정과 굴의 높이와 넓이를 나름대로 계산하고 판 것을 보고 놀랐다.

'이 아이는 여느 아이와 다르다. 생각이 깊고 혼자 살아갈 마음의 각오가 돼 있다.'

상우는 굴을 나와 아무 말 없이 무엇을 골똘히 생각하더니 부인에게 말했다.

"여보, 당신 헌 이불이라도 여유 있는 것 있으면 가져와. 나는 정 목수 집에 잠깐 다녀와야겠어."

"예, 알겠어요."

아주머니는 인범을 집으로 데리고 가서 두툼한 이불과 군용 담요를 주었다. 인범은 너무나 고마웠다. 비싼 이불을 어떻게 마련할까 걱정을 했는데……. 기분이 매우 좋았다.

그동안 김상우는 정 목수를 데리고 왔다.

"인범아, 이 아저씨는 저 아래에 살고 있는 정씨 아저씨란다. 인사 드려라. 우린 가난하지만 구순하게 지내는 사이란다. 정씨 아저씨는 목수야."

'아 불빛이 보이는 집에 사는 아저씨구나!'

"안녕하세요. 저 고인범이에요."

정씨라는 아저씨는 인사를 하는 인범을 측은한 눈길로 바라보았다. 아마 개 아저씨에게서 인범의 이야기를 들은 것 같았다. 두툼한 입술에 유난히 검은 얼굴이었다. 정씨 아저씨는 인범이가 파 놓은 토굴을 자세히 살펴보고 고개를 끄덕이었다. 그리고 아무 말을 하지 않고 굴 안으로 엎디어 들어갔다. 김상우도 들어갔다. 토굴 안은 어른 두 사람이 겨우 움직일 수 있었다. 김상우와 정 목수는 한참이나 굴 안에서 이야기를 하다 나왔다. 그리고 밖에서도 의논을 했다.

"김형, 열두 살짜리의 아이가 이렇게 굴을 팠다는 것은 믿어지지 않는군요. 정말 놀랍습니다. 인범이란 아이, 보통 아이가 아닌 것 같습니다. 그러나 굴을 다시 손을 보아야겠어요. 단단한 땅이 아니라 흙과 흙의 응집력이 약해 비가 많이 쏟아지든지 장마가 지면 받침목을 하지 않으면 천장의 흙이 무너져 생매장당할 위험이 있어요. 그리고 굴 안쪽까지 채광이 약간이라도 되도록 하려면 입구를 조금 넓게 파고 문도 달아야겠어요."

정씨 아저씨는 상우 아저씨와 함께 집으로 가서 큰 삽과 톱과 각목들을 가지고 왔다. 먼저 마른 풀을 모두 걷어 밖으로 내놓은 다음 인범이가 파 놓은 굴을 한낮 내내 고쳤다.

두 아저씨가 판 토굴은 인범이가 판 것보다 훨씬 넓고 단단했다. 장마나 폭우에 무너지지 말라고 각목도 몇 개 받쳐 놓았다. 그리고 세간이 들어갈 공간도 더 넓게 파 놓았다. 아궁이도 진흙으로 예쁘게 만들어 놓았다. 무엇보다도 연기가 잘 나갈 수 있도록 굴뚝을 설치하였다.

토굴을 손본 다음 정씨 아저씨가 개 아저씨와 뭐라고 소곤거리는 소리가 들리고, 개 아저씨의 고맙다는 소리도 들리었다. 그리고 개 아저씨는 정씨 아저씨 집 쪽으로 가더니 무거운 평상을 힘들게 들고 가져와 토굴 앞에 놓았다.

'아! 목수 아저씨가 자기가 쓰고 있는 평상을 가져왔구나! 고마운 아저씨!'

나무 색깔로 페인트가 되어 있는 평상은 튼튼했다. 평상이 생겼으니 땅바닥에 앉아 밥을 먹지 않고 먹을 수도 놀 수도 들판을 구경할 수도 있어 너무 좋았다.

두 아저씨가 톱을 들고 산으로 올라갔다. 한참 후 아저씨들은 어른의 팔뚝 정도의 굵은 나무를 베어 내려왔다. 목수 아저씨가 낫으로 괭이를 매끈하게 사포질을 하고는 평상의 위치를 정하였다. 그리고 평상 귀퉁이에 네 개의 구덩이를 파고 막대기를 박고는 흙을 채우고 단단히 다졌다. 그리고 지붕을 만들었다. 개 아저씨는 정 목수 아저씨가 하는 일을 도와주었다. 목수 아저씨가 어찌나 일을 섬세하고 척척 잘 하는지, 보는 인범이는 신기했다.

개 아저씨가 집으로 가서 짚단과 천막 천을 가져왔다. 천막 천을 가위로 잘라 덮었다. 그제야 인범은 햇빛과 비를 막기 위함이라는 것을 알았다. 앞쪽은 높고 뒤쪽은 낮아 비가 오면 물이 뒤쪽으로 흘러내리도록 했다. 차가운 날씨인데도 목수 아저씨는 이마에 땀을 흘리고 있었다.

"인범아, 이제 다 되었다. 평상이 없으면 토굴에서만 어떻게 지내겠어.

낮엔 평상에 앉아 쉴 수가 있을 거야. 그리고 아무리 산골이라도 여름밤엔 토굴 안이 더울 거야. 평상에서 자. 자, 이렇게 앉아서 아래를 내려다보는 경치가 좋잖아."

인범은 햇빛과 비를 막아 주는 평상이 생겨 어떻게나 좋은지 혼자 있다면 환호성이라도 지르고 싶었다.

개 아저씨가 앉으니 목수 아저씨도 개 아저씨 옆에 앉아 허리에 찬 수건으로 땀을 닦고는 담배를 끄집어내어 개 아저씨에게 한 개비를 내밀었다. 개 아저씨가 얼른 라이터를 켜 목수 아저씨의 담배에 불을 붙여 주었다. 목수 아저씨가 흰 연기를 허공에 내뿜으며 하늘을 바라보고 있었다.

인범은 두 아저씨 옆에 앉아 두 다리를 토닥거리며 목수 아저씨처럼 하늘을 바라보았다. 구름 한 점 없는 하늘에 매 한 마리가 제자리에서 꼼짝을 하지 않고 있었다. 매가 아래에 있는 먹잇감을 찾을 때 하는 것은 고향에서 많이 보았던 정경이었다.

인범은 토굴을 파면서 찜찜하고 꺼림칙한 것을 물었다.

"아저씨, 밭주인이 알면 쫓아내지 않을까요?"

"인범아, 걱정 안 해도 된다. 이곳은 국유지야. 이 묵정밭을 일군 사람도 도심에서 너무 먼 두메라 오래전부터 오지 않는단다."

"그래요. 아저씨."

인범은 비로소 안심이 되었다.

"인범아, 조금만 고생해. 우리가 다음에 까대기나 조그만 판잣집이라도 지어 줄게."

"……."

개 아저씨가 짚단을 바닥에 깔고 다졌다. 그리고 다져진 짚단 위에 마른 풀을 깔고는 인범이에게 뒹굴어 다지게 하고는 아주머니가 가져온 낡은 군용 담요를 마른 풀 위에 깔았다. 담요를 덮어놓은 바닥이 폭신하고 따뜻했다. 무엇보다도 풀 위에 담요를 까니 옷에 풀이 묻지 않아 좋았다.

정씨 아저씨가 각목으로 굴 입구에 맞도록 틀을 만들고 널빤지로 문을 만들어 주었다. 이제는 굴로 들어오는 세찬 바람도 짐승도 막을 수 있었다. 어른들의 솜씨가 너무나 신기했다.

다음 날 인범이 토굴을 대강 정리하고 겨울옷과 세간을 사기 위해 마을로 내려가 고급 주택가를 지날 때였다.

교복을 입은 한 중학생이 으리으리한 집 대문 밑으로 신문을 접어 밀어넣고 있었다. 인범은 길을 가다 말고 신문을 배달하는 중학생의 뒷모습을 물끄러미 바라보았다. 나도 저 중학생처럼 신문배달을 하면 안 될까 하는 생각이 뇌리를 때렸다.

'그래! 신문배달을 하자. 그러면 학교에도 갈 수 있지 않겠는가.'

인범은 갑자기 머리가 밝아지는 것 같았다.

중학생은 신문을 밀어 넣고 돌아서다 자기를 자세히 보고 있는 인범이의 눈과 마주쳤다. 중학생은 인범이가 자기에게 할 말이 있는 줄 알았는지 인범이 앞에 잠깐 서서 의아한 눈으로 유심히 마주 보았다. 자기에게 할 말이 있는 것으로 알았던 모양이었다.

그러나 인범은 무슨 말을 해야 할지 몰라 멍하니 바라보기만 했다. 인범이가 아무 말을 하지 않는 것을 보고 중학생은 고개를 갸웃거리며 이내 빠른 걸음으로 다음 집 대문 앞으로 가 이번에는 신문을 대문 위로 던져 넣었다. 인범은 신문배달을 하는 중학생이 길 모퉁이로 사라지고도 그 자리에 서서 중학생을 생각하다 시장이 있는 길 쪽으로 발길을 옮겼다.

시장의 길바닥에 유행이 지난 옷들을 땅바닥에 무더기로 펼쳐 놓고 헐값으로 팔고 있었다.

"골라, 골라, 골라 봐요. 7만 원짜리가 단돈 2만 원입니다."

인범은 두툼한 오리털 파카와 겨울 바지를 샀다. 내년과 그 다음 해에도 입을 수 있도록 치수가 큰 옷을 골랐다. 엄마가 살았을 때 옷을 사러 가면 한참 자라는 아이들은 큰 옷을 사야 한다고 하신 것을 잊지 않았다. 색상은 때가 묻어도 표가 드러나지 않는 검정 옷을 선택했다. 입어 보니 오리털은 너무나 따뜻했다. 눈 속에 잠을 자도 춥지 않을 것 같았다. 이제 이 오리털은 신문 배달도 학교도 집에서도 그리고 잠을 잘 때도 입고 한 겨울을 나야 할 옷이다. 엷은 가을 옷을 벗고 따뜻한 오리털을 입으니 기분이 날아갈 것같이 좋았다.

인순이와 인철이 생각이 났다. 가진 돈을 계산해 보았다. 인범은 내복 파는 곳을 찾았다. 내복 가게 이곳저곳을 다니며 값이 제일 싼 가게에서 인순이에게 입힐 빨간색 엑슬란(Exlan: 가볍고 보온이 잘 되는 아크릴섬유의 상품명) 내의를 골랐다. 그리고 인철의 내복은 짙은 베이지색을 골랐다. 다시 돈을 계산했다. 아직도 돈 쓸 곳이 많았다. 돈을 아껴야 했다. 겨울 바지를 샀으니 내복은 다음에 사야겠다고 생각했다. 우선은 오리털 파카가 있지 않은가. 돈이 없으면 굶어야 하기 때문이었다. 배를 채우는 것이 우선이었다. 지독한 배고픔은 죽음을 의미한다는 것을 뼈저리게 겪었다.

시장을 돌아다니며 주방용품들을 샀다. 필요한 것이 많았지만 돈을 아껴야 했다.

채소 쌓는 일을 하고 번 돈이 이렇게 요긴하게 쓰일 줄 몰랐다. 돈의 소중함을 절절히 깨달았다.

토굴에 도착한 인범은 먼저 오리털 파카를 입어 보았다. 너무나 따뜻했다. 품이 크고 소매가 많이 길었다. 어른 옷인 것 같았다. 다행히 소매가 고무 밴드 식으로 되어 있어 그런대로 입을 수 있었다. 나는 곧 자랄 것이다. 오리털을 입고 이불을 덮고 자니 참으로 따뜻했다.

그날 밤 잠 못 이루며 구두닦이와 신문배달을 두고 내내 생각을 했다.

구두는 아직 한 번도 닦아 보지 않았다. 차츰 배우면 되겠지만 그래도 자신이 없었다. 신문배달은 기술이 없어도 배달할 집만 잊어버리지 않으면 될 것이라고 생각했다. 무엇보다도 신문배달을 하면 학교에도 갈 수 있고 돈도 벌 수 있을 것이 마음에 들었다. 인범은 구두닦이보다 신문배달을 해야겠다고 생각했다. 신문배달을 하는 중학생의 얼굴이 내내 머리에서 지워지지 않았다.

인범은 비록 토굴이지만 잠자리를 마련하고 나니 두 동생이 간절히 보고 싶었다. 두 동생을 고아원에 들여보내고 헤어진 지도 한 달이 되었다. 날씨는 하루가 다르게 겨울로 치닫고 있었다. 더 심한 추위가 오기 전에 두 동생에게 내복을 가져다주려고 아침에 토굴을 나섰다. 오후엔 어제의 중학생을 만나 신문배달을 어떻게 하면 할 수 있느냐고 물어 보아야겠다고 생각하며 거리를 걷고 있었다.

인철이, 인순이가 고아원 생활을 잘하고 있는지, 고아원은 밥을 적게 주어 언제나 배가 고프다던데 어떤지 걱정이 되었다.

4

인범은 고아원을 찾아갔다. 인가와 외떨어진 고아원 주위는 황량했고 초겨울의 차가운 경색이 들판을 덮고 있었다.

겨울 김장을 위해 고아원 철망 바깥쪽에 심어 두었던 채마밭의 배추들은 다 뽑아 가고 시들어빠진 앙상한 배추 몇 포기가 띄엄띄엄 너절하게 널브러져 있었다. 인범은 고아원을 한참이나 바라보았다. 조금 큰 아이들은 모두 학교에 갔는지 보이지 않고 올망졸망한 아이들 몇 명이 엷은 햇살이 있는 마당에서 공놀이를 하며 생선 떼처럼 이리 몰리고 저리 몰리며 놀고 있는 것이 보였다.

인범은 미소를 지으며 그 아이들 중에 인순이가 있는지 찾았다. 인순이는 보이지 않았다. 오리털 파카를 입어 그런지 몸은 춥지 않은데 내복을 들고 있는 손이 시렸다. 인범은 한 손으로 내복을 안고 한 손은 호주머니에 넣고 고아원 마당 안으로 들어갔다. 공놀이를 하던 아이들이 고아원을 들어서는 낯선 인범이를 보았다.

"애야, 너희들 고인순을 알고 있니?"

"응, 알아."

"좀 불러 줄래?"

"고인순은 비둘기 반인데 지금 방에 있을 거야. 내가 불러 줄게."

몸이 비쩍 마르고 얼굴이 가무잡잡한 한 계집아이가 친구들과 노는 것이 시들한지 일어나 건물 안으로 들어갔다. 인범은 계집아이를 따라 들어갔다. 시멘트 복도를 따라 방들이 여러 개 있었다. 방마다 문 위에 이름이 붙어 있었다. 참새방, 까치방……

아이는 비둘기 방이라고 쓰여 있는 방문을 열었다. 십여 명 이상의 아이들이 함께 잘 수 있는 넓은 방이었다. 연탄아궁이인지 방바닥이 미지근했다. 낮이라 그런지 아이들이 없어서 그런지 불기가 별로 없었다. 아무도 없는 방 안에 한 계집아이가 오도카니 벽을 등지고 무릎을 깍지하고 고개를 떨어뜨리고 앉아 있었다. 그 모습은 수심이 찬 모습이었다.

"인순아, 누가 널 찾아왔어."

인순이가 머리를 들고 자기를 부른 아이를 쳐다보다 방문 앞에 서서 자기를 보고 있는 그리운 오빠의 눈과 마주쳤다. 인순은 한동안 멍하니 인범이를 넋을 잃고 바라보기만 했다.

"인순아! 오빠다!"

그제야 인순은 벌떡 일어나 인범에게 다가와 품에 안겼다.

"오빠! 보고 싶었어. 왜 인제 오는 거야?"

인범은 안겨 오는 인순을 꼭 안아 주었다. 뼈만 앙상한 어깨가 흔들리고 있었다.

"오빠, 보고 싶었어."

"응, 나도."

오누이는 꼭 껴안고 눈물을 흘렸다. 계집아이가 가만히 문을 닫고 나갔다. 인범은 인순이의 얼굴을 찬찬히 뜯어보았다. 고아원에 적응이 잘 안 되는지 많이 여위어 있었고 까칠한 얼굴에 마른버짐이 피어 있었다.

"인순아, 인철이는?"

"작은오빠 학교에 갔어. 곧 돌아올 거야."

그러면서 어린 인순은 인범의 몰골을 훑어보았다.

"큰오빠, 많이 여윈 것 같아. 얼굴도 검어졌고 지금 어디서 살아?"

인순은 그 사이 여섯 살에 걸맞지 않은 말을 했다.

"여기서 그렇게 멀지는 않아."

"큰오빠 배가 안 고파? 난 배가 고파."

인범은 인순이가 배가 고프다는 말을 듣고 가슴이 아팠다. 인범은 손으로 눈물로 얼룩진 인순이의 얼굴을 닦아주었다.

"오빠가 너와 인철이 내복 사 왔다. 내복부터 입어봐."

인범은 인순이의 옷을 벗기고 내복을 입혔다. 인순의 몸이 많이 여위어 있었다. 내복이 인순이에게 많이 컸다. 인범은 소매를 걷어 올렸고 하의의 길이도 걷어 올렸다.

"오빠 옷이 너무 커."

"인순아, 내년 그리고 다음 해에도 입어야 해. 그래서 큰 것을 샀어."

인순은 내복이 따뜻하고 촉감이 좋은지 좋아했다.

"이제 춥지 않을 것 같아. 참 따뜻해. 오빠!"

"인순아, 인철인 잘 있지?"

"응, 작은오빠 학교에 갔어. 곧 올 거야."

"……."

인범은 오다가 구멍가게에서 호떡을 팔고 있는 것을 보아 두었다.

인범은 인순이를 데리고 고아원을 나왔다. 조금 전 인순이에게 안내한 계집아이가 손을 잡고 인범이를 따라가는 인순이에게 말을 하였다.

"인순아, 너의 오빠지?"

"응, 우리 큰오빠야."

"그래."

다른 아이들도 인범이와 인순이를 멀거니 바라보고 있었다. 인범은 고아원을 들어오다 보아 둔 호떡 파는 가게를 찾아갔다.

인범은 주머니에 넣어 둔 돈을 계산해 보았다. 호떡을 사주고 싶었다.

"오빠, 여기서 기다리면 작은오빠가 올 거야."

"그래."

인순과 인범은 담벼락에 기대어 서서 인철이를 기다렸다. 인순은 그동안 있었던 고아원 이야기를 오빠에게 조잘거렸다. 그러면서 인범이가 어디 사느냐, 밥은 잘 먹느냐, 쌀밥을 먹느냐고 물었지만 인범은 건듯건듯 말했다. 토굴을 파고 산다는 이야기를 하여 보아야 어린 인순이가 알 수가 없을 것이다. 오히려 재미있다고 할 것이라고 생각했다. 따스한 햇살이 가난한 오누이의 몸을 데우고 있었다.

"오빠, 저기 작은오빠가 온다."

인순이가 가리키는 쪽에 대여섯 명의 고만고만한 인철이 또래의 아이들이 조잘거리고 오고 있었다.

"인철이 오빠! 큰오빠 왔어."

인순이가 인철이를 먼저 발견하고 손을 흔들었다.

인철이가 인범을 보고 뛰어왔다. 앞서가던 아이들이 인순이와 같이 있는 인범을 자세히 보며 걸어갔다.

"형!"

인철은 형을 보자 눈에 눈물이 글썽이었다. 인범이도 반가움인지 서러움인지 눈물이 울컥 올라왔다. 동생들과 헤어지고 너무나 심한 고생을 했다. 무엇보다도 배고픔이 가장 서러웠고 시멘트 바닥에 잠자는 것도 서러웠다. 이제 겨우 토굴을 파 잠자리를 마련한 것이다. 그러나 토굴에서 혹독한 겨울에 얼어 죽지 않고 살아날지 의문이었다.

"인철아, 잘 있었니?"

"응, 형. 형은 어떻게 살아?"

인범은 먼저 호떡집 문을 열고 들어갔다. 무거운 마음으로 인철이의 얼굴을 살폈다. 몸은 좀 여위고 얼굴색은 좋지 않았지만 그런대로 건강한 편이었다. 어서 빨리 돈을 벌어 호떡이나 배부르게 사 주고 싶었다. 신문배달을 할 수 있을지, 신문배달을 하여 밥이나 제대로 먹을 수 있을지……, 아직 아무것도 결정된 것이 아니어 인범은 내내 마음이 무거웠다.

인철이와 인순이는 솥에서 방금 꺼낸 김이 무럭무럭 나는 호떡을 먹지 않고 자기들이 먹는 것을 멀거니 보고 있는 형을 보고 먹다 말고 의아한 얼굴로 바라보다 물었다.

"형, 형은 왜 안 먹어?"

"응 먹어. 난 배가 안 고파. 어서 먹어."

인범도 먹고 싶었다. 그러나 돈을 아껴야 했다. 신문배달을 할 수 있을지 결정된 것이 아니기 때문이었다. 수중에 돈이 없으면 굶어야 한다는 것을 뼈저리게 겪었다. 인철이와 인순이에게 호떡 한 개라도 더 먹이고 싶었다.

"형!"

호떡 세 개를 먹고 난 인철이가 인범이의 얼굴을 살피며 물었다.

“형은 어떻게 살아?”

“응, 걱정 마. 곧 일거리가 있을 것 같아.”

“무슨 일?”

“응, 오늘 신문배달을 알아보려고 해.”

“잠은 어디서 자?”

“응, 저기⋯⋯.”

인철은 걱정이 되는지 여러 가지 물었지만 상세히 말을 할 수 없었다. 수심이 묻은 인범의 얼굴을 조심스럽게 바라보던 인철은 더 이상 묻지 않았다. 어린 인철은 형이 아직 자리가 잡히지 않았다는 것을 짐작한 것 같았다.

인범은 인철이와 인순이가 고아원으로 들어가는 것을 보고 쓸쓸히 돌아섰다.

신문배달

1

인철이, 인순이와 헤어져 신문배달을 하는 중학생을 만나기 위해 어제 만났던 고급 주택의 대문 앞에 서서 중학생을 무턱대고 기다리고 있었다. 시계가 없는 인범이가 한 시간 정도 기다리고 있을 때였다. 맞은편에서 옆구리에 신문을 낀, 어제 본 그 중학생이 인범이 앞으로 빠른 걸음으로 걸어오고 있었다. 인범은 머뭇거리다 중학생에게 다가갔다.

"저……."

중학생은 인범의 얼굴을 알아보고 섰다. 인범은 중학생을 불러 세웠지만 무슨 말부터 해야 할지 몰랐다.

"…… 어제 여기서 본 아이구나. 너 나에게 할 말이 있는 것 같구나."

중학생은 인범의 얼굴을 보며 할 말이 있으면 빨리 하라는 재촉의 눈을 하고 있었다.

"저…… 신문배달을 하려면 어떻게 해요?"

"너 신문배달을 하려고 그러니?"

"……."

인범은 말없이 고개를 끄덕이었다. 중학생은 인범이의 아래위를 훑어보았다.

"마침 잘 됐어. 내가 이달 말에 그만두려고 해. 네가 대신 내 구역을 맡아 해 봐. 그런데 너 신문배달 해 본 경험이 있어?"

인범은 고개를 저었다.

"…… 경험이 없어도 할 수는 있어. 그 대신 결석은 절대, 절대로 안 돼. 배달을 하루 빠지면 소장님이 배달해야 된단 말이야. 배달구역 지리는 배달자와 소장님밖에 모르거든."

"결석은 안 할 수 있어요."

"그럼 됐어."

"너 몇 살이야?"

"열두 살이에요."

"열두 살……, 그런데 넌 열두 살이면 키가 크구나. 난 열네 살인데."

"……."

중학생은 인범의 아래위를 유심히 뜯어보았다.

"열두 살이면 어린데, 우리 소장님이 허락할는지 모르겠네."

"난 무슨 일이든 할 수 있는데요. 만약 소장님이 허락하면 내일부터 바로 일할 수 있어요?"

"소장님이 허락한다면 내일부터라도 나를 따라다니며 먼저 길부터 익혀야 해. 그런데 먼저 우리 소장님에게 허락을 받지 않으면 안 돼."

열네 살이라는 중학생의 키는 인범이와 비슷한데 말은 어른스럽게 했다. 얼굴이 납작하고 퍽 성실하게 보였다. 몸은 인범이만큼이나 초라했다. 얼굴은 햇빛에 그을려 그런지 본래 그런지 검었다.

"얘, 너 이름이 뭐니? 그리고 어느 동네에 살아?"

"…… 난 인범이라고 불러요. 고인범. 저 산 밑에 살게 되었어요."

"살게 되었다고? 참 이상한 말을 하네. 내 이름은 이상석이야. 너 바로 일할 수 있다고 했지?"

"내일이라도 돼요."

"그럼, 여기서 좀 기다릴래? 배달 끝내고 이 자리에 올게."

"같이 가면 안 돼요?"

"소장의 허락도 받지 않고 길부터 알면 뭐 해."

"그래도…… 같이 가고 싶어요."

인범은 여기 그냥 있는 것보다 이상석이라는 중학생이 신문배달 하는 것을 보고 싶었다.

"그럼 같이 가. 마치고 보급소에 들러 소장에게 허락을 받아 보기로 하자."

인범은 중학생을 따라나섰다. 인범은 중학생이 괜찮다는데도 억지로 신문을 나누어 가졌다. 중학생은 신문배달을 오래 하여 그런지 걸음이 빨랐다. 중학생은 자기 옆에서 잘 걷는 인범이를 보고 '너 걸음을 잘 걷는구나' 하였다. 촌에서 자라 산으로 들로 뛰어다닌 인범이는 걷는 데는 자신이 있었다.

중학생은 신문을 배달하면서 자기가 배달할 집은 총 이백 집이라고 했다. 학교를 마치는 즉시 보급소로 가서 자신이 배달할 부수를 직접 챙겨 배달하면 두 시간 정도 걸린다고 했다. 초등학교 6학년 때부터 배달했는데, 그때 소장이 초등학생이라 안 된다는 것을 사정사정하여 허락을 받았다고 했다.

인범은 중학생이 배달하는 위치와 길을 머리에 그렸다. 그리고 대문의 모양, 집의 생김새와 신문을 대문 밑으로 넣는지 대문 위로 던지는지 세심히 보아 두었다. 집집마다 대부분 문패가 있었지만 한자라 알 수 없었다. 이 다음에 소장에게 이름을 물어 문패에 적어 놓은 한자를 알아야겠다고 생각했다. 이백 집의 이름을 모두 알면 한자 공부에 도움이 될 것 같았다.

상석이는 배달하는 시간이 두 시간 정도 걸린다고 하며, 배달하는 집들이 서로 가까운 곳에 있는가 하면 어떤 집들은 띄엄띄엄 있는 곳도 있다고 했다.

배달을 마친 상석이는 인범이를 데리고 보급소로 갔다. 얼마 멀지 않은 곳에 '성남동 조일신문 보급소'라고 적혀 있는 작은 간판이 있었다. 유리창에 붓글씨로 '배달부 구함'이라고 쓰인 종이가 붙어 있고, 옆에 조그맣게 '중학생 이상'이라고 적혀 있었다.

상석이는 보급소의 문을 열고 들어갔다. 7, 8평 정도 넓이에 소장인 듯한 삼십 대 중반의 아저씨가 책상에 앉아 신문을 읽고 있었다.

"소장님, 이 애가 배달을 하겠다고 하여 데리고 왔습니다."

신문을 보던 소장은 신문을 책상에 놓고 인범이를 자세히 보았다. 희고 창백한 얼굴에 구레나룻이 무성하게 나 있었다.

"아는 아이야?"

"아니에요. 신문배달을 하려고 길거리에서 저를 기다리고 있었어요."

"너, 초등학생이지?"

"……."

"소장님, 이 아이는 초등학생이지만 잘할 것 같아요. 키도 저만큼 크고 걸음도 저보다 더 빨라요. 그리고 내일부터라도 배달할 수 있다고 합니다."

중학생은 인범을 두둔하고 있었다.

"저는 지금은 학교에 다니지 않습니다. 일자리를 구하고 학교에 가려고 합니다."

인범은 자신의 입장을 말했다. 바른 대로 말하고 안 된다고 하면 중학생처럼 소장에게 사정할 생각을 했다.

"그래, 사정이 딱하구나. 열심히 해 봐. 그 대신 결석은 안 된다. 알겠어! 이것이 첫째 조건이다. 상세한 것은 상석이에게 알아보아라. 그럼, 나가 봐."

소장은 배달부를 구하기 어려웠는지, 아니면 인범이가 초등학생인데도 잘할 것 같아 그런지 의외로 순순히 허락을 하였다. 얼굴에 만족한 미소를 머금으며 고개까지 끄덕이었다.

이상석과 인범은 보급소를 나왔다.

"인범아, 내일 4시에 여기 보급소로 와. 지리를 정확히 알려면 5일 정도는 같이 다녀야 할 거야. 난 하루가 급해, 곧 이사를 가야 하거든. 우리 어머니 혼자 이사 준비를 하는 걸 도와주어야 해."

"왜, 형의 아버지는 안 계세요?"

"아버지가 안 계셔. 내가 열 살 때 교통사고로 돌아가셨어."

그 말을 하는 상석이의 얼굴이 갑자기 어두워졌다.

인범은 괜히 물었다고 생각했다. 인범은 태어나고 처음으로 직장을 얻었다. 이제 학교에도 갈 수 있다는 생각에 산으로 올라가는 인범의 발걸음은 가볍고 즐거웠다.

다음 날, 인범은 토굴에서 조금 일찍 나와 보급소에 도착했다. 상석이는 아직 나와 있지 않았고, 소장 혼자 막 차에서 내린 신문뭉치들을 사무실로 옮기고 있었다. 인범은 소장에게 인사를 꾸벅 하고는 소장을 도와 남아 있는 신문뭉치를 사무실로 옮겼다.

소장은 알아서 일을 하는 인범이가 마음에 들었는지 만족한 미소를 지었다. 뒤이어 배달부 아이들이 모여들기 시작하더니 상석이도 왔다.

"인범아, 너 일찍 왔구나."

얼굴에 미소를 가득 담은 상석은 인범을 맞았다. 배달부 아이들이 새로 온 인범이를 바라보며 자기가 가져갈 신문 뭉치를 챙기고 있었다. 그 중 한 중학생이 인범이의 아래위를 흘어 보더니 빈정거리는 말투로 말했다.

"야, 상석아. 저 촌닭이 네 후임이야?"

"응, 그래. 고인범이라고 해. 앞으로 잘 봐 줘. 달수야."

"야, 인마. 잘 봐 주긴. 저 새끼가 잘해야 잘 봐 줄 것 아니야."

달수라고 하는 중학생은 눈꼬리에 날을 세우며 인범을 째려보았다. 인범은 달수라는 중학생이 생김새만큼이나 사나울 것이라고 생각했다. 그리고 저 달수가 자신을 괴롭힐 것 같은 막연한 예감이 들었다.

"야 촌놈, 나 최달수라고 불러. 신고식부터 하고 보자, 알았어?"

"……."

달수는 소장을 힐긋 보더니 작은 소리로 인사를 트자는 것인지 협박인지 모를 말을 했다.

상석이는 자신이 배달할 숫자의 신문을 세어 허리에 끼었다. 이런 일을 이미 수십 번이나 한 상석이라 일하는 솜씨가 빨랐다. 인범은 얼른 어제처럼 상석이의 허리에서 반 정도의 신문을 빼앗듯 나누어 가졌다. 허리가 묵직했다. 반이 이렇게 무거운데 한꺼번에 다 허리에 안으려면 무거울 것이라고 생각했다. 상석은 자신의 생각을 알고나 있는 것처럼 말했다.

"처음은 무겁게 느껴지지만 차츰 하다 보면 무겁지 않아. 인범아, 달수를 조심해. 달수는 주먹이 세. 이 동네 중학생 깡패들도 달수에겐 손을 대지 않아."

"……."

인범은 상석이를 따라다니며 머리에 길과 집, 골목을 새기며 신문을 투입하는 위치도 상세히 익혔다. 어떤 집은 대문 위로, 어떤 집은 대문 밑으로, 또 어떤 집은 문틈에 넣는 것을 눈여겨보아 두었다. 이백여 호의 집에 신문을 다 넣고 나니 어제보다 시간이 조금 더 걸렸다. 아마 상석이가 자기에게 가르치며 다니느라고 그런 것 같았다.

인범은 다음 날 오전 일찍 나와 어제 상석이가 가르쳐 준 순서대로 길과 집, 또 투입 방법을 익히기 위해 두 번이나 돌았다. 배달을 하지 않고 지리를 익히는 데만 소요되는 시간이 어림으로 두 시간 정도 걸렸다. 두 바퀴를 돌고 나니 길과 배달 대상의 집을 파악할 수가 있었다.

무엇보다도 인범은 어릴 때부터 길눈이 밝고 눈썰미가 있어, 한번 본 사람이나 한번 간 곳은 잘 잊어버리지 않는 습성이 있었다.

돌아오는 길에 목공소 앞에 자투리 나무들이 널려 있었다. 가구를 만들고 있는 주인에게 저기 있는 자투리 나무 중 필요한 것을 가져가면 안 되는지를 물어 보았다. 주인은 버릴 것이라고 하며 필요하면 가져가라고 했다. 인범은 쓸 만한 각목과 합판 조각들을 골라 가져왔다. 주인은 인범이에게 다음에도 와서 가져가라는 말까지 하였다.

인범은 이제 직장도 얻었고 토굴이지만 잠잘 곳도 마련되었기 때문에 너무나 기뻤다. 다만 너무 외떨어진 산골이라 밤이 무서웠다. 밤에 산길을 혼자 올라갈 때는 수풀 속에서 귀신이나 짐승이 불쑥 나타나 덤빌 것 같아 머리털이 쭈뼛 곤두서고 소름이 끼치기도 하였다.

2

인범은 신문배달을 하여 월급을 받기까지 돈을 아끼지 않으면 안 되었다. 아버지를 따라 서울로 올라왔지만, 돈이 떨어져 며칠을 굶어 배고픔에 심한 무두질로 고통도 받았고 쓰러지기도 한 끔찍한 것이 뇌리에 되살아나면서 몸서리를 쳤다. 신문배달을 하여 버는 돈으로 궁핍한 생활을 버티어야 한다고 생각했다. 그래서 점심은 굶기로 했다.

인범은 무엇보다도 학교에 가고 싶었다. 투견 아저씨를 찾아가 학교에 넣어 달라고 부탁을 할까 생각도 했지만 생판 남인 아저씨에게 의지하는 것이 부담이 되었다.

나는 혼자라는 생각을 하면서도 어려운 일이 생기면 어떻게 할까 망설

여겼다. 그때마다 남에게 의지하고 싶은 생각이 간절했다. 인범은 학교도 또 다른 일도 이제 혼자서 처리해야겠다고 결심했다.

인범은 오후 보급소에 일찍 도착하였다. 보급소 문이 잠겨 있고 아무도 없었다. 보급소 앞에 쪼그리고 앉아 한 시간 정도 기다리니 소장이 왔다.

"너 언제 왔어?"

"좀 전에요."

"자, 들어와서 기다려, 조금 있으면 차가 올 거야."

신문을 운반하는 트럭이 오자 인범은 소장을 도와 신문 뭉치를 사무실로 옮기는 일과 상석이가 배달할 몫의 신문 장수를 정확히 세는 일까지 끝내고 소장이 하는 일도 도왔다. 이러는 인범이를 소장은 유심히 보고 고개를 갸웃거리면서 물었다.

"인범이라고 했지? 너 다른 곳에서 신문배달을 한 경험이 있지?"

"아니에요. 처음 해 보는 일인걸요."

라고 대답했더니 아무래도 납득이 안 간다는 눈치였다.

"얘, 인범아. 너 언제까지 신문을 배달할 생각이니?"

"소장님이 쫓아내지 않으면 중학교 졸업할 때까지 배달할 것입니다."

박 소장은 이렇게 말하는 인범을 측은한 눈길로 바라보더니 물었다.

"중학교까지만 다닐 거야? 고등학교는 안 갈 거야?"

소장의 말을 들은 인범은 축축한 얼굴로 멀거니 박 소장을 바라보더니 혼자 하는 독백처럼 말했다.

"중학교나 제대로 갈 수 있을는지 모르겠어요."

"왜 갈 수 없어?"

"소장님, 전 가난한걸요."

"왜? 부모가 없어?"

"……."

밖이 왁자지껄하더니 아이들이 들어오고 있었다. 상석이는 인범이가 배달할 신문을 챙겨 놓은 것을 보았다.

"인범아, 너 빨리 왔구나. 고맙다. 어서 배달 가자."

"형, 나 혼자 가면 안 될까요? 배달 할 집들을 아침에 두 번이나 돌았기 때문에 알 수 있어요."

인범은 혼자 신문을 허리에 끼고 가려고 했다. 이러는 인범이를 보고 상석이가 말렸다.

"인범아, 한 집이라도 배달을 안 하면 안 돼. 어떤 사람은 소장에게 전화하여 우리가 배달하는 신문을 끊고 다른 신문을 본다고 야단을 치기도 해. 그보다 하루 만에 길을 다 외우기는 힘들어. 나는 5일 만에야 혼자 배달할 수 있었어. 네가 정확히 넣는지 내가 확인해야 해. 자 가자."

막 보급소를 나오는데 달수가 걸어오고 있었다.

"달수야, 우리 먼저 배달 간다."

상석이와 인범이가 지나가려는데 달수가 인범을 불러 세웠다.

"야 인마, 촌놈! 너 선배에게 인사할 줄도 몰라!"

달수가 눈을 부라리며 인범을 째려보았다. 인범은 머쓱하게 서서 멀거니 달수를 쳐다보았다.

"인범아, 달수에게 인사하고 가자."

상석이가 인범이를 재촉했다. 그래도 인범이는 가만히 서서 달수를 바라볼 뿐이었다. 달수는 이러는 인범을 더욱 매섭게 노려보았다.

"인범아, 뭘 해, 어서 인사해."

상석이는 다시 한 번 독촉을 했다.

"이제 와."

인범이는 마지못해 인사를 했다.

일순, 달수의 얼굴이 험악하게 변하더니 눈꼬리가 무섭게 찢어졌다.

"이 새끼! 너 다시 한 번 말해 봐!"

"……."

인범은 아무 말 못하고 달수를 보았다.

"달수야 왜 그래, 방금 인범이가 인사했잖아."

"야, 이 새끼야! 너 언제부터 말 트자고 했어, 건방지게."

"인범아, 달수에겐 말 높여 인사해. 쟨 깡패야."

상석이가 귓속말로 빠르게 속삭였다.

"이제 와요."

인범은 다시 인사를 했다.

"이 새끼야, 앞으로 말조심해, 알았어?"

"……."

달수는 인범에게 엄포를 놓고는 보급소를 향해 걸어갔다. 상석이는 달수의 뒷모습을 한참이나 바라보았다. 상석이의 얼굴은 근심이 가득 차 있었다.

"인범아, 달수를 조심해야겠다."

"……."

상석이와 인범은 배달을 하면서 아무 말이 없었다.

상석이는 인범이가 한 집도 틀리지 않고 정확하게 신문을 배달하는 것을 보고 놀랐는지 중얼거리고 있었다.

"나는 5일이 되어서야 혼자 배달할 수 있었는데……. 그래도 한 집은 빼먹고 한 집은 잘못 넣었는데……."

배달을 다 마치고 상석이는 인범을 데리고 소장에게 갔다. 소장은 책상에 앉아 신문을 보고 있었다.

"소장님, 내일부터 저의 구역은 인범이가 배달을 맡아할 것입니다."

"벌써?"

"예. 오늘 시험해 봤더니 한 집도 안 틀리게 배달을 잘 해요. 인범인 머리가 좋은가 봐요. 그런데 소장님 걱정이 되는 것이 있어요."

"무엇이 걱정이 된다고 그래?"

"…… 아, 아니에요. 소장님, 저 가요. 그동안 고마웠습니다."

상석이는 달수가 인범이를 그냥 두지 않을 것 같아 소장에게 인범이를 보호해 달라고 부탁을 하려고 하다가 목구멍에 삼켰다. 꼭 달수의 잘못만 탓할 수 없을 것 같았다. 인범이가 호락호락하게 달수의 비위를 맞추어 줄 것 같지가 않았다. 상석이는 인범이가 보통 아이와는 다를 것이라고 생각되었다. 그 점이 걱정이 되었다. 돌아서는 상석이의 이마에 깊은 수심이 고였다.

"그래, 잘 가. 다음 달 월급날 와, 수금이 되는 대로 바로 줄 테니."

길거리에 어둠이 깔리고 있었다. 상석이는 어린 인범이가 달수에게 당할 것을 생각하니 걱정이 되었다. 얼굴에 근심이 가득한 상석이는 인범에게 손을 내밀며 악수를 청했다. 그러나 촌에서만 자란 인범이에겐 악수가 왠지 멋쩍고 어색했다. 상석이는 어색해하는 인범의 손을 끌어당겨 잡았다.

"인범아, 고마워. 너 때문에 이렇게 빨리 인계할 수 있었어. 넌 잘할 거야. 열심히 해. 그리고 인범아, 달수에게 억지로라도 고분고분하게 대해 줘. 맞으면 너만 억울하잖아."

"……."

"인범아, 나에겐 편하게 말해도 괜찮아, 달수가 괜히 어른 행세를 하려고 하는 거야."

인범은 상석이와 만난 것이 세 번에 지나지 않지만 오랫동안 정이 든 것 같이 헤어지는 것이 아쉬웠다. 상석인 참 좋은 형 같았다.

"형, 잘 가요."

헤어지는 것이 섭섭했다.

인범이가 신문배달 하는 보급소에는 인범이의 구역에는 서달수, 박형준, 이용수, 김지용, 인범이를 합해 다섯 명의 아이들이 있었다. 그리고 한시간 늦게 배달을 시작하는 한 팀이 있다고 했다. 모두 중학생인데 인범이만 어렸다. 그러나 인범이는 키와 골격이 커 체격이 거의 비슷했다.

신문을 배달한 지 삼 일째 되는 날이었다. 신문을 옆구리에 끼고 막 배달을 나가려고 하는데 뒤따라오던 달수가 불렀다.

"야 인마, 촌놈, 잠깐 서!"

그러나 인범은 자기의 이름이 아니라 그냥 급히 걸어가고 있었다.

"야 이 새끼 촌놈, 부르는 소리 안 들려?"

달수가 고함을 꽥 질렀다. 그 소리에 신문을 들고 급히 가던 아이들이 돌아섰다. 인범이도 돌아섰다. 달수는 손가락으로 인범을 가리키며 신경질적으로 말했다.

"촌놈, 배달 마치고 요 앞에 만화방 알지? 거기로 와. 신고식해야 할 거 아니야. 형준이, 상진이, 용수도 나와야 돼. 알았지?"

달수의 목소리에 진한 심통이 담겨 있었다.

"알았어?"

인범은 달수가 부르는 촌놈이 자신이라는 것을 알았지만 앞으로 달수가 촌놈이라고 불러도 대답하지 않겠다고 생각했다. 이름이 있는데도 자기 마음대로 남에게 별명을 붙여 부르는 것을 용납하고 싶지 않았다. 인범이는 신고식이란 말은 처음 들어 보는 것이다. 달수를 처음 본 날도 신고식이란 말을 한 것이 기억이 났다.

"인범이, 너 오늘 돈을 좀 써야 할 거야."

"……."

인범은 달수의 신고식이란 말도 형준이가 돈을 써야 한다는 말도 무슨 소리인지 몰랐다. 만화방이라면 어제 형준이가 떡볶이가게 지하실에 있는 고바우만화방을 말하는 것 같았다. 형준이가 배달을 마치고 나면 만화방에 모여 떡볶이도 먹고 만화를 보기도 한다고 했다. 인범은 신문을 배달하면서 달수의 신고식이란 말도 돈을 써야 한다는 형준이의 말도 마음에 걸렸다.

배달을 마친 인범은 꺼림칙했지만 만화방에 가지 않을 수 없었다. 인범이가 지하실에 있는 만화방에 들어갔지만 배달부 아이들이 아무도 와 있지 않았다. 인범이가 제일 먼저 배달을 마친 것이다.

퀴퀴한 냄새가 나고 습기가 찬 지하실엔 아이들이 희미한 전등불 밑에 군데군데 앉아 만화를 보고 있었다.

인범은 만화를 볼 생각이 없었다. 인범이가 초등학교 3학년 때였다. 친구에게서 만화책을 빌려 보는 것을 본 아버지가 만화 볼 시간이 있으면 공부를 하든지 일을 하라고 야단을 치셨다. 그러면서 아버진 만화라는 것은 이야기를 재미나게 꾸며서 자꾸만 만화에 빠지게 하는 아편과 같은 것이라고 하셨다. 그 후부터 인범은 만화를 보지 않았다.

아버지 말씀대로 만화는 한 번 보면 자꾸만 보고 싶었다. 돈이 없는 인범은 만화를 돈을 주고 빌려볼 수도, 사 볼 수도 없었다. 그렇다고 마냥 친구들에게 빌려볼 수도 없었다.

인범은 구석진 자리에 우두커니 앉아 아이들이 오기를 기다렸다.

조금 있으니 형준이가 들어오고 뒤이어 달수와 용수도 들어왔다. 달수는 인범이를 불렀다.

"야, 촌놈. 나가자. 우선 배부터 채워야 될 것 아니야."

"지용이가 아직 안 왔는데."

"우리가 없으면 떡볶이 집에 올 거야."

달수가 앞장서 나가자 형준이와 용수가 따라 나갔다.

"야, 촌놈. 이리 와. 아주머니, 이 애는 새로 온 인범이라고 해요. 신고식으로 인범이가 오늘 한턱낸대요. 아주머니 우선 어묵 30개 하고 떡볶이도 30개를 주세요."

먼저 나간 달수가 비어 있는 탁자에 앉아 어묵과 떡볶이를 시켰다. 네 명이 앉을 수 있는 자리에 달수와 형준이, 용수가 앉았지만 인범이는 우두커니 서 있었다.

"야, 촌놈. 너도 앉아. 물주가 앉아야 될 것 아니야 인마."

"나 돈 없어요."

인범은 달수가 신고식이라고 하는 것이 떡볶이와 어묵을 사야 하고 또 만화도 보여 주는 것이라는 것을 알았다. '너희들은 가난해도 가족들이 있을 것이다. 그러나 나는 혼자다. 나는 절약해서 살지 않으면 굶어야 한단 말이다. 굶으면 일을 할 수 없다는 것을 너희들은 모를 것이다.' 그래서 인범은 확실히 해 두어야겠다고 달수를 마주보고 말했다.

"난 돈이 없어요."

"인마, 걱정 마. 월급 타서 주면 돼. 이 가겐 우리들의 단골집이야. 외상이 통한단 말이야 인마."

"내가 왜 형들에게 사 주어야 해요, 난 싫어요. 난 돈을 아껴야 한단 말이에요."

"이 새끼가! 주먹 맛 좀 보아야 알겠어. 앉아, 이 새끼야! 앉으라면 순순히 앉아, 얻어터지기 전에."

달수의 입에서 험악한 욕이 거침없이 나오자 어묵과 떡볶이를 먹던 초등학생과 중학생들이 고개를 들어 쳐다보았다.

그사이 지용이가 들어와 빈자리에 날름 앉았다.

"야, 지용아 일어나! 그 자린 인범이가 앉아야 해."

"응, 그래."

지용은 일어나더니 옆자리에 있는 빈 걸상을 모서리에 갖다 놓고 앉았다.

"인마, 좋은 말할 때 빨리 앉아."

달수는 인범이의 어깨를 짓눌러 앉혔다. 그러나 인범은 도로 일어나 나갈 채비를 했다.

아주머니가 어묵 그릇과 고추장에 벌겋게 비빔 떡볶이가 가득 담긴 커다란 그릇을 가져와 탁자에 놓고 가면서 인범이와 달수가 승강이를 하는 것을 힐긋 보았다.

인범이는 달수의 공갈과 억압이 싫었다. 자신의 의사를 묻지도 않고 우격다짐으로 한턱내라는 것도 참을 수가 없었다. 주먹이 강하다고, 나이가 많다고, 강제로 먹을 것을 사라고 하는 것을 순순히 따를 수 없다고 생각했다. 한턱낼 돈도 없지만 주먹에 겁을 먹고 한턱낸다는 것은 비굴이고 굴복이었다.

인범은 그럴 수 없다고 생각하고 일어났다. 달수는 일어나는 인범을 힘으로 눌렀다. 그러나 인범은 완강하게 달수의 팔을 뿌리치고 일어나 밖으로 나왔다. 달수는 어리다고 생각한 인범이란 아이가 의외로 순순히 말을 듣지 않자 얼굴이 험악하게 일그러졌다.

"저 새끼가……."

달수가 바람을 가르며 인범이를 잡으러 따라 나왔다.

"야, 우리들은 먹자. 달수가 알아서 하겠지."

지용이가 이렇게 말하며 먼저 먹음직스러운 벌건 떡볶이를 집어 입안 가득 넣고 우물거리고 먹었다. 용수와 지용이도 떡볶이를 집어 들었다. 형준이도 어묵 하나를 입안에 넣으면서 인범이를 걱정했다.

"인범이가 달수에게 많이 맞을 것인데……."

형준이는 근심 어린 얼굴로 중얼거렸다.

"그냥 둬. 패는 놈은 패고 맞는 놈은 맞게. 우린 배나 불리면 돼. 형준아, 어서 먹어."

어묵 집을 빠져나온 인범은 몇 발자국 못 가 달수에게 어깨를 잡혔다.

"야, 이 새끼! 따라와 죽여 버릴 거야."

달수는 인범의 어깨를 잡아끌고 골목 안으로 들어갔다. 길을 가던 사람들이 인범이와 달수를 유심히 쳐다보며 지나갔다. 좁고 깊숙한 골목 안으로 인범이를 밀어 넣은 달수가 인범이를 무섭게 노려보며 위협을 했다.

"야, 촌놈! 너 나에게 반항하는 거야?"

"……."

"이 새끼, 내 말 안 들려."

"……."

그래도 인범이는 아무 말 하지 않고 달수를 노려보며 달수가 주먹질을 한다면 한번쯤은 맞아야겠다고 생각했다.

'나는 주먹에 겁을 먹어 굴복할 수 없다. 앞으로도 주먹에는 당당히 맞서야 한다. 아버지의 죽음 앞에서 아버지의 원수를 갚겠다고 다짐하지 않았던가. 이제부터 싸움을 잘 하려면 먼저 맞는 것부터 배워 싸움꾼이 되어야 한다. 달수가 나이가 두 살 많고 아무리 깡패고 싸움을 잘 한다 하여도 기꺼이 맞서야 한다. 그보다 나는 달수에게 아무 잘못한 것도 없이 맞을 수 없지만, 달수의 주먹이 얼마나 센 지 한번 맞아 보자. 그러나 급소는 맞지 않아야겠다. 그래, 나는 싸움꾼이 되어야 한다. 그래야 아버지의 원수를 갚을 수 있다. 그래, 이제부터 맞는 것부터 시작하자.'

인범은 맞을 각오를 하고 달수의 주먹을 기다렸다.

"이 새끼가 맞아 봐야 고분고분 말을 들을 거야?"

달수의 주먹이 인범의 면상을 향해 날랐다. 금세 인범의 코에서 붉은 피가 터져 나왔다. 인범은 흐르는 피를 닦지도 않고 달수를 노려보았다.

"이 새끼가 어디 노려봐! 더 맞고 싶어 환장을 했나, 이 새끼야!"

"그래, 때려라. 오늘은 맞아 주마."

"이 새끼! 오늘은 맞아 준다고?"

달수는 주먹으로 인범의 얼굴과 머리를 때리고 발길질을 했다. 인범은 이빨과 급소를 맞지 않으려고 두 팔로 얼굴과 가슴을 가리고 고슴도치처럼 몸을 잔뜩 움츠리고 달수의 주먹과 발길질을 고스란히 받았다. 이미 맞을 각오를 하고 맞는 주먹이라 그런지 달수의 주먹과 발길질은 견딜 만했다. 발길질은 두툼한 오리털 옷을 입어 완충제 역할을 해서 그런지 그렇게 충격이 심하지 않았다.

'그래, 더 때려 봐. 난 결코 쓰러지지 않을 거야.'

"달수야, 그만해."

언제 나왔는지 형준이가 달수를 막아서서 말렸다. 인범이의 얼굴에는 피가 범벅이 되어 있었다.

"이 새끼가 까불고 있잖아."

달수가 분이 덜 풀렸는지 말리는 형준이를 밀치고 인범이에게 덤벼들었다.

"그만하란 말이야. 피를 저렇게 흘리는데 더 때리면 어떡해."

형준이는 골목 밖으로 달수를 밀어내었다.

"이 새끼, 앞으로 내 말 안 들으면 죽을 줄 알아."

달수는 형준이에게 밀리어 가면서 위협적인 말을 남기고 골목을 빠져나갔다. 형준은 얼른 가게로 들어가 물이 묻은 수건과 휴지 뭉치를 가지고 나와 인범의 얼굴을 닦아주며 다독거렸다.

"인범아, 맞으면 너만 손해야. 신고식은 나도 했어."

"……."

인범의 코에서는 계속 피가 흘러나오고 있었다.

"인범아! 고개를 젖혀. 피를 멎게 해야 해."

현준은 인범의 고개를 젖히게 하고는 휴지로 코를 막았다.

인범의 얼굴은 퉁퉁 부어 있었다.

"억지로 빼앗아 먹는 그런 신고식은 난 싫어요."

"그래도 어쩌겠어. 달수에게 맞지 않으려면 시키는 대로 할 수밖에 없잖아."

"난 다음엔 이렇게 순순히 맞지 않을 거예요."

"인범아, 달수는 깡패야. 맞서지 마."

"그래도 또 때리면 난 순순히 맞지 않을 거예요."

인범은 다음엔 맞지 않겠다는 말을 되풀이했다.

굳게 다문 인범의 얼굴은 무언가 결의가 굳어져 있었다. 인범은 무엇보다도 새로 산 오리털에 피가 묻은 것이 걱정이 되어 옷을 벗어 보았다. 피가 묻어 있었지만 검은 옷이라 그렇게 심하게 표가 나지 않았다. 인범은 옷을 들고 가게 쪽으로 갔다. 이를 본 형준이가 놀라 인범을 막아섰다.

"인범아, 집에 안 가고 어디 가?"

"옷에 피가 묻었어요. 피는 굳어지기 전에 빨리 닦아야 씻어져요."

"인범아, 안에 가면 또 달수에게 맞아. 여기 있어. 내가 비누하고 물을 가져올게."

형준은 인범을 세워 두고 부리나케 가게 안으로 들어가 비누와 수건, 그리고 바가지에 물을 담아 나왔다. 인범은 형준이에게 수건을 받아 불빛이 있는 밝은 곳으로 가더니 수건에 물을 적셔 비누칠을 하고 피를 닦았다. 몇 번을 반복하여 닦아 내고는 다른 수건 쪽에 물을 적셔 비눗물을 닦아 내었다. 마지막으로 손으로 물을 짜내고는 옷을 입었다. 형준이는 옆에서 말없이 인범이가 하는 것을 이상한 눈으로 바라보고 있었다.

"형, 나 집에 가도 돼요?"

"그래 인범아, 가도 돼. 너의 집이 어디야?"

"저기 산……."

"산, 어디?"

"산 밑쪽이에요."

"인범아, 잘 가. 내일 만나."

인범은 동네를 빠져나와 어둠이 깔린 산길을 터벅터벅 걷고 있었다. 차가운 바람이 얼굴에 부딪치니 맞은 곳이 얼얼하고 아팠다. 얼굴도 무겁고 허리도 아팠다.

인범이가 언제나 지나가는 산길, 길목 안쪽에 오래된 무덤이 있고 그 무덤 양쪽에 수령이 백 년도 더 넘은 듯한 몇 그루의 소나무가 있었다. 무덤과 비석 그리고 상석이 잘 보존된 것을 보아 망인이 살았을 때 부잣집이나 벼슬아치인 것 같았다. 아니면 효심이 있는 자손들이 무덤 주위에 심어 놓았는지 만취를 잃지 않은 몇 그루의 소나무가 무덤을 더욱 돋보이게 했다.

인범은 산길을 걷다 피곤하면 끌리듯 무덤 앞 대리석으로 된 상석에 앉아 쉬었다 가기를 종종 했다. 소나무는 아직도 청청하지만 소나무를 심은 자손은 연조(年條)를 함께 하지 못하고 벌써 고인이 되었을 것이다.

고송이 있어 무덤이 고풍스럽고 고즈넉했다.

인범은 주먹이 강하다고 먼저 신문배달부가 되었다고 남의 의사도 묻지 않고 신고식을 하라고 자기 마음대로 음식을 시키는 달수에게 굴복하기가 싫었고 굴복할 수 없다고 자신에게 다짐했다.

한편 달수는 떡볶이를 먹으면서도 왠지 마음이 편치 않았다. 촌놈이 자신에게 맞고는 있었지만 매섭게 노려보는 눈길이 기분이 나빴다. 다른 놈 같으면 맞지 않으려고 고분고분할 텐데, 놈은 오늘은 맞아 준다며 당당하게 나의 주먹과 발길질을 받았다. 비명 한 번 지르지 않았다. 어린놈이 맷집이 대단하다고 생각했다. 다만 급소를 맞지 않으려고 몸을 도사리는 놈이 왠지 마음에 걸렸다. 놈은 나의 필살의 주먹을 맞고도 기절지도, 넘어지지도 않았다. 자기 나이 또래의 아이들은 한 방 단단히 맞으면 나가떨어지는데, 놈은 나이가 어린데도 그렇지 않았다.

형준이가 가게를 들어서고 있었다. 달수는 아니꼬운 눈으로 형준이를 째려보았다. 형준이가 지나치게 촌놈을 감싸고 챙기는 것이 괘씸했기 때문이었다.

"야, 형준이, 어서 와. 이것 먹어. 네 몫을 남겨 두었어. 인범인 갔어?"

지용이가 어묵을 먹으면서 물었다.

"응."

"그러면 이 어묵과 떡볶이 값은 누가 낼 거야?"

지용은 낭패한 얼굴로 달수를 쳐다보며 물었다.

"누가 내긴. 그 새끼 앞으로 외상을 달아 놓아야지."

용수가 냉큼 말을 받았다.

"인범이는 안 낼 거야."

형준이가 무겁고 착 가라앉은 목소리로 말했다. 이 소리를 들은 달수의 얼굴 표정이 험하게 일그러지며 찢어진 눈으로 형준이를 무섭게 째려보았다.

3

다음 날, 다른 아이들보다 일찍 보급소에 도착한 인범이는 소장에게 얼굴을 보이지 않으려고 고개를 푹 숙이고 신문을 정리하고 있었다.

형준이는 샛눈으로 고개를 숙이고 일을 하는 인범의 얼굴을 힐금힐금 쳐다보았다. 얼굴이 많이 부어 있었고 시퍼렇게 멍도 들어 있었다. 형준은 안쓰럽고 근심스러운 표정으로 배달할 신문을 말없이 챙겼다.

조금 시간이 지나면서 용수도 지용이도 왔고 맨 나중 달수가 왔다. 달수는 먼저 인범이를 찾아 성깔이 가득 담긴 얼굴로 인범이를 째려보았다. 아마 어제 어묵과 떡볶이 값을 인범이가 안 낼 것 같다는 형준이의 말이 달수의 심통을 자극했던 것이다. 달수는 어제 어린놈이 만만찮은 것을 보고 단단히 혼을 내야겠다고 생각했다. 아직도 어린놈이 그렇게 맞고도 아프다는 비명 한 마디 지르지 않는 것이 다소 마음에 걸렸지만……

　인범이가 맨 먼저 배달을 나가다 지용이와 얼굴이 마주쳤다.

　"어! 인범아, 너 얼굴이 왜 그래? 어제 너 달수에게 존나게 터졌……."

　말을 하던 지용이가 깜짝 놀라는 시늉을 하며 급하게 손으로 자신의 입을 막고 하던 말을 삼키며 얼른 소장을 쳐다보았다. 지용이의 말에 장부를 정리하던 소장이 고개를 불쑥 들고 인범의 얼굴을 유심히 살펴보았다. 입술이 터져 있고 퉁퉁 부어오른 얼굴에 멍이 시퍼렇게 들어 있었다. 소장이 신문을 든 채로 일어섰다.

　"인범아, 너 잠깐 나 좀 봐."

　인범은 소장이 부르는 소리를 듣고 얼굴을 숙인 채 엉거주춤 일어섰다.

　"인범이, 너 얼굴 좀 들어 봐."

　그래도 인범은 고개를 반쯤 들다 말았다.

　"인범아, 너 고개 올리고 날 쳐다봐."

　소장이 천천히 걸어 인범이 앞으로 다가가 손으로 인범의 턱을 치켜 올려 찬찬히 얼굴을 뜯어보았다. 퉁퉁 부은 얼굴은 온통 시퍼런 멍투성이고 입술도 터져 있었다. 형준이와 달수, 그리고 지용이 용수는 잔뜩 긴장된 얼굴로 소장과 인범의 얼굴을 번갈아 쳐다보았다. 태권도 3단인 소장이 한번 성을 내면 무섭다는 것을 아이들은 알고 있었다. 지난번에 달수에게 얻어맞은 아이가 배달을 그만둔 적이 있었기 때문이었다.

　"얼굴이 왜 이래, 너 싸웠지?"

세찬 바람 한 줄기가 창을 흔들고 지나갔다.

소장의 얼굴이 분노에 차 있었다.

"말해! 누구랑 싸웠어?"

소장은 심각하게 따져 물으면서 손으로 인범의 얼굴을 쓰다듬었다. 가난하여 학교에도 가지 못하고 신문배달을 하려고 나선 어린 인범이가 너무나 불쌍했다.

"좀 다쳤습니다."

"다쳤어? 다친 얼굴이 아닌데, 인범아! 누구하고 싸웠어? 바른 대로 말해."

"……."

소장은 아이들의 얼굴 하나하나를 노려보더니 달수의 얼굴에서 시선을 멈추었다. '저놈이 때렸구나!' 소장은 아이들 얼굴 하나하나에 눈길을 멈추었다. 소장의 눈과 마주친 아이들은 한결같이 급히 소장의 날카로운 시선을 피했다.

"너희들, 인범이가 누구와 싸웠는지 알고 있지?"

"……."

"달수, 너는 알고 있지?"

"아무것도 모릅니다. 저하고는 아무 상관없습니다."

달수가 대답했다. 순간 인범은 고개를 번쩍 들고 달수를 노려보았다.

"그래? 알았다. 다들 배달 가!"

소장은 굳이 밝히지 않았다. 그것은 인범이를 보호하는 한 방법이라고 생각했다. 그래, 덮어두자. 인범이가 달수를 겁내고 있구나.

소장은 하던 일을 계속했다.

신문을 옆구리에 낀 아이들이 나가고 있었다. 맨 뒤쪽에 있던 달수의 걸음이 빨라지더니 앞서가는 인범을 따라잡았다.

"야, 촌놈. 왜 고자질 안 했어?"

"……."

인범은 달수의 말에 아무런 반응을 보이지 않고 계속 걸어갔다.

"고자질 안 했다고 그냥 넘어가진 않아. 가게에 가서 외상값을 네가 내겠다고 말하지 않으면, 넌 나에게 죽을 줄 알아. 이 새끼야."

"……."

삼 일이 지났다. 달수는 인범이가 가게에 나타나지도 않았고 외상을 갚겠다는 말이 없는 것에 참을 수가 없었다. 촌놈을 생각하니 속이 부글부글 끓고 자존심이 상해 놈을 도저히 그냥 둘 수 없다고 생각했다. 소장에게 들켜 신문배달을 그만두는 한이 있더라도 촌놈을 요절을 내야겠다고 이를 갈았다. 그날 그렇게 두들겨 맞고도 겁을 내지 않는 것을 보니 어린놈이 대단한 독종인 것 같아 왠지 모를 불안감이 들었다. 그렇지만 그냥 넘어갈 수 없다고 생각했다.

다음 날, 일찍이 보급소에 도착하여 먼저 신문을 챙긴 달수가 길목에서 배달을 가는 아이들을 기다리고 있었다. 인범이, 형준이, 용수, 지용이가 배달을 나가다 달수를 보고 의아한 얼굴로 바라보았다.

"어, 달수. 오늘 어쩐 일이야? 우리보다 먼저 배달을 나가게. 뭐 바쁜 일이 있어 그러는 거야?"

달수는 형준이의 말에 대꾸도 않고 인범이 앞에 다가섰다.

"촌놈, 오늘 배달 마치고 나 좀 보자. 연학초등학교 정문 앞에 와. 안 나오면 넌 죽을 줄 알아."

"……."

"너희들도 배달 마치는 대로 와야 돼."

달수는 아이들 보는 앞에서 인범이에게 항복을 받아야겠다는 심산이었다. 형준은 인범이가 안타깝고 걱정이 되었다.

"인범아, 너 오늘도 맞으면 어쩔래? 상처도 채 아물지 않았을 텐데……."

"……."

인범은 형준이의 얼굴을 바라보았다. 입을 굳게 다문 표정은 한편 쓸쓸하게 보이면서 한편으론 무언가 결의가 묻어 있는 것 같았다.

"인범아, 너 나올 거야?"

인범은 다시 한 번 형준이의 얼굴을 멍하니 보더니 고개를 천천히 크게 끄덕이었다.

"오늘도 맞으면 아물지 않은 상처가 덧날 텐데……."

"……."

"인범아, 그냥 외상값 네가 내면 안 되니? 반은 내가 보탤게, 나도 먹었으니까……."

"형, 나 돈 없어요. 그리고 강요엔 굴복하기 싫어요."

"굴복?"

형준은 어른 같은 말을 하는 인범이의 얼굴을 멀거니 쳐다보았다. 인범이를 만난 것이 얼마 되지 않았지만 언제나 얼굴에 그늘이 져 있고 말이 없는 인범이를 대할 때마다 아이답지 않고 어른스럽다고 느꼈다. 무슨 특별한 사연이 있는 것으로 짐작했다.

달수와의 결투

1

발이 빠른 인범이가 배달을 마치고 제일 먼저 학교 정문 앞에 도착했다. 아직 아무도 오지 않았다. 목을 길게 빼어 학교 안을 들여다보았다. 학생들이 모두 퇴교한 횅댕그렁한 운동장은 퇴색한 낙엽들만 스산한 바람에 흩날리고 있고 교정은 적막했다.

겨울의 짧은 해가 서산에 기울어지면서 어둠에 묻히는 운동장은 무거운 정적이 가라앉아 있었다. 추위가 온몸을 파고들었다. 인범은 오늘은 맞지 않고 달수와 맞붙어 싸울 각오를 단단히 했다. 굴복하지 않으려면 싸울 수밖에 다른 방법이 없었다. 그리고 싸움은 이겨야 한다는 신념을 갖고 있었다.

인범인 시골에서 싸움을 잘했다. 자기 또래는 물론 자신보다 두 살 또는 세 살이 많은 형들에게도 지지 않았다. 첫 싸움에 지면 다음 날 상대를 찾아가 싸움을 거는 것이었다. 상대에게 이길 때까지 지치지 않고 덤벼들었다. 그러면 상대 아이는 인범이의 끈질긴 도전에 겁을 먹고 싸우게 되고, 인범이는 상대를 이기기 위해 악착같이 싸우기 때문에 상대 아이는 차츰 인범이에게 밀리게 되면서 결국은 항복을 하지 않을 수 없었다.

상대는 무엇보다도 인범이의 맷집에 겁을 내었다. 심하게 때리면 병신이 되거나 죽을까 봐 겁이 나고 살살 때리면 끝까지 덤비기 때문이었다. 이러는 인범이를 보고 아이들과 마을 어른들까지 인범이를 독종이라고도 하고 또 악동이라 불렀다. 이런 인범의 악동이 근성을 모르는 달수가 주먹으로 항복을 받으려고 나선 것이다.

인범이가 고향에 살 때 아버진 인범이가 이웃 아이들과 싸워 이기는 것을 만족스럽게 생각하는 것 같았다. 인범이에게 맞은 아이 엄마들이 인범의 집에 찾아와 항의를 하면, 그 부모 앞에서는 인범이를 호되게 때릴 듯하며 으름장을 놓아도 가고 나면 씨익 웃으며 만족한 표정을 지었다.

"저놈이 이 애비를 닮아 골격도 크고 주먹도 발도 다른 아이들보다 커서 그런지 싸움을 잘한단 말이야. 여보, 당신도 알지. 나 젊을 때 씨름판에서 져 본 적이 없잖아. 장가간 후에도 씨름판에 갔다 하면 황소를 딴 걸 당신도 알잖아……."

인범이는 어릴 때부터 아버지의 내림인지 주먹과 발이 다른 아이들보다 월등하게 컸다.

아버지와는 달리 어머니는 인범이를 엄하게 나무랐다. 회초리로 장딴지에 멍이 들도록 호되게 때리면서 이런 말을 했다.

"옛말에 맞은 놈은 다리를 펴고 자도 때린 놈은 다리를 오므리고 잔단다. 제발 싸우지 마라, 인범아."

인범은 그래도 아버지의 은근한 칭찬이 좋았다. 그래서 아이들과 싸울 땐 이기려고 악착같이 싸웠다. 인범은 싸움을 즐겼고 싸우면서 싸움을 익혔다. 맞는 것을 겁내지 않았다. 오히려 맞을 때 짜릿한 쾌감을 느끼기도 했다. 아버지가 날치기들에게 맞아 죽었을 때 아버지의 복수를 맹세하지 않았던가.

'그래, 주먹을 겁낸다면 싸움을 배울 수도 없고 아버지의 복수도 하지 못한다.'

인범이는 아버지를 생각하면서 용기가 생겼고 달수와 한판 겨루고 싶었다. 다만 두 살이 많다는 것이 부담이 되었지만 고향에서도 주로 자기보다 나이가 많은 형들과 많이 싸운 경험이 있다는 것에 자신을 가졌다. 그래서 조금의 위축도 두려움도 갖지 않았다. 다만 어린 나이에 달수가 깡패라는 것이 다소 마음에 걸렸다. 그렇지만 인범은 달수에게 계속 맞을 수는 없다고 생각했다. 자기보다 나이가 두 살 많고 깡패라는 달수에게 이기고 싶었다. 인범은 서울에서의 첫 싸움 상대가 달수라고 생각하고 당당히 싸워야겠다고 결심했다.

'아버지! 오늘 달수와 싸움을 하지 않으면 안 됩니다. 달수는 깡패예요. 그래도 저는 이기려고 합니다. 오늘 이기지 못하면 싸움을 배워 꼭 이기고 말겠습니다. 아버지! 아들 인범인 독종이고 악동이잖아요.'

한편 달수는 어제 인범이가 자신의 주먹을 고스란히 맞으면서 자신의 동작 하나하나까지 노려보는 것이 왠지 모르게 자꾸 마음에 걸렸다. 놈이 자신에게 맞을 때 오늘은 맞아 준다고 말하지 않았던가. 그 말이 또한 마음에 걸렸다. 그러면서도 달수는 애써 어린놈을 무시했다. 어린놈이 감히 자신의 적수라고는 생각하지 않았다.

신문배달을 하는 아이들도 인범이가 시골에서 악동이었고 독종의 근성을 갖고 있다는 것을 모르고 있는 것이다. 싸움의 결과로 승자와 패자가 가려질 것이다. 달수는 주먹으로 항복을 받으려고 하고 인범은 굴하지 않고 싸우려고 결심한 이상 달수와의 싸움은 피할 수 없었다. 두 살이 많고 주먹이 센 깡패의 기질이 있는 달수와 남에게 지기 싫어하는 힘이 좋은 씨름 선수 아버지의 내림을 물려받은 인범이와 싸움이 시작되고 있었다.

키가 큰 형준이가 숨을 헐떡이며 학교 정문 앞에 나타났다.

"인범아, 너 어쩌려고 나왔어?"

"……."

"인범아, 달수 오거든 잘못했다고 해."

"형, 난 달수에게 아무 잘못한 것이 없어요."

"맞으면 너만 손해라니까."

"난 지난번처럼 맞지는 않을 거예요."

인범이는 담담하게 말했다.

"그럼, 넌 맞붙어 싸우겠다는 말이야. 그만 둬. 달수는 싸움을 잘 해. 그리고 넌 아직 어리잖아."

"형, 미안하지만 그 가죽장갑 좀 빌려 줘요."

"장갑은 뭘 하려고?"

"손이 시려서 주먹에 힘이 없어 그래요."

"그럼 넌 달수와 싸우려고 각오한 거야?"

"그럼 어떻게 해요. 가만히 맞고만 있어야 해요?"

"……."

"형준이 형, 그냥 맞는 것보다 같이 싸우며 맞는 것이 적게 맞는 방법이에요. 가만히 있으면 달수가 마음껏 때릴 수 있지만 같이 싸우면 달수도 마음 놓고 못 때려요."

"너 싸움을 많이 해 봤구나."

"……."

형준은 인범이가 달수와 맞장을 뜨려고 각오를 하고 나왔다는 것을 알았다. 하긴 인범이가 달수에게 항복을 하지 않는 이상 달수와 싸우는 방법밖에 없었다. 무방비 상태에서 맞는 것보다 싸워서 맞는 것이 적게 맞고 약하게 맞는 방법이라는 인범의 말이 틀리지는 않은 것 같았다.

형준은 말없이 인범에게 장갑을 주면서 인범을 바라보았다. 장갑을 받는 인범의 얼굴이 일순 굳어졌다. 그리고 입에 고이는 생침을 삼키는지 꼴깍하는 침 넘어가는 소리가 났다.

'아, 인범이도 달수와의 싸움에 불안해하고 있구나.'

형준은 은근히 걱정이 되어 동정의 얼굴로 바라보았다.

지용과 용수가 빠른 걸음으로 걸어오면서 길가는 사람들 속에서 달수를 발견하고 달수의 양옆에 바짝 붙어서 걸었다.

"달수야, 인범이가 올 것 같지 않은데?"

지용이가 달수의 팔을 잡으며 물었다.

"안 올 거야."

용수도 한마디했다.

"오든 안 오든, 난 촌놈을 그냥 두지 않을 거야."

잔뜩 거드름을 피우며 달수가 말했다. 달수는 말로써 몇 번이나 인범을 죽이고 있었다.

"도망가면 신문배달도 안 나올 거 아니야."

"인범이가 안 나오면 소장이 가만 안 있을 것 같은데. 그날 인범이가 너에게 맞지 않았다고 말했지만 믿지 않는 것 같았어."

"소장이 지나치게 간섭하면 난 보급소를 옮길 거야. 이 보급소 아니면 신문배달 할 곳이 없는 줄 알아."

그때 마침 맞은편에서 잔무 처리를 하고 퇴근하던 보급소 박 소장이 귀에 익은 세 아이의 소리를 듣고 걸음을 멈추어 섰다.

"어? 저 애들은?"

소장은 얼른 고개를 숙이고 길옆으로 피했다. 날이 어둡고 자기들의 이야기에 열중한 세 아이가 마주 오는 소장을 보지 못했다.

세 아이가 학교 정문에 먼저 와 기다리는 인범이와 형준이를 보았다.

"어? 촌놈과 형준이가 먼저 와서 기다리고 있네."

달수는 호주머니에서 새까만 가죽장갑을 끄집어내어 왼손에 쥐고 오른

손으로 손바닥을 탁탁 두드리며 인범이의 앞에 거만스럽게 다가섰다.

"촌놈, 겁도 없이 나왔군."

"달수야, 오늘 좋게 말하고 때리지는 마. 며칠 전 그만큼 때렸으면 됐잖아."

형준이가 달수를 막아서며 비굴한 웃음을 짓고 말했다.

"이봐, 형준이. 너 이 촌놈 편이야?"

"편은 무슨 편. 때리지 말란 말이지."

"인마, 넌 좀 빠져. 새끼야."

"……."

달수는 장갑을 천천히 양손에 끼면서 삐딱한 걸음으로 인범이 코앞에 다가가 장갑을 낀 오른손으로 왼손 바닥을 주먹으로 소리가 나도록 탁탁 쳤다. 위협적이었다.

"촌놈, 너 맞고 싶나? 순순히 외상값을 네가 내겠다고 가게 아주머니에게 말할 테냐. 둘 중에 하나를 택해."

"난 둘 다 못하겠다."

인범이는 지난날과 달리 조금의 겁도 없이 당당하게 맞섰다. 싸워 보자는 것이다. 아니, 도전이었다.

"야! 이 새끼 봐. 맞아 죽으려고 환장을 했어."

달수는 세 아이를 번갈아 쳐다보며 어이없다는 표정을 지었다.

"인범아, 좋게 해. 내가 반은 부담한다고 했잖아. 달수에게 그렇게 하겠다고 해, 인범아."

형준은 다시 한 번 인범이를 달래 보았다. 아무래도 어린 인범이가 달수의 적수가 못 된다고 생각했다.

인범은 아무 대꾸도 않고 형준이에게서 빌린 가죽장갑을 끼고 있었다. 이를 본 달수의 눈이 화등잔같이 둥그레졌다. 용수도 지용이도 놀랐다. 달수는 놈에게 항복을 받아내든지 아니면 한적한 학교 운동장에서 실컷 때려 주려고 했는데 놈이 맞서 싸우려고 하는 것을 보고 놀라지 않을 수 없었다. 며칠 전 놈이 오늘은 맞아 준다는 말이 생각났다. 그렇다, 놈은 오늘 나와 싸울 각오로 나온 것을 알 수 있었다.

"이 새끼, 지금 뭐하는 거야?"

"난, 지난번처럼 그냥 맞지 않는다고 말했잖아."

인범은 장갑을 낀 주먹이 갑자기 무쇠같이 단단해지면서 자신감이 생겼다.

"이 새끼가 오늘 죽으려고 작정했어?"

흥분한 달수가 두 손으로 인범의 멱살을 꽉 움켜잡아 세차게 흔들었다. 인범은 달수의 면상이 눈앞에 보이자 헤딩 한 방으로 끝내고 싶었지만 차마 먼저 공격할 수 없었다. 절호의 찬스를 놓치는 것이 아쉬웠다. 어릴 때 동네 아이들과 싸울 때 자기보다 큰 아이들에게 자주 써먹던 헤딩이었다. 인범은 멱살을 잡은 달수의 손을 힘껏 뿌리쳤다. 달수는 의외로 강한 인범의 힘에 두 손을 놓지 않을 수 없었다. 무안한 것을 감추기라도 하듯 형준이를 쳐다보았다.

"형준이, 너 봤지? 이 촌놈이 타협은 싫다잖아?"

학교 담벼락에 바짝 붙어선 박 소장은 인범이가 조금도 겁도 없이 달수에게 당당하게 대드는 것을 보고 놀랐다. 지난번에 인범이의 얼굴도 달수에게 맞아서 상처가 난 것임을 쉽게 알 수 있었다. 지난번에는 달수가 자기와 아무 상관없다고 하여 설마 했는데…….

'달수 이놈! 어린놈이 입에 침도 안 바르고 어른을 속여.'

소장은 이빨을 부드득 갈았다. 소장은 아직도 어린 달수의 어른 뺨치는 거짓말과 비겁함에 혀를 내둘렀다. 한편 인범이가 맹랑한 아이라고 생각하면서 싸움을 지켜보기로 작정을 하고, 인범이가 많이 맞지 않기를 마음

졸이며 어둠 속에 몸을 숨기고 싸움 시작을 기다렸다. 한편 인범이가 호락호락 맞지 않을 것 같은 예감이 언뜻 들었다.

"이 새끼! 안으로 들어와."

달수가 이번엔 인범이의 어깨를 움켜잡아 학교 안으로 끌고 들어갔다. 땅거미가 깔리는 거리는 바람이 차가웠다.

길가는 사람들이 아이들의 싸움질을 힐끗 쳐다보며 지나갔다.

"이거 놓아, 들어갈 테니."

인범은 어깨를 잡은 달수의 손을 힘껏 뿌리쳤다. 두 번이나 인범의 힘에 밀린 것이다.

이제 겨우 열두 살인 인범이와 열네 살의 중학생인 달수가 싸움을 하기 위해 운동장에 들어섰다. 그 뒤를 세 아이도 따라 들어갔다.

이 층 건물의 교사가 어둠 속에 묻혀 추위에 떨며 웅크리고 있었다. 넓은 운동장에 차가운 초겨울 바람이 일고 있었다. 낮은 담벼락을 끼고 굵은 나무들이 앙상한 가지를 내놓고 적당한 간격을 두고 학교를 에워싸고 있는 교정은 음산하고 적막했다.

앞서 들어간 달수는 적당한 자리를 찾아 서서 뒤따라오는 인범이를 노려보고 있었다.

"너 이 새끼, 죽고 싶어. 내가 누군 줄 알아?"

달수는 인범에게 엄포를 놓았다. 말로써 위협을 주어 놈의 기를 꺾기 위함이었다.

"……."

인범은 아무런 대꾸도 하지 않고 달수를 마주 노려보았다.

"이 새끼, 내 말 안 들려?"

"누군 누구야? 넌 달수지, 그리고 깡패라며."

인범은 달수에게 조금의 위축도 없었다.

"야, 이 새끼! 누구에게 말을 트고 있어!"

달수는 조금 전 형준이에게는 존댓말을 하면서도 자기에게는 말을 막하는 것을 보고 더욱 화가 치밀었다.

"형의 대접을 받으려면 형 값을 하여야 한다고 생각해."

"뭐 이 새끼!"

달수의 주먹이 인범의 면상을 향해 날랐다. 인범은 엉겁결에 달수의 주먹에 맞았다. 시골 아이들의 싸움과는 달랐다. 시골에선 서로 싸움 준비를 하고 시작하는데 달수는 말하는 도중에 주먹을 날렸다. 얼굴이 얼얼하고 코밑에 뜨거운 피가 흘렀다. 며칠 전에 맞은 상처가 채 아물기도 전에 또 코피가 터졌다.

'아, 나는 코피가 잘 터지는구나!'

인범은 급히 몇 걸음 뒤로 물러섰다. 인범은 달수가 따라오지 않는 것을 확인하고 달수를 노려보며 한쪽 코를 막고 피가 나오는 코를 힘껏 풀고 팔뚝으로 피를 닦았다. 그리고 달수를 경계하며 오리털 파카를 천천히 벗었다. 인범에겐 오리털 파카가 유일한 재산이었다. 오늘은 옷에 코피를 묻히지 않아야겠다고 생각했다. 그보다 두터운 오리털이 활동하기에 둔했다. 인범은 옷을 벗어 형준이에게 던져 주고 싸울 자세를 취하고 달수를 노려보며 한 발자국 한 발자국 다가갔다.

달수가 전광석화같이 다가와 발길로 인범이의 옆구리를 찼다. 옆구리를 강타당한 인범은 억 숨이 막혔다. 달수는 빨랐다.

형준이는 인범이가 맞는 것을 보고 얼굴을 찡그렸다. 저렇게 맞다가는 잘못하면 병신이 되지 않을까 걱정이 되었다. 담벼락에 숨어 싸움을 지켜보고 있는 소장도 안타깝기만 했다. 얼른 나가 말려야 할지 좀 두고 보아야 할지 망설이고 있었다. 용수와 지용은 인범이가 달수에게 당하는 것은 지극히 당연한 것같이 인범이가 맞는 것을 즐기며 이야기를 나누고 있었다.

"저 미련한 짜아식이, 신고식을 몸으로 때우려고 존나게 터지고 있네."

인범은 달수를 떼어 놓고 싸우는 것이 자신에게 불리함을 알았다. 역시 달수는 깡패라 그런지 주먹질도 발길질도 빨랐고 매서웠다. 시골 아이들의 싸움은 서로 엉겨 붙어 뒹굴며 싸우는데 도시 아이들의 싸움은 TV에서처럼 권투와 발길질로 싸우는 것이다. 인범은 정신을 바짝 차렸다. 한편 서울 싸움을 알 수 있는 이 기회가 앞으로 싸움을 할 때 도움이 될 것이라고 생각했다.

인범은 달수를 잡으려고 두 손을 들고 손가락을 세웠다. 유도 선수들이 대련을 할 때처럼.

달수는 별 반항도 없이 자신의 주먹을 맞고 있는 인범을 얕보고 바짝 다가서고 있었다. 이때를 놓치지 않고 인범은 두 손으로 달수의 양어깨를 잡아 힘껏 당기면서 다리를 걸어 밀어붙였다. 인범의 다리에 걸려 달수의 몸이 중심을 잃고 기우뚱하더니 운동장에 툭 소리를 내고 넘어져 인범에게 깔렸다. 위에 올라탄 인범은 주먹으로 달수의 얼굴을 강타했다. 가죽장갑을 끼어 주먹에는 탄력이 강했다. 어리고 촌놈인 인범이가 자기의 싸움 적수가 되리라고는 생각지도 않았는데 의외로 인범의 강한 주먹을 맞은 달수는 겁을 먹었다. 얼마나 놈의 주먹이 강한지 이빨이 부러지는 것 같았다. 달수의 얼굴이 고통과 분노로 일그러졌다. 형준이 지용이 용수가 보는 앞에서 넘어져 깔린 것도 자존심이 상했는데 주먹까지 맞고 있으니 분통이 터졌다.

"야! 인범이 잘한다."

형준이가 자신도 모르게 탄성을 질렀다. 탄성을 지른 것은 형준이뿐만이 아니었다. 어둠 속 담벼락에 바짝 붙어 앉아 인범이가 달수의 주먹과 발길질에 맞고 있는 것을 안쓰럽게 지켜보던 소장도 쾌재를 불렀다. 용수와 지용이는 믿었던 달수가 인범에게 넘어져 얻어맞고 있는 것을 보고 아연 놀랐다.

"뭘 해, 달수야! 일어나! 그까짓 촌놈에게 넘어지다니, 이건 말도 안 돼! 일어나, 어서 달수야!"

용수와 지용이가 안타까운 응원의 소리를 질렀다. 달수가 인범이에게서 빠져나오려고 엎디는 순간 인범은 일어서는 달수의 등 뒤에서 달수의 얼굴과 머리에 몇 차례 주먹을 날렸다. 인범의 주먹을 몇 차례 맞고 달수가 겨우 인범에게서 빠져나왔다. 인범의 주먹을 맞은 달수의 얼굴이 벌겋게 부어 있었고 입안엔 피가 흥건히 고여 있었다.

식식거리며 일어선 달수가 인범을 노려보며 주먹을 불끈 쥐었다. 이젠 쉽게 인범에게 덤비지 못했다. 인범의 주위를 빙빙 돌며 허점을 찾아 공격의 기회를 노리고 있었다.

형준이도 소장도 용수도 지용이도 어둠 속에서 눈을 번득이며 두 아이의 동작 하나하나에 초점을 맞추었다. 인범은 먼저 공격을 하지 않았다. 달수의 몸놀림에 따라 움직이며 달수의 몸을 잡으려고 다시 두 손을 세우고 달수에게 다가서고 있었다.

달수가 인범을 피하면서 기회를 엿보았다. 한 번 인범에게 잡혀 넘어진 실수를 반복하지 않겠다는 것이다. 그러나 마냥 인범이를 피할 수만은 없었다. 주먹을 불끈 쥐고 공격하기 시작했다. 달수는 접근전을 하여 치고 빠지는 작전을 하였다. 그리고 발길질도 간간이 하였다.

몇 차례 달수의 주먹이 인범의 얼굴에 명중했고 발길질도 허벅지와 옆구리를 스쳤다. 그러나 크게 충격적인 것은 아니었다. 인범의 몸놀림이 빨라지면서 달수를 몰아붙이기 시작했다. 달수는 촌놈에게 잡히면 불리하다는 것을 알고 이리저리 피하면서 뒤로 물러서기만 했다.

이때였다. 인범이가 달수에게 바짝 다가가더니 펄쩍 뛰어 오른팔로 달수의 목을 감아쥐고는 조금 전과 같이 다리를 걸어 운동장에 넘어뜨렸다.

툭 하는 소리를 내며 달수가 키대로 넘어졌다. 인범은 이번엔 빠져나갈 수 없도록 달수의 등을 땅바닥에 닿도록 눕히고 목을 단단히 조였다. 또다시 인범에게 깔린 달수가 일어나려고 했지만 인범이가 자기의 가슴을 누르고 있고 자신의 목을 단단히 조이고 있어 일어설 수가 없었다. 달수는 인범의 팔을 떼 내려고 버둥거렸지만 인범은 유도 시합에서 목조르기로 한판승을 하기 위한 선수처럼 달수의 목을 더욱 조이며 달수가 빠져나갈 수 없도록 운동장에 바짝 몸을 낮추었다.

인범의 오른팔에 목이 단단히 조인 달수는 목을 빼려고 안간힘으로 버둥 거리며 몸부림쳤지만 그때마다 인범은 땅바닥에 빙빙 몸을 돌리면서 기회를 주지 않고 더욱 목을 조여 왔다. 어둠에 묻힌 적막한 운동장은 차가운 겨울바람이 운동장의 모래알을 날리며 깊어 가고, 두 아이가 땅바닥에 뒹굴며 바스락거리는 소리와 거친 두 아이의 숨소리만 적막을 깨고 있었다.

인범의 팔뚝에 목이 단단히 조인 달수는 점점 힘이 기진해지고 목이 조여 호흡이 가빠지고 있었다. 인범은 더욱 목을 조여 왔다. 달수는 기가 찼다. 촌놈이라고 얕보았던 인범이가 이렇게 싸움을 잘하는 놈인 줄은 몰랐다. 달수는 숨을 헐떡이며 어떻게 해야 할지 망설였다. 도저히 촌놈의 목조임에서 빠져나오지 못할 것 같았다. 점점 호흡이 힘들어 얼굴이 벌겋게 달아올랐다. 이제 숨이 막혀 더 이상 견딜 수가 없었다.

아이들도 달수가 꼼짝도 못하고 늘어져 있는 것을 보고 불안해지기 시작했다. 형준이, 용수, 지용이가 가까이 와 보고 있었다.

"달수야, 일어나란 말이다. 그까짓 촌놈에게 지면 어떻게 해."

용수와 지용이가 발을 동동 구르며 달수를 응원하였다.

형준은 달수의 얼굴이 벌겋게 달아오르고 있는 것을 보고 겁이 났다.

"달수, 너 얼굴이 왜 그래?"

이제 달수는 더는 견딜 수가 없었다.

"형준아, 나 숨을 쉴 수가 없어. 죽을 것 같아."

달수는 겨우 목멘 소리로 하소연을 하며 손을 내저었다.

"인범아! 목을 놓아 줘, 달수가 숨을 쉬지 못한다고 하잖아."

"안 돼요! 달수가 날 괴롭히지 않는다고 항복하기 전엔 목을 놓아 줄 수 없어요!"

달수는 이제 숨이 끊어지는 것 같았다. 참담한 패배를 당하는 것이다.

"그래, 항복한다. 항복이다, 항복."

달수는 목쉰 소리로 겨우 말을 내뱉으며 손으로 항복의 신호로 인범의 등을 툭툭 쳤다.

"인범아, 달수가 항복했잖아, 목을 놓아, 빨리."

인범은 조였던 목을 놓았다. 달수는 숨을 크게 내어 쉬며 꼼짝없이 누워 있었다. 거친 숨을 몰아쉬며 어두운 밤하늘을 쳐다보았다. 별들이 달빛 속으로 숨어들고 있었다. 달수는 참으로 어처구니가 없었다. 자기보다 두 살이나 어리고 촌놈이라고 무시했던 인범이에게 참담한 패배를 당한 것이다. 그것도 지용이와 용수, 형준이가 보고 있는 앞에서……. 차가운 바람 한 줄기가 모래를 휩쓸고 지나갔다.

소장은 어둠 속 담벼락에 쪼그리고 앉아 두 아이의 싸움을 끝까지 맘 졸이며 지켜보고 놀랐다. 두 아이의 싸움은 아이들의 싸움이 아닌 어른 싸움의 흉내를 그대로 해내었다. 아니, 아이답지 않은 정의로운 주먹세계의 성스러운 의식 같았다.

두 아이의 싸움이 끝났다. 아니, 싸움이 아니다. 당당한 결투였다. 인범이가 원한 결투이든 원하지 않은 결투이든 승부는 가려졌다. 승자 인범이도 패자 달수도. 그리고 서로 편은 달랐지만 입회인인 형준이도 용수도 지용이도 침묵을 머금고 무거운 발걸음으로 운동장을 빠져나갔다. 그 중 패배의 좌절과 분노로 끓어오르는 가슴을 안고 힘없이 걸어가는 달수의 어깨가 축 처져 있었다.

2

박 소장은 아이들이 어둠 속으로 사라지는 것을 확인하고 담벼락에서 천천히 걸어나와 조금 전 승부를 가리기 위해 거친 숨을 몰아쉬며 열기로 달구어졌던 그 자리에 섰다. 조금 전 두 아이의 거친 숨으로 채워졌던 운동장은 언제 그랬냐는 듯 싸늘하게 식어 있었다. 운동장은 두 아이가 싸우면서 어지럽게 남긴 발자국과 엉키어 뒹굴던 흔적이 희미하게 남아 있었다.

아직도 어린 나이의 인범이가 깡패인 달수에게 겁도 없이 싸움에 응하는 것은 보통 아이로서는 상상도 할 수 없는 것이다. 싸움꾼 본능의 전형적인 영걸(英傑)의 기상을 갖추고 있는 인범이가 무술을 배운다면 대단한 싸움꾼이 될 것이고, 무술과 싸움 기술을 접목한다면 자기 또래 아니 자기보다 큰 아이들에게도 지지 않을 것이라고 믿어 의심치 않았다. 과묵하고 성실한 어린 인범이가 아이지만 거인 같은 착각이 들었다. 저놈은 무서운 싸움꾼으로 성장할 것이다.

어린놈들이 어른의 흉내를 내며 싸움을 하는 것을 보고 소장은 놀랐다. 저놈들은 성장하면 주먹세계에서 우뚝한 존재가 될 것이다. 두 아이가 초등학생이고 중학교 일 학년이라고는 믿어지지 않았다.

말없고 성실하게만 보았던 인범이가 대단한 싸움꾼의 기질을 갖추고 있다는 것은 의외였다. 저놈은 크면 자기를 해코지하는 어느 상대에게도 결코 굴복하지는 않을 것이다.

인범에게 무술을 가르쳐 주어야겠다고 생각했다. 지기를 싫어하는 기질과 싸움 기술이 접목되지 않으면 인범이는 싸움으로 인해 상처를 입을 수도 있고 맞아 병신이 될 수도 있을 것이다. 먼저 인범이에게 추위를 덜어 줄 장갑과 싸울 때 필요한 엷은 가죽장갑을 사 주어야겠다고 생각했다.

인범은 가죽장갑의 위력을 재삼 실감했다. 인범은 월급을 받으면 꼭 엷은 가죽장갑을 사야겠다고 생각했다. 두터운 장갑은 둔하여 달수를 잡는 데 어려움이 있었다. 달수의 장갑은 아주 엷었다. 가죽장갑을 낀 달수의 주먹을 맞았을 때 충격이 컸다. 그리고 달수가 몸이 빠르고 발길질과 주먹이 정확했다. 그러나 펀치의 강도는 그렇게 강하지 않아 견딜 수 있었다. 체력을 강하게 단련하고 싸움을 배우지 않으면 아버지의 원수를 갚을 수 없다고 생각했다.

인범이는 형준이가 자신을 위하여 마음을 써 주는 것이 너무 고마웠다. 형준이와 인범은 입을 굳게 다문 채 연학초등학교 담벼락을 끼고 어두운 밤길을 나란히 걷고 있었다.

형준은 어린 나이의 인범이가 싸움을 잘하고 깡패인 달수를 어떻게 이길 수 있었는지 내내 뇌리를 어지럽게 했다.

갈림길이었다.

"형, 장갑을 빌려주어 고마워요. 잘 가요."

"인범아, 잘 가."

인범은 형준이와 헤어져 산길을 걷고 있었다. 동리를 벗어난 산골의 초겨울은 완전히 겨울의 경색이었다. 다행히 오리털 파카를 입어 추위를 견딜 만했다. 손이 시려 인범은 두 손을 호주머니에 깊이 넣었다.

토굴로 올라가는 인범의 걸음은 무거웠고 가족이 그리웠다. 혼자 살벌한 이 사회를 헤쳐 나가기에는 인범은 자신이 너무 어리다는 것을 깨달았다. 인철이와 인순이는 고아원 생활을 잘하고 있는지 걱정이 되었다. 인범은 삼사 년만 혹독한 겨울과 무더운 여름을 견디어 십육칠 세가 되면 황량한 세상을 스스로 이겨 나갈 것 같았다. 길 양쪽에 활엽수들이 모두 떨어져 졸가리들이 추위에 떨며 매서운 바람에 나목을 내맡기고 있었다. 그래도 이 겨울을 견디어 내면 내년 봄엔 푸른 옷을 입고 꽃을 피우고 열매를 맺어 그들의 자손을 번식시킬 것이다.

'그래, 겨울을 견디는 나목처럼 나도 추위를 이기며 굳세게 자라야 한다.'

인범은 살을 에는 칼바람을 맞으며 묵묵히 걸었다. 산길은 무서웠다. 어떤 나무는 괴물 같은 형상을 하고 있었다. 금방이라도 수풀 속에서 맹수나 귀신이 튀어나와 덤벼들 것 같아 머리가 쭈뼛하고 온몸이 오싹했다. 인범은 배낭에 든 손전등을 꺼내려다 그만두었다. 전지 약을 아껴야 했다. 오늘은 초승달이라도 있어 길이 어둡지 않았다.

어느덧 토굴에 도착했다. 그런데 토굴에 도착하니 온기가 있었다. 인범이는 손전등을 비추며 어디서 온기가 나는가를 찾았다. 불이 밖으로 번지지 않게 하기 위해 돌을 주워 와 둥글게 울타리를 만든 곳에 반으로 잘라 만든 드럼통에 불을 피운 흔적이 있고 드럼통을 펴서 만든 쇠뚜껑이 덮여 있었다. 아저씨가 철공소에서 드럼통을 잘라 와 불을 피워 놓고 가셨구나! 고마운 아저씨!

인범은 차가운 평상에 앉아 밤하늘을 바라보았다. 달빛 속으로 숨어드는 별들을 바라보며 평상에 앉아 오늘 달수와의 싸움을 생각했다. 나는 오늘 깡패인 달수를 당당히 이겼다. 그러나 달수는 가만있지 않을 것이다. 내가 고향에서 형들과 싸워서 지면 도전을 하듯 달수도 싸움을 걸어올 것이다.

싸우려면 건강해야 한다. 건강하려면 잘 먹어야 한다. 그리고 영양가 있는 음식을 먹어야 하는데 나는 가난하다. 인범은 자신이 가난하다는 데에 생각이 미치자 우울했다. 나는 주먹보다 더 무서운 가난을 이길 수 있을까? 과연 내가 산골의 토굴에서 무사히 겨울을 날 수 있을까? 열심히 돈을 벌어야 한다. 산야는 어둠에 묻혀 밤이 깊어 가고 있었다. 인범은 다시 한 번 고개를 들고 밤하늘을 쳐다보았다. 쏟아져 내리는 별들이 반짝이며 깨어지고 있었고 은빛 같은 달은 납처럼 차가웠다.

인범은 목수 아저씨가 만들어 놓은 합판 문을 밀고 토굴로 들어가 이불 속으로 들어가니 온기가 있었다. 인범은 너무 신기하여 촛불을 켜고 이불을 들추어 보았다. 플라스틱 물통 두 개가 있었다. 물통은 만질 수가 없을 정도로 뜨거운 물이 가득 들어 있었다.

뜨거운 물통이 온기를 발산하고 있었다. 이 추운 날씨에 아저씨가 내가 추울까 봐 뜨거운 물을 물통에 넣어 이불 속에 넣어 두었구나! 인범은 아저씨의 고마움에 눈물이 불쑥 올라왔다. 아! 어른은 아이들이 생각하지 못하는 지혜가 있구나!

아침 일찍 인범은 일어났다. 몸이 무겁지 않았다. 아, 온기가 있는 곳에 자니 몸이 개운하구나! 인범은 기지개를 힘껏 펴고 손으로 가만히 플라스틱 통을 만졌다. 어젯밤은 뜨거워 만질 수 없었던 통이 식어 만질 수 있었다. 그래도 온기는 남아 있었다.

이불을 들추고 플라스틱 통을 들고 나와 그 물로 세수를 하였다. 차가운 계곡 물에 세수를 하지 않아 너무 좋았다. 그리고 또 한 통의 물로 쌀도 씻고 밥물로 사용하니 손도 시리지 않고 밥이 빨리 되었다. 아저씨의 고마움에 가슴이 뭉클했다.

'아저씨는 나에게 추위를 이겨낼 수 있도록 지혜를 주셨구나.'

인범은 아저씨가 아니면 플라스틱 통에 뜨거운 물을 넣어 이불 속에 넣어 온기를 있게 하는 것은 몰랐을 것이다. 이제 밤이면 온기가 있는 토굴에서 잠잘 수 있고 아침에 일어나 찬물에 세수를 하지 않고 따뜻한 물에 쌀도 씻고 세수도 할 수 있었다. 자라면서 아저씨, 아주머니에게 삶의 지혜를 많이 배워야겠다고 생각했다.

3

다음 날, 달수가 신문 보급소에 올 시간이 넘었는데도 오지 않았다. 지용이도 용수도 형준이도 서로 얼굴을 바라보며 달수가 오지 않을 것이라고 눈짓으로 말을 하고 있었다. 아이들이 굳은 표정으로 신문뭉치를 들고 보급소를 빠져나갔다. 그러나 인범은 배달을 나가지 않고 불안한 얼굴로 소장을 바라보았다. 소장은 연신 시계를 보며 불안한 얼굴을 하고 있더니 걸상에서 일어나 달수의 구역에 배달 갈 신문을 챙기더니 일어섰다.

"소장님, 달수가 오늘 배달을 나오지 않을 것 같습니다."

"너 아직 배달 안 갔니?"

"예, 달수가 안 나올 것 같아 걱정이 되어서요."

소장은 한참이나 인범의 얼굴을 무연히 쳐다보더니 조용히 말을 했다.

"왜, 달수가 안 나올 것 같다고 생각하니?"

"……."

소장은 달수가 나오지 않을 거라고 알고 있으면서 물었다. 달수가 어제 인범이에게 항복하고 도저히 인범이를 대할 수 없어 나오지 않을 것이라고 짐작을 했다. 그리고 깡패 기질이 있는 달수가 인범이에게 지고 가만히 있을 아이가 아니라고 단정하고 인범이를 걱정하고 있었던 것이다. 달수는 어리지만 자기 또래보다 큰 깡패들과 자주 어울리고 있다는 것도 알고 있었다. 달수가 깡패들을 동원하여 인범에게 복수를 하려면 얼마든지 인범이를 해칠 수 있을 것이다.

"왠지 그런 생각이 듭니다."

"왜, 달수와 무슨 일이 있었나? 인범이 너 달수와 싸웠구나. 싸워서 이 겼나? 달수는 싸움을 잘하는데."

"……"

"무슨 일이 있었구나! 인범아, 솔직히 말해 줄 수 있나?"

소장은 알고 있으면서도 인범의 대답을 듣고 싶었다.

그러나 인범은 싸움에 대해서는 말을 전혀 하지 않았다.

"소장님, 달수가 계속 안 나오면 그 구역을 제가 맡아 하면 안 될까요?"

"너, 혼자 두 곳을 할 수 있겠니?"

"예, 할 수 있습니다."

"돈 때문에 그러니?"

"……"

"말해 봐. 이유가 합당하면 맡길 수도 있어."

인범이는 망설이더니 대답을 했다.

"달수가 저 때문에 안 나올 것 같습니다. 그리고 저는 시간이 있어 다른 신문 보급소에 배달을 알아보려고 하고 있습니다. 소장님이 허락하신다면 달수가 받는 배달비에 반만 주시면 됩니다. 그리고 소장님……."

"왜 말을 하다 말고 멈추니 말해 봐."

"소장님 저 양식이 곧 떨어질 것 같아요. 저 월급 미리 조금만 주실 수 있나요?"

"그래, 얼마나 필요한가?"

"그냥 조금만 필요해요."

"그래, 알았다. 그리고 배달할 집을 가리켜 줄 테니 나가자. 그리고 인범 이 너 태권도 배울 생각이 있니?"

소장은 걸어가면서 인범의 의견을 물었다.

"배우고 싶지만 지금은 배우지 않겠습니다."

"왜, 돈 때문인가?"

"……."

"돈 때문이라면 걱정 마! 관장이 내 친구야. 너 같은 좋은 제자 하나 키우라고 하면 좋아할 거야. 그 대신 열심히 배워야 한다."

인범이는 소장님이 태권도를 배우라고 하여 너무 좋았다. 인범은 자리가 잡히면 맨 먼저 무술을 배우려고 했는데 너무나 쉽게 이루어져 무지무지 기분이 좋았다. 그것도 공짜로 배우라니…….

인범은 인철이와 인순이가 고아원에서 주는 밥의 양이 적은지 배고파하고 여윈 것이 가슴 아팠다. 그래서 돈을 아끼기 위해 밥도 한 끼는 굶어야 했다. 그보다 두 지역에 신문을 돌리고 또 도장에서 운동을 하려고 집에서 밥을 해 먹고 다시 도심으로 내려오면 운동할 시간이 맞지 않을 것이라고 생각했다.

"소장님, 저는 집이 좀 멀리 있습니다. 집에 가서 밥 먹고 오려면 시간이 되지 않습니다."

"그러면 식사만 해결되면 할 수 있어?"

"…… 예."

"그럼 나와 사무실에서 저녁밥을 같이 먹고 도장에 다녀. 인범이 너 밥할 줄 알지. 밥값 대신 밥하는 것은 네가 해야 한다. 알겠나?"

"……."

"인범아 너 반드시 주의할 점이 있다. 길을 갈 때 너를 미행하는 자가 있는지 조심하여라. 뒤에서 무기로 기습한다든지 꺾어진 길모퉁이에서 갑자기 몽둥이나 무기로 기습공격을 가해 오면 당한다. 조심하여라. 주의하지 않으면 목숨이 없어지든지 병신이 된다."

"……."

"그냥 하는 말이 아니다. 알겠느냐?"

"네, 주의하겠습니다."

인범은 소장이 식사 해결을 해 주어 태권도를 배울 수 있어 너무 좋았다. 그보다 한 때를 굶지 않아도 될 수 있어 다행이라고 생각했다. 나는 튼튼히 자라야 한다. 영양이 부실하면 튼튼히 자라지 못한다.

달수의 배달 구역은 제일 가까운 곳이었다. 인범은 소장이 신문을 투입하는 곳을 상세히 보았다. 그리고 소장이 투입을 할 때 대문이나 기둥에 색연필로 간단한 표시를 했다. 그리고 주위의 지역과 지리를 지난번처럼 자세히 머리에 담았다.

소장은 신문을 다 돌리고 먼저 가야 한다고 보급소로 돌아가면서 이삼일을 더 같이 다니자고 했다.

인범이가 자기 구역의 신문을 다 돌리고 보급소로 갔다.

"인범이 왔어? 쌀이 저 통에 담겨 있어. 밥을 해 봐!"

소장은 된장찌개와 몇 가지 반찬 하는 것을 가르쳐 주었다.

인범은 된장찌개 끓이는 방법과 밥하는 요령과 그 외 자잘한 설명을 듣고 두 사람이 먹을 쌀을 퍼 씻었다. 보급소 안쪽에 조그만 방이 있고 부엌도 있었다. 소장은 집이 없는지 결혼을 하지 않았는지 보급소에서 먹고 자는 것 같았다. 방이 좁아 조금은 불편한 것 같았다. 그러나 자신의 토굴과는 비교할 수 없었다. 인범은 쌀을 씻어 불에 안치고 소장이 가르쳐 주는 그릇과 찬거리가 어디에 있는지 찾아보았다.

인범은 김이 무럭무럭 나는 밥과 된장찌개와 밑반찬을 들고 방에 들어갔다. 소금을 발라 구운 김이 제일 맛이 있었다. 소금을 적당히 바른 구운 김이 입에 들어가니 김이 살살 녹는 것 같았다.

"인범아, 너는 신문을 두 군데 배달하려면 조금 일찍 와야 해."

한편 달수는 자기보다 두 살이나 어리고 촌놈이라고 얕본 인범에게 항복을 한 수모를 견딜 수 없었다. 달수는 비로소 자신의 싸움 실력이 인범이보다 부족하다는 것을 깨달았다. 다시 싸움을 한다 해도 인범이를 이길 수 없다고 생각했다. 인범이의 강한 투지와 힘이 두려웠다.

그렇다고 이대로 물러설 수 없었다. 중학생의 선배나 친구를 동원하여 인범이를 무차별 공격할 수 있지만 형준이나 용수 그리고 지용이가 알면 자신의 체면이 말이 아니다. 달수는 태권도 도장에 나가 무술을 익혀 복수를 해야겠다고 결심했다. 다른 보급소에 취직을 하면 된다. 먼저 태권도 도장을 찾아 무술을 배워 인범에게 당한 참담한 패배를 복수해야 한다고 결심했다.

달수는 자기의 집 이웃에 있는 태권도장에 입관하여 피나게 무술을 익히기 시작했다.

태권도

1

인범은 밥을 먹고 소장을 따라 조금 떨어진 5층 건물 3층에 있는 맹호 태권도장을 찾아 들어갔다. 태권도장은 넓었다. 소장은 관장인지 흑띠를 맨 삼십 대 중반의 건강한 사나이와 반갑게 인사를 했다.

"박 사범, 오래간만이네. 여기는 어떻게 왔나?"

"김 관장, 우리 보급소 아이인데 입관시키려고 데리고 왔네. 저 아이에 겐 입관료를 받으면 안 돼. 그 대신 내가 가끔 무료 봉사해 주지. 저 아이 잘 키우면 자네 수제자로 만들 수 있을 거야. 대단히 질기고 강한 놈이야."

"그래, 그러지. 그 대신 약속대로 박 사범이 자주 나와 아이들에게 특별 지도를 하여 주어야 하네."

"그래, 나도 이제 운동을 좀 해야겠어."

인범은 두 사람의 이야기를 들으며 벽을 쳐다보았다. 소년부와 중등부 가 같은 시간에 있고 고등부와 일반부가 같은 시간에 있었다.

묘하게도 달수와 인범이가 무술을 익히기 위해 입관한 시기는 비슷했 다. 우연일까? 인범은 준비 운동과 기본 품새를 배우고 늦게야 산길을 걷 고 있었다.

운동을 마치고 토굴에 도착하니 9시가 넘어 있었다. 토굴로 돌아오는 산길의 무섬증은 견디기가 힘들었다. 사람 하나 없는 산길을 혼자 걸어 올라갈 때마다 풀숲에서 금방이라도 귀신이 불쑥 나타날 것 같아 머리끝이 쭈뼛쭈뼛 곤두서서 무서움에 걸음을 제대로 걸을 수가 없었다. 그러나 유일한 잠자리인 토굴을 찾지 않을 수 없는 것이 인범의 어쩔 수 없는 삶이었다. 그럴 때마다 지하철이나 빌딩 지하를 생각하며 걸었다.

토굴 주위는 짙은 어둠이 깔려 있고 매서운 바람이 불고 있었다. 찬바람에 얼굴과 손발이 얼얼했다. 인범은 드럼통에 삭정이를 올리고 불을 붙였다. 삭정이에 불이 붙으며 불꽃이 짙은 어둠에 묻혀있는 토굴 주위를 훤히 밝혔다. 인범은 차가운 두 손을 녹이며 굵은 삭정이를 불꽃에 계속 던졌다. 불꽃이 더욱 주위를 훤히 밝혔다. 타오르는 불꽃을 바라보니 무섬증이 잊어졌다.

물이 펄펄 끓자, 아저씨에게 배운 대로 뜨거운 물을 플라스틱 통에 조심스럽게 넣었다. 빨간 숯불이 아까웠다. 고향에서 밤을 구워먹던 생각이 났다. 내년 가을엔 산에 들어가 알밤을 따서 구워 먹어야겠다고 생각했다. 생각만 하여도 입에 군침이 돌았다. 인범은 불이 아까워 오랫동안 앉았다가 굴속으로 들어갔다.

플라스틱 통을 이불 속에 넣고 자니 온기가 추위를 가시게 해서 무엇보다도 좋았고, 보급소에서 저녁을 먹고 오니 더욱 좋았다.

다음 날, 인범은 일찍 집을 나섰다. 어제 소장님이 가르쳐 준 달수 구역의 지리를 익히기 위해서였다. 지리를 익히면서 찬찬히 한 바퀴 돌고 다시 한 번 돌았다. 이제 충분히 지리를 알 수 있었다. 배달할 집은 색연필로 표시를 하여 두어 쉽게 확인할 수 있었다.

인범이가 보급소에 도착하니 보급소 문이 잠겨 있었다. 인범은 햇볕이 소복이 모여 있는 벽에 기대서서 추위를 달래고 한참을 기다리고 있는데,

저쪽에서 소장이 손에 무엇을 들고 빠른 걸음으로 오다 인범을 발견하고 미소를 지었다.

"인범아, 왜 일찍 왔어?"

"예, 달수의 지역을 익히려고 혼자 돌아보고 왔습니다."

"그래, 춥다. 안으로 들어가자."

소장이 주머니에서 열쇠를 꺼내어 문을 열었다.

정남향인 사무실은 햇빛을 받아 약간의 훈기가 있었다. 소장은 석유난로에 불을 붙이고 들고 온 포장을 끌렀다. 배낭이었다. 배낭 안에 종이로 예쁘게 포장된 것을 끄집어내었다.

"인범아, 이걸 받아! 너 주려고 장갑을 샀다. 이 가죽장갑은 질기고 부피가 작아 보관하기 간편할 거야. 너에겐 필요할 때가 있을 것이다."

"저에게 주시는 거예요?"

소장이 내미는 포장된 것을 받았다.

"끌러 봐, 궁금하지?"

인범은 포장을 뜯었다. 안에는 털장갑과 얇은 가죽장갑이 들어있었다. 단단하게 보이는 달수가 낀 얇은 검정색 가죽장갑이었다. 인범은 장갑을 보고 놀랐다. 첫 월급을 타면 맨 먼저 사고 싶었던 싸울 때 꼭 필요한 얇고 신축성 있는 그 가죽장갑이었다. 소장님이 내가 가죽장갑을 사고 싶어 하는지 어떻게 알고 싸움에 필요한 장갑을 사 주시는지 궁금했다. 그리고 필요할 때가 있을 것이란 말이 묘하게 들렸다. 이 얇은 장갑이 필요할 때란 싸움을 할 때인데, 내게 이 장갑이 필요한 것을 어떻게 알았을까? 인범은 소장의 얼굴을 멀거니 쳐다보았다. 자세히 보니 달수가 끼고 있는 것과는 달랐다. 손가락 쪽은 잘려져 있었다.

"웬 장갑을 두 개나 주세요? 그리고 이 얇은 장갑은 왜 손가락이 보입니까? 그리고 이 장갑은 어떤 때 쓰입니까?"

"손가락이 보이는 것은 사람을 잡을 때 정확히 잡을 수 있게 하기 위하여 잘려져 있단다. 인범아, 언제나 몸에 지니고 다녀라. 쓰일 때가 있을 것이다. 그리고 배달할 때엔 이 털장갑은 끼고 해. 아이들 것은 없더라. 제일 작은 것을 샀다. 너는 손이 크니 낄 만할 거야."

쓰일 때란 말에 인범은 대꾸할 말을 잊었다.

인범은 손가락 없는 가죽장갑을 끼어 보았다. 조금 헐렁했지만 자신은 곧 자랄 것이니 오히려 좋았다. 인범은 소장이 왜 싸움할 때 사용하는 가죽장갑을 사 주는지 몰랐다. 아무리 생각해도 알 수가 없었다. 누가 자신이 달수와 싸운 것을 고자질하지 않았나 싶은 생각이 얼핏 들었다. 너무 고마웠다.

"소장님, 고맙습니다."

"인범아, 아이들이 올 시간이 되었다. 신문 챙겨라. 이것도 받아라. 배낭이다. 이제 두 지역에 배달을 하니 어린 네가 한꺼번에 손에 들기 힘들 것이니 달수 지역은 이 배낭에 넣어라. 방수 천으로 만들어 비 올 때 비가 스며들지 않을 것이다."

인범은 소장의 고마움에 왠지 모르게 가슴 깊은 곳에서 뜨거운 눈물이 불쑥 치솟아 올랐다.

소장은 책상 서랍에서 시계를 꺼내어 인범이에게 내밀었다.

"자, 이것도 받아라. 내가 새 시계를 사고 둔 헌 시계야. 오래된 것이지만 시간은 정확하게 잘 갈 거야. 너의 팔목에 맞게 내가 송곳으로 구멍을 뚫어 놓았다. 시계 없이 어떻게 살아? 다음 네가 돈 여유가 생기면 새 시계를 사."

바깥에서 아이들이 오는지 두런거리는 소리가 나더니 문이 열리고 형준이, 지용이, 용수가 들어왔다. 아이들은 사무실 분위기를 보더니 각자 말없이 자기의 신문을 챙겼다. 아이들이 서로 눈짓으로 말을 하더니 형준이가 소장에게 다가갔다.

"소장님, 어제 달수가 오지 않았지요? 달수가 아마 배달을 안 나올 것 같습니다."

그러면서 자기가 무슨 죄를 지은 것 같이 고개를 떨어뜨렸다.

"그래, 무슨 일이 있었나?"

"아닙니다. 그냥 예감이 그렇습니다."

"그래, 알았다."

"달수 구역 배달은 누가 할 것입니까? 어제 신문도 배달 못 했잖아요."

"내가 너희들을 채용할 때 너희들이 최소 십오 일 전에 그만둘 의사를 말하라 했었지! 그런데 달수는 그 약속을 지키지 않았다. 사람이 살아가는 데 중요한 것은 신의다. 그리고 약속은 남자로서는 중요한 거야. 서로 간의 신의는 어린이도 지켜야 한다. 특히, 어른이 되었을 땐 신의를 지키지 않으면 성공할 수 없다. 달수는 어른이 되어 출세를 하려면 신의를 존중하는 것을 배워야 할 것이다. 그리고 아이를 구할 때까지 너희 4명 중 누가 달수 지역을 배달하겠니? 누구 희망자 있으면 나서 봐."

소장님은 아이들을 둘러보았다. 아이들은 서로의 얼굴을 보더니 아무도 나서지 않았다.

"지용이 너는 할 생각이 있나?"

지용이는 머리를 긁적이더니 어름어름 말했다.

"소장님, 두 지역은 힘도 들고 시간이 맞지 않습니다."

"그래, 알았다. 너 말이 맞다. 무리라는 걸 인정한다. 내가 알아서 할게. 배달 나가 봐. 인범이, 넌 남아 있어."

박 소장은 용수나 지용이, 그리고 형준이가 하겠다면 인범이를 이 차 배달부에 배정하려고 했다. 이 차 배달 아이들은 부수가 많아 아이들에게 억지로 조금씩 나누어 배달하라고 한 것이 미안했는데……. 소장은 신문을 팔에 끼고 나갈 준비를 하고 있었다.

"인범아, 가자."

"소장님, 저 혼자 배달할 수 있어요. 오늘 집에서 일찍 나와 어제 소장님이 가르쳐 준 길을 두 번이나 확인했는데요. 색연필로 표시도 해 놓았습니다."

"두 번이나……. 그럼, 오늘 네 번째 가는구나! 그래도 내가 확인하지 않고는 혼자 배달하게 맡길 수 없어."

"저 혼자 할 수 있는데……."

소장은 인범이를 처음 대하면서 어리지만 책임감이 강하다고 생각했는데, 자신이 생각한 것보다 훨씬 더 책임감이 강한 걸 보고 마음이 흡족했다. '이놈은 남자 중에 남자구나.'

"그래도 같이 가 보자."

인범은 이상석 형이 떠올랐다. 상석이 형도 자기 눈으로 확인하지 않고는 맡길 수 없다고 하던 말이 생각났다.

"그 신문 저 주세요. 배낭에 넣겠습니다."

"아니야, 오늘은 내가 들어 줄게."

"소장님, 이제 어차피 제가 다 들어야 합니다. 그래야 하지 않겠습니까?"

"그래, 인범이 네 말이 맞다."

소장은 자신이 가진 신문을 배낭에 넣어 주었다. 인범은 배낭을 어깨에 메었다. 배낭이 크고 단단하고 어깨띠가 넓어 편했다.

박 소장은 인범의 가족에 대해 묻고 싶었지만 다음에 묻기로 했다.

소장은 인범이를 앞세우고 인범의 뒤를 따랐다. 인범은 한 군데도 틀리지 않고 배달을 했다. 집이 비슷한 곳에는 배달할 집에 색연필로 표시를 해 두었다.

"인범아, 지리를 잘 익혀 두었구나! 그럼 나는 여기서 사무실로 갈게. 빨리 와서 저녁밥 해야 한다."

인범은 태권도 도장 문을 나서자마자 주머니에서 소장이 준 시계를 끄집어내어 만져 보았다. 옷에 문질러 닦았다. 귀에도 대어 보았다. 초침 소리가 째깍 째깍 들렸다. 너무나 좋았다. 평생 처음 갖는 시계였다. 손목이 작아 크고 헐렁했다. 다행히 소장이 송곳으로 뚫어 놓은 맨 안쪽에 끼었다.
'고마운 소장님, 열심히 하겠습니다.'
인범은 가만히 속삭였다. 시계는 야광 시계였다. 산길을 올라가다 몇 번이나 꺼내어 보기도 했다. 어두운데도 시계는 푸른 글이 빛나고 있었다. 인범은 자다가도 일어나 보기도 하고 잃어버리지 않기 위해 끈을 길게 하여 혁대에 묶어 주머니에 넣고 다녔다. 손목에 끼고 있으면 형준이나 지용이, 용수가 볼 수도 있어 싫었다. 웬 시계냐고 물으면 말을 할 수 없기 때문이었다.
인범은 태권도 도장에 입관하고 열심히 운동을 했다. 품새도 재미있지만 무엇보다도 자유 대련이 싸움에 도움이 될 것 같았다. 상대의 동작을 읽고 또 상대의 동작을 흩트려 중심을 잃게 하고 공격하는 것도 재미가 있었다. 인범이가 하는 품새는 기초적인 기본 5단을 배우고 있었다.

한편 달수는 공격과 방어를 배우면서 자기 또래의 일 년 먼저 입관한 청띠나 홍띠를 맨 관원과 자주 대련을 했다. 품새는 아직 기본밖에 모르지만 싸움을 잘하는 달수는 발차기 주먹치기는 청띠보다 나았고 홍띠에도 뒤지지 않았다. 홍띠 중에 이름이 정봉수라는 관원이 있었다. 달수가 보기엔 봉수는 운동신경도 머리도 조금 둔한 것 같았다. 그러나 성실하고 진실하고 성격이 좋았다. 한번은 같이 집으로 가면서 봉수가 달수에게 왜 태권도를 배우려고 하느냐고 물었다. 달수는 어떤 놈과 싸워 이기기 위해 태권도를 배운다고 솔직히 말했다.

봉수는 싸움을 하기 위해 태권도를 배운다는 것은 좋지 않다고 하며, 자기는 3단 이상을 따서 체육관 사범을 하기 위해 태권도를 배운다고 말했다. 그러면서 싸움을 하려면 최소 6개월 이상 배워야 실전에 응용할 수 있다고 말했다.

달수는 너처럼 사범이 되기 위해 태권도를 배우는 아이들이 몇이 있겠느냐고 비꼬았다. 달수가 봉수를 무시하는 말로 놀려도 봉수는 모자라는지 성을 낼 줄 몰랐다. 달수는 봉수보다 일 년 늦게 입관했지만 대련을 하면 달수는 봉수를 쉽게 이길 수 있었다. 그것은 달수는 몸이 빠르고 싸움을 많이 한 경험이 있어 그랬다.

"봉수야, 넌 내가 볼 때 3단 딸 소질이 없는 것 같은데."

"그래도 관장님이 나보고 대기만성 할 것이라고 했어."

"대기만성이라는 말이 무슨 말인데?"

"처음은 소질과 실력이 없어도 뛰어난 인물은 보통 사람보다 늦게 대성한다는 말이래."

"뛰어난 인물? 그래, 그럼 넌 대기만성 할 수 있어?"

"……."

달수는 빈정거리며 쿡쿡 웃었다.

2

달수가 배달했던 구역에 연학초등학교가 있었다. 지난번에 달수와 싸웠던 학교였다. 학교의 역사가 오래되었는지 담 가까이 교정을 둘러싸고 있는 아름드리 굵고 키가 큰 나무들이 교정을 더욱 유서 깊게 보이게 했다. 인범은 고향의 대산초등학교가 떠올랐다. 학교를 다니고 싶은 인범은 교장실과 교무실에 신문을 배달하고 나올 때 습관처럼 학교를 둘러보았다.

어느 날 운동장을 들어서고 있는데, 담벼락 양지쪽에 겨울의 엷은 햇볕을 쬐며 걸상에 앉아 있던 나이 많은 선생님이 인범이에게 가까이 오라고 손짓을 했다. 인범은 선생님 가까이 다가갔다. 할아버지 같았다.

"얘, 교장실에 넣을 신문 이리 주고 가."

"교장선생님 되세요?"

"그래, 내가 교장이야. 왜? 할 말 있어?"

인범은 머뭇거리더니 말을 했다.

"교장선생님, 학교 다니고 싶은데 어떻게 하면 입학할 수 있어요?"

교장선생님은 인범의 아래위를 유심히 훑어보았다.

"몇 학년까지 다녔느냐? 아니면 처음부터 입학을 하지 않았느냐?"

"고향에서 5학년까지 다니다 서울로 이사 와서는 못 다녔습니다."

"그러면 고향에 가서 중퇴한 학교의 전학 원서를 받아 와. 그리고 보호자와 같이 와! 그러면 학교 다닐 수 있어."

"……."

교장선생님의 말을 들은 인범은 낭패한 얼굴을 하였다.

"왜 어려움이 있나?"

"교장선생님, 부모님이 안 계시면 학교 못 다녀요?"

"부모님이 안 계셔?"

"…… 예 두 분 다 돌아가셨어요."

"언제?"

"얼마 전에 돌아가셨습니다."

교장선생님은 측은한 얼굴로 인범을 유심히 바라보았다.

"집은 어디야?"

"…… 산 밑에 살아요."

"…… 산 밑에 어느 동이냐? …… 말해 봐. 그래야 내가 도와 줄 수 있지."

"어느 동인지 몰라요."

"동도 알고 주소를 알아 와."

"…… 주소가 없는걸요."

"얘야, 어른들에게 물어 봐. 어느 집이든 주소가 없는 곳은 없어."

"집이 아니고 그냥 들판이에요."

"그냥 들판……?"

교장선생님은 아이가 무슨 소리를 하는지 알 수 없었다. 그리고 맹랑한 소리를 한다고 생각하며 점점 관심이 갔다.

"예, 들판 언덕배기에 굴을 파고 살아요."

"…… 무슨 굴?"

교장선생님은 아이가 점점 이상한 말을 하니 손에 들었던 신문을 무릎 위에 놓고 아이를 자세히 관찰했다. 아이는 자기 나름대로 진지하게 자신의 처지를 설명하면서도 무언가 말하기가 거북한 것 같았다.

인범은 집이 없으면 학교에 갈 수 없는 것 같아 아저씨 집 주소를 알아 오겠다고 할까 하다, 교장선생님이 꼬치꼬치 물어 말을 하지 않을 수 없었다.

"제가 언덕배기에 굴을 파고 살아요."

인범은 다시 한 번 말을 했다.

"뭐……?"

교장선생님은 아이가 땅굴을 파고 산다는 너무나 의외의 말에 한참이나 멍하니 바라보다 말했다.

"굴은 네가 팠단 말이야?"

"예, 처음은 제가 팠는데 이웃 아저씨들이 다시 고쳐 주었습니다."

"음······."

교장선생님은 아이의 말을 듣고 신음을 삼켰다. 요즈음 세상에 땅굴을 파 원시적인 삶을 살고 있다는 사실 아닌 현실을 어떻게 받아들이고 이해를 해야 할지 몰랐다. 그리고 측은한 생각이 들었다. '얼마나 의지할 곳이 없으면 토굴을 파서 생활을 할까.'

"아니, 한겨울에 추워서 어떻게 살아?"

"······."

"그래, 고생 많이 하는구나? 혼자 사니?"

"예."

교장선생님은 요즈음도 그렇게 사는 사람도, 특히 아이가 있다는 것을 알고 가슴이 아렸다. 어릴 때 부모를 잃고 기구하게 사는 아이가 너무나 가련했다. 그러면서 학교를 다니고 싶어 하는 아이를 생각하니 왠지 가슴 밑바닥에서 아픔이 밀려왔다. 신문 뭉치를 옆구리에 낀 아이는 무슨 죄를 지은 것 같이 고개를 푹 떨어뜨리고 운동장 바닥에 시선을 두고 있었다.

"얘야, 이웃엔 사람들도 없겠구나?"

"좀 떨어진 곳에 있어요. 가난하지만 좋은 아저씨가 저를 많이 도와 줘요."

"그 아저씨가 너를 보증해 줄 수 있겠니?"

"예, 해 줄 것 같아요. 저를 무척 아껴 주시거든요. 아저씨와 아주머니도 같이 살자고 하는 걸 제가 혼자 살겠다고 한 걸요. 아저씬 가난하거든요."

교장선생님은 이 아이가 건전한 정신을 가졌고 착한 아이임을 알 수 있었다. 교장선생님은 아이를 도와주고 싶었다.

"너 이름이 뭐니?"

"고인범이에요."

"고인범, 이름이 외우기 싶구나. 이웃 아저씨 모셔 오고 고향에 가서 전학 원서 떼 올 수 있지?"

"예."

"전학 원서 교장실로 가져와."

3

인범은 아저씨의 집에 동거인으로 하고 5학년에 입학을 하여 학교에 다닐 수 있었다.

인범은 토요일 신문배달을 일찍 마치고 토굴로 올라가면서 잠깐 아저씨 일을 도와주며 개들과 놀기도 했다. 일이 없고 신문배달을 하지 않는 일요일이면 아저씨 집에 가서 일을 거들어 주고 아저씨가 개 훈련시키는 걸 구경도 하고 개들과 뒤엉켜 놀기도 했다. 인범인 개들 중에 울프를 좋아했다. 울프도 인범이를 잘 따랐다. 아저씨나 아주머니가 개에게 밥을 주려고 하면 인범이가 개밥을 받아 개에게 주면서 개와 더욱 친숙해졌던 것이다.

개밥을 줄 시간이 점심이나 저녁밥 시간이라 밥때에 가면 아주머니는 종종 밥을 같이 먹자고 하곤 했다.

그러나 인범은 같이 먹기를 사양했다. 점심을 먹지 않는 인범은 아침을 많이 먹어 배가 불러 못 먹겠다고 말하면서 웬만하면 함께 먹기를 피했다. 지난번 자기 때문에 아저씨와 아주머니가 싸운 것을 잊지 못했다. 그리고 아저씨 집도 생활이 어려워 쌀을 아끼려고 보리쌀이나 잡곡을 많이 섞어 먹는 것을 알기 때문이었다. 식사 때가 되면 슬며시 일어나 아저씨 집을 빠져나왔다.

그러나 아저씨와 아주머니는 인범이가 일부러 간다는 것을 알았다. 그러면서도 인범이를 억지로 잡지 않았다. 아직 어리지만 깔끔한 성격을 알기 때문이었고, 또 한두 번은 먹을지 몰라도 왕래에 부담을 줄 수 있기 때문이었다. 밥을 보고 돌아서 가는 어린 인범이의 뒷모습을 바라보며 아저씨는 쯧쯧 혀를 차며 측은해했다.

'저 어린것이 배가 고플 것인데…….'

아주머니는 부모 없이 고생하며 혼자 사는 어린 인범이가 가련하고 불쌍하여 눈시울을 적셨다. 내외는 인범이 모습이 보이지 않을 때까지 연민의 눈으로 애잔하게 바라보았다.

아저씨 집을 나온 인범이는 배고픔을 면하기 위해 계곡으로 내려가 옥같이 맑은 물을 배가 부르도록 마시곤 했다. 그리고 아저씨 집이 보이지 않는 산기슭 잔디에 앉아 배고픔을 참으며 언제나 하는 버릇처럼 무릎에 양팔로 깍지를 끼고 아스라이 산 너머 또 산 너머 눈에 밟히는 고향 하늘을 하염없이 바라보곤 했다.

높고 푸른 하늘 아래 질펀한 들판과 맑은 물이 흐르는 개천과 들판…….
노래 가사에 나오는 진달래 먹고 물장구 치고 다람쥐 쫓던 어린 시절의 고향 산천은 그림 같은 전형적인 시골 전경이었다. 그곳에서 봄여름이면 꼴 베고 소 먹이고 미꾸라지 잡고 멱 감으며 뛰놀았고, 겨울이면 얼음지치고 놀며 소쩍새 우는 사연을 만들던 그때가 아쉽도록 그리웠다.

삭풍이 몰아치는 추운 겨울 아랫목이 뜨겁도록 군불을 지펴 놓고 엄마는 나의 손을 잡고 동구 밖까지 아버지 마중을 갔던 기억……. 이제는 돌아가신 어머니, 아버지의 얼굴이 떠오르고, 그동안 불러 보지 못했던 모태부터 불러 오던 어머니를 가만히 불러 보았다. 어린 시절이 아련히 떠오르며 눈시울이 붉어졌다.

12월에 들어서니 산골의 차가운 바람이 소리 없이 산야를 덮는 겨울 경색으로 치닫고 있었다. 잎이 떨어진 활엽수는 가지만 앙상하고 풀이 누렇게 퇴색한 들판은 을씨년스럽고 황량했다.

인범은 두려움으로 겨울을 맞이했다. 겨울의 산골은 혹독했다. 마른 들풀을 두껍게 깔고 그 위에 아주머니가 가져다 준 군용 담요를 깔았기 때문에 찬 기운이 올라오지 않았다. 그보다 아저씨가 플라스틱 통에 뜨거운 물을 넣어 이불 속에 넣고 자면 따뜻한 온기가 새벽까지 있기 때문에 추위를 견딜 수 있었다.

인범은 신문배달을 마치고 산길을 걷고 있었다. 아침부터 잔뜩 찌푸린 쌀쌀한 날씨가 오후가 되면서 더욱 추워졌다. 삭풍이 몰아치는 하늘에는 음산한 구름이 낮게 끼어 있었다. 장갑을 끼고도 손이 시렸다.

인범은 오리털 파카에 목을 움츠리고 부지런히 산길을 걷고 있었다. 하늘에 눈발이 하나둘 보이더니 눈꽃이 어지럽게 흩날리고 있었다. 올해 들어 첫눈이었다. 풋눈이 내리더니 차츰 눈발이 굵어지고 있었다. 눈송이가 어지럽게 흩날리니 기분이 좋았다.

고향에서 눈이 오면 친구들과 눈발을 헤치며 뛰놀던 때가 떠올랐다. 눈이 쌓이면 눈사람을 만들기도 하고 눈싸움도 하였다. 그러나 지금은 눈싸움할 친구도 눈사람을 만들 친구도 없었다. 오직 먹고살기 위해 일을 해야 했다.

눈이 땅에 내리면서 산길을 하얗게 덮었다. 풀 위에도 나무 위에도 계곡의 물에도 눈이 내렸다. 온 산야가 눈에 하얗게 덮이고 있었다. 인범은 하얗게 내린 길을 발자국을 만들며 걸었다. 재미가 있었다. 가다가 뒤를 돌아보았다. 발자국이 길게 뻗어 있었다. 먼저 밟은 발자국은 눈이 덮이면서 없어지고 있었다.

토굴에 도착하니 눈이 토굴 주위에 하얗게 덮여 있고 평상 위에 덮어 놓은 비닐 위에도 소복이 내려앉아 있었다. 들판은 은색으로 변해 있고 혹독한 추위에 정적만이 감돌고 있었다.

아침에 일어나 토굴을 막아 놓은 판자문 사이로 하얀 빛이 비치었다. 문을 열고 밖을 내다보니 온 산야가 눈으로 덮여 있었다.

인범이가 토굴을 판 그해 산골의 겨울은 유난히도 추웠고 눈이 많았다. 그렇게도 맹위를 떨치고 찬바람이 몰아치던 긴 겨울도 3월 중순이 지나자 남쪽에서 불어오는 따뜻한 봄바람에 슬며시 자취를 감추고 있었다.

한겨울 내내 동장군에 시달려 두텁게 얼어붙었던 얼음이 녹으면서 얼음 속에 숨어 있던 계곡 물이 얼음을 밀어내고 졸졸 바위 사이로 흘러내려 오고 있었다.

투견

1

4월이 되자 도심에서는 봄의 훈훈한 바람이 겨울에 입었던 두툼한 옷을 벗겨 사람들의 옷차림이 가벼워지고 있었지만 산골의 봄은 더디었다. 겨우내 삭풍에 시달렸던 앙상한 나뭇가지에 물기가 오르고 푸른색으로 채색되면서 봄은 서둘고 있었다.

아버지가 살았을 때 가을은 산 위에서부터 시작되지만 봄은 산 아래에서부터 시작된다는 말이 떠올랐다. 인범의 토굴 주위에도 봄은 어김없이 찾아들었다. 산야엔 얼어붙은 땅이 녹으면서 흙이 질척질척했다. 봄바람을 타고 포근한 봄기운이 온 산야를 포근하게 감싸고 있었다.

비가 내렸다. 대지를 적셔 주는 봄비가 주룩주룩 내렸다. 안개비가 산 아래로 연기처럼 내려가고 있었다.

일요일, 인범은 토굴 입구에서 얼굴을 내밀고 턱을 두 손바닥으로 괴고 빗소리를 들으며 생각에 잠겨 있었다. 끝이 보이지 않던 긴 겨울도 지나고 토굴 주위에 봄기운이 완연했다. 얼어붙었던 산야에는 비를 머금은 연둣빛 나뭇가지에 꽃망울이 툭툭 터져 나오고 상쾌한 꽃향기가 코에 물씬 스며들었다.

안개비가 내리는 들판은 담백한 평화로움이 깃들고 갓 돋아난 푸새들이 비에 축축이 젖은 연초록의 새싹들이 부드러운 땅을 밀치고 돋아나고 있었다. 지극히 평화로운 들판을 하염없이 바라보고 있는 인범의 시야에 고향의 들판과 하늘이 겹치고 있었다.

인범이가 6학년이 된 어느 날, 개 아저씨 집에 갔다. 마당에 검정색 픽업 차가 보이고 아저씨가 열심히 차를 닦고 있었다. 차 옆에 아이를 업은 아주머니와 미영이가 서 있었다.

"아저씨, 웬 차예요?"

"오, 인범아. 어때? 차 좋지?"

아저씨는 기분이 좋은지 싱글벙글 얼굴에 웃음을 담고 있었다. 어린 인범이가 보기에도 차가 많이 노후된 것 같았다.

"사셨어요?"

"아니야, 가락시장 채소장수가 폐차한다는 말을 듣고 달라고 하였더니 너무 오래되어 고장이 자주 난다고 하는 것을 수리하여 쓰겠다고 하니 주더라. 그래서 부속 몇 개를 갈았다."

토요일 경남 진주에서 전국 투견 대회가 있으니 같이 가자고 했다. 아저씨가 모래주머니에 모래를 가득 넣고 울프와 도사견들에게 무거운 모래주머니를 밀게 하고 자동차의 폐타이어를 물어뜯게 하거나, 또는 높이 뛰어오르게 하며 혹독하게 훈련시키는 것을 보아 왔기에 개 싸움하는 것을 꼭 보고 싶었다.

토요일은 봄 소풍가는 날이라 도시락도 없고 도시락 준비를 어떻게 할 줄도 몰라 선생님에게 못 간다고 양해를 받았고, 신문배달은 형준이 형에게 부탁하였다. 그리고 달수 구역은 소장님에게 부탁했다. 소장은 기꺼이 허락했다.

진주에서 하룻밤 자야 한다고 아저씨가 말씀하셨다.

그동안 인범은 진돗개 울프와 많이 친해졌다. 인범은 아저씨 대신 울프에게 먹이도 가져다주고 울프의 몸에서 벼룩도 잡아 주곤 했다. 아저씨는 인범이가 울프를 좋아하는 것을 알고 운동도 시킬 겸 데리고 가서 놀다 오라고 했다. 인범은 울프를 데리고 산으로 들로 뛰어다니기도 했다. 울프는 인범에겐 산골에서 유일한 친구이기도 했다. 그래서 더욱 울프의 투견을 보고 싶었다.

아저씨는 픽업차가 있기 전에는 울프와 도사견을 오토바이에 매달린 리어카에 태우고 먼 투견장까지 다녔다고 했다. 금년은 처음으로 픽업차에 울프와 도사견 타이거를 싣고 고속도로를 달린다고 매우 좋아했다. 오후 한 시 경에 집을 떠나 저녁에 경상도 진주에 도착해서 여관을 찾았다.

아침 늦게 일어나 아저씨를 따라 투견장에 갔다. 모든 것이 낯설고 처음 보는 곳이었다. 남강벌 넓은 들판엔 천막들이 쳐져 있고 이곳저곳에 간이 음식점이 들어서 있었다. 엿장수며 떡장수 등 여러 잡다한 장수들이 많이 있었다. 그리고 사나운 개들이 이곳저곳 나무에 묶여 으르렁거리고 있고, 사람들도 수없이 많이 모여들고 있었다.

때는 봄. 춥지도 덥지도 않은 5월의 화창한 날씨였다. 인범은 낯선 곳에 구경을 하니 마냥 즐겁기만 했다.

아저씨는 개의 상태를 관찰하고 먹이도 적당히 주고 울프와 타이거를 준비 운동 시키려고 넓은 들판을 한 바퀴 가볍게 뛰고 난 후 투견장으로 갔다.

울프도 타이거도 긴장했는지 짖지도 않고 주위를 살피고 있었다. 시간이 되었을 때쯤 많은 사람들이 모여들었다. 아저씨는 인범이가 길을 잃을까 봐, 주차시켜 놓은 장소를 단단히 가르쳐 주었다. 시합 시간이 임박했는지 사람들도 개들도 부산하게 움직이고, 구경꾼들도 나무 울타리 주위

에 몰려들었다. 마침내 시작을 알리는 징 소리가 났다. 아저씨도 긴장이
되는지 말이 없었다.

"자, 가자."

아저씨는 울프와 도사견을 데리고 투견장으로 갔다. 울프는 싸움을 하
고 싶은지 투견장 쪽으로 아저씨를 끌고 앞장을 섰다. 한쪽에는 많은 투견
들이 울타리에 매여 있었다. 조용히 있는 개, 날뛰는 개, 각양각색의 개들
이 있었다.

아저씨는 먼저 본부석 흰 천막 아래 책상에 앉아 있는 사람들에게 인사
를 하고 무엇을 적어 내었다. 그리고 다른 개 주인들과도 악수를 하고 일
일이 인사를 나누었다. 서로 잘 아는 사이 같았다.

"어이쿠! 금년에 또 왔소? 또 우승하고 갈라꼬. 우짜노! 당신 때문에 우
리 언제 우승 한번 해 먹겠노?"

억센 경상도 사투리로 넋두리를 하였다. 개 아저씨는 싱긋이 웃기만 했
다. 스피커에서 추첨이 있다고 알리고 있었다. 아저씨는 울프를 인범이에
게 맡겨 놓고 본부석에 가서 추첨을 하였다. 추첨이 잘되었다고 좋아하는
사람, 잘못되었다고 걱정하는 사람, 가지각색이었다. 스피커에서 지금부
터 소형견 진돗개 싸움이 있다고 했다. 스피커에서 싸울 개의 이름이 호명
되고 호명 받은 개는 주인에게 끌려 울타리 안으로 들어와 중앙에 나왔다.
개들은 이미 자기들이 싸워야 된다는 사실을 아는 듯 서로 으르렁거리고
싸우려고 야단이었다.

개 주인들이 고삐를 단단히 쥐고 있었다.

투견장 중앙엔 심판과 개 두 마리와 개 주인 두 사람뿐이었다. 울타리
주위엔 구경꾼들로 발 디딜 틈도 없었다. 그리고 흥행사들이 어느 개에게
돈을 걸 것인가를 결정하기 위해 무슨 종잇조각을 들고 다니고 있었다. 금
액에 따라 색깔이 달랐다. 돈을 거는 사람들이 이길 가능성이 있는 개에게

돈을 걸었다.

양쪽 개들이 싸우려고 날뛰고 있었다. 드디어 본부석에서 징이 울리고 심판관의 오른쪽 손이 번쩍 올라갔다. 개 주인은 급하게 목줄을 풀었다. 목줄이 풀린 개들은 높이 뛰어 부딪쳤다. 뛰어 오르고 발로 차고 흰 이빨을 크게 벌려 무섭게 으르렁거리며 상대를 위협했다. 그리고 서로 급소를 물려고 상대개의 빈틈과 약점을 찾아 빙빙 돌기도 하고 공격도 하고 수비도 하였다.

어느 한 개가 물면 물린 개는 기를 쓰고 떨쳐 내었다. 그야말로 죽기 아니면 살기였다. 생존의 본능은 동물도 인간과 조금도 다를 바 없었다. 짐승의 본능이 사람보다 더 강한 것 같았다. 어찌 감정도 없이 짐승끼리 사람의 시킴에 따라 저렇게도 목숨을 건 싸움을 할까?

울타리 밖에서는 사람들의 고함이 더 요란했다.

"급소를 물어라, 죽여라!"

온갖 잔인하고 잔혹한 말들이 사람들의 입에서 터져 나왔다. 급소를 물려 계속 비명을 지른다든지, 힘이 달려 상대 개에 깔려 꼼짝 못하거나, 또 겁을 먹고 꼬리를 내리고 달아나면 지는 것이다. 급소를 물린 개의 비명 소리는 보는 이의 마음을 안타깝게 했다. 피투성이가 되어 들것에 실려 나가는 개도 있었다. 어떤 독한 개는 급소를 물리고도 빠져나와 공격하려고 아픈 것도 참으며 안간힘을 쓰는 걸 보면 처량하고 가련했다. 이긴 개도 피투성이가 되어 초죽음이 된 개들도 있었다. 이는 오로지 주인의 명령을 따르고, 주인에게 충성을 보이기 위한 눈물겨운 충견 표출의 방법이었다.

벌써 몇 마리 개들이 지고 이기고 판가름 났다. 이긴 개 쪽에 돈을 건 사람의 환성과 진 쪽에 돈을 건 사람의 탄식과 비탄의 소리가 교차되었다. 사람들은 왜 말 못 하는 짐승들에게 저렇게 잔인하고 잔혹한 싸움을 시켜 놓고 보고 즐기는지, 만물의 영장, 인간 본질의 잔인성이 어린 인범이에게는 이해가 되지 않았다.

일 차전이라 대부분 어느 한쪽의 일방적인 싸움이지만 어떤 개들은 초반부터 혈전에 혈전으로 싸움이 판가름 나는 개들도 있었다.

지구상에 존재하는 수많은 동물들 중 가장 영리하고 주인을 잘 섬기고 절대 복종하는 짐승은 개일 것이다. 주인에게 바치는 충성과 의리는 그 어떤 인간과 감히 비교할 수 없다. 개는 어떠한 경우일지라도 주인을 배신하지 않았다. 아무리 먹을 것을 주지 못하는 가난한 주인일지라도 그 집을 떠나지 않고 어디 가서 먹을 걸 주워 먹든 훔쳐 먹든 배를 채우고 집으로 돌아온다.

그리고 주인이 몽둥이로 때려도 반항하지도 집을 뛰쳐나가지도 않는다. 다만 몽둥이를 피하며 주인에게 더 맞지 않으려고 주인의 눈치를 보며 슬금슬금 피하기만 하는, 이 지구상에 존재하는 인간과 동물을 통틀어 가장 의리 있는 동물일 것이다.

주인이라면 아무리 어려도 복종하는 개. 그러나 사람은 주인에게 맹종하는 그 충견을 잔인하게 몽둥이로 때려죽여 잡아먹는다. 그것도 안락사를 시키지 않고 몽둥이로 죽여야 맛이 있다고……. 우리 인간은 동물 중 가장 의리 있고 주인에게 충성하는 동물인 개의 본능을 본받아야 할 것이다.

격언에 피는 물보다 진하다는 속담이 있다. 물질 만능의 오늘의 현실에서도 피는 물보다 진하다. 그러나 돈보다는 묽다. 돈 때문에 형제를, 또 자식이 부모를 죽이는 오늘의 현실을 개탄하지 않을 수 없었다.

외국 사람이 개를 잡아먹는 우리나라 사람을 야만인으로 취급하는 이유를 알 것 같았다. 어린 인범은 왜 어른들은 개에게 저런 참혹한 싸움을 시켜 놓고 즐기며 돈까지 걸고 좋아하는지 안타까웠다.

드디어 울프의 차례가 왔다. 아저씬 울프의 귀에 대고 뭐라고 사람에게나 말하듯 속삭였다. 울프는 알아들었다는 듯 힘차게 아저씨를 따라 투견장으로 나섰다. 귀를 쫑긋이 세우고, 흰 이빨을 드러내고 상대 개를 위협했다.

스피커에서 "작년의 챔피언 울프! 울프!"라고 외치는 소리가 울려 퍼졌다.

"와, 울프! 울프!"

사람들도 작년에 우승한 용맹스런 울프를 기억하는지 많은 사람들에게서 환호성이 터져 나왔다. 심판의 신호에 따라 목줄이 풀렸다. 상대 개는 맹목적으로 울프에게 돌진하여 달려들었다. 울프는 달려드는 상대 개를 가볍게 피했다. 상대 개는 중심을 잃고 돌아서 울프를 찾으려고 할 순간 울프는 상대 개의 허점을 놓치지 않았다. 어느새 등을 타고 상대의 급소를 강하게 물었다. 상대 개는 목이 물려 넘어져 앞발만 허둥대고 고통을 참지 못하고 있었다. 울프는 한번 문 급소에 더욱 이빨을 깊이 박고 물고 흔들었다.

"그래, 더 세게 물고 흔들어!"

아저씨는 핏대를 올리며 고함을 쳤다. 마이크에서는 작년의 챔피언 울프가 상대 개의 급소를 물었다고 열을 올리며 해설하고 있었다. 상대 개는 단번에 깨갱 비명을 질렀다. 울프는 상대 개를 더욱 조여들고 있었다. 개 주인은 심판관에게 두 손을 X 자로 흔들었다. 졌다는 신호였다.

심판관이 울프의 승리를 선언했다. 사람들의 환호성이 터져 나왔다.

"울프, 그만! 울프, 그만!"

아저씨가 울프에게 고함을 지르고 있었다. 그제야 울프가 상대 개의 급소에서 이빨을 풀었다. 상대 개는 벌써 초죽음이 되어 있었다.

"에이, 이 개는 아직 어려 경험삼아 나왔는데 운이 없어, 초판에 울프에게 걸렸다."

개 주인은 투덜거리며 멋쩍게 웃고 얼른 개를 끌고 나갔다. 아저씨는 개를 끌고 나가는 개 주인에게 뭐라고 하시며 어깨를 두드려 주었다. 승자의 겸손이었다.

다른 개싸움에 비해 너무나 싱거운 싸움이었다. 마이크에선 작년의 챔피언 울프가 지금까지 최단 시간에 이겼다고 스피커가 찢어지도록 떠들었다.

아저씨가 울프의 머리를 쓰다듬어 주니 울프는 아저씨의 손을 핥으며 꼬리를 살래살래 흔들었다. 작년의 우승 개답게 아직 경험이 없는 개를 간단히 이겼다. 인범은 울 밖에서 손뼉을 치며 좋아했다.

아저씨는 울프란 이름의 뜻은 늑대라는 뜻의 영어라고 하셨다. 늑대같이 싸움을 잘하는 용맹스러운 개라고 이름을 붙였다고 했다.

그러기를 두 차례, 싸움에 이긴 울프도 귀도 찢어지고 털 곳곳에 피가 묻어 있고 몸에 상처도 나 있었다.

인범인 울프가 불쌍했다. 이제 4강이란다. 상대 개는 누렁이라고 울프와 함께 우승 후보로 매우 용맹스럽고 투지가 대단한 개라고 했다. 아저씨는 이 4강이 고비라고 했다. 마이크에서도 우승 후보의 두 개인 울프와 누렁이가 4강에서 싸우게 되었다고 해설하고 있었다. 아저씨는 이 4강에서만 이기면 울프가 결승에 올라, 도박사들에게서 배당금도 많이 받고 진돗개 중에 챔피언이 되어 상금도 타고 종자 교배도 많아 많은 돈을 벌게 된다고 좋아하셨다.

이제 갈수록 강한 개끼리 맞붙게 되니 더욱 치열한 싸움이 된다며 아저씬 잔뜩 긴장을 하고 있었다. 울프는 얼마 쉬지도 못하고 또 싸움을 해야 했다. 아저씨는 이상한 물약을 울프의 입을 벌려 입안으로 넣어 주었다. 울프도 맛이 있는지 입 밖으로 흘러나온 약을 핥아먹었다. 비타민 같은 고소한 냄새가 났다.

이번 4강 상대의 누렁이라는 개는 이상한 핏빛 같은 눈알을 가진 그야말로 늑대 같은 개였다. 눈동자에 미친개처럼 이상스런 누런 광채를 발하고 있어 불길한 예감이 들었다. 상대 누렁이는 싸우기 전에 하늘을 보고 우 우 하며 장송곡 같은 음흉한 울음을 울었다. 그 소리는 소름이 끼치는 기분 나쁜 소리였다. 그리고 앞발로 땅을 파고 있는 것도 불길했다.

"야! 저 개는 꼭 미친개 같다. 혹시 미친개 아닌가? 저 하는 짓 봐."

이곳저곳에서 웅성거리는 소리가 들렸다. 울프는 흰 이빨을 드러내고 상대 개를 노려보며 으르렁거렸다. 드디어 심판의 손이 번쩍 올랐다. 두 주인은 일시에 개 목줄을 풀었다. 두 개는 이번엔 맞붙지 않고 탐색전을 하는지 적당한 간격을 두고 흰 이빨을 드러내고 계속 으르렁거리기만 하고 있었다. 개들도 서로가 만만찮음을 간파한 것인지 빙빙 돌면서 상대의 허점을 노렸다. 관중들도 아연 긴장하며 숨소리 하나 없이 시선을 두 개에 집중하여 진행을 지켜보았다.

"야, 4강답다."

누가 긴장을 깨었다. 두 주인이 붙어라 물어라 악을 쓰자 관중들이 흥분하기 시작했다. 누렁이 개가 먼저 저돌적으로 달려들었다. 울프는 달려드는 개를 뛰어넘었다. 상대 개의 뒤에서 공격하기 위한 작전인 것이다. 그러나 상대 개도 민첩했다. 뒤에서 급소를 공격하려는 울프의 공격을 가까스로 피했다. 두 개는 다시 원 위치로 돌아가 대치하고 서로 무섭게 노려보며 희고 잔인한 긴 이빨을 까뒤집고 으르렁거리며 위협하고 있었다.

붙었다가 떨어지고 떨어졌다 붙기를 여러 차례 하면서 서로의 허점을 찾아 급소를 물려고 하지만 쉽게 허점이 보이지 않는 것 같았다. 땅바닥에 엉켜 뒹굴기도 몇 차례 했지만 결정적인 공격은 아직 못했다.

사람들의 입에서 탄성이 터져 나왔다. 한쪽에선 손뼉을 치는 사람들도 있었다. 짐승이라기보다 싸움 고수끼리 맞붙은 사람의 결투 같다. 공격과 수비를 절묘하게 하는 두뇌 플레이 기술 싸움을 어찌 개들의 싸움이라고 하겠는가?

개싸움이 장기전이 될 조짐이 보이자 성급한 구경꾼들이 자기들이 돈을 건 개에게 응원을 하느라고 악을 바락바락 쓰고 있었다.

"물어라! 목이 비었다. 물어 죽여라!"

사람들이 핏대를 올리며 고함을 질렀다. 울프와 누렁이가 맞붙어 뛰어 올랐다. 무섭게 으르렁거리며 흰 이빨을 드러내고 물고 물리고 뛰어 오르고 땅에 떨어지면서 빠른 동작으로 위에서 공격하려고 상대 개 위에 올라탔지만 밑에 깔린 개가 빠르게 빠져나갔다. 그러기를 몇 차례, 또 땅바닥에 뒹굴며 엉겨 붙더니 드디어 울프가 상대 개의 귀를 물었다. 전광석화같이 빠른 공격이었다. 특히 신경이 예민한 귀를 물린 누렁이가 빠져나오려고 안간힘을 쓰지만 그럴수록 울프는 더욱 강하게 물고 흔들었다.

"와!"

함성과 함께 울프를 응원하던 사람들 쪽에서는 박수가 터져 나왔고 누렁이 쪽에서는 사기가 죽어 조용했다. 누렁이는 밑에서 숨을 헐떡거렸다. 울프가 얼마나 심하게 물었는지 붉은 피가 흘러나오는 참독한 장면은 보는 이로 하여금 눈살을 찌푸리게 했다.

두 개는 있는 힘을 다 소진했는지 귀를 물은 울프나 물린 누렁이나 숨을 헐떡거리며 싸움은 그 이상 진전하지 못하고 있었다. 귀를 물려 밑에 깔린 누렁이는 목을 삐딱하게 모로 젖힌 상태에서 가쁜 숨을 몰아쉬고 있었다. 한참을 숨을 몰아쉬며 힘을 저장한 누렁이는 눈에 형형한 빛을 발하며 무서운 힘으로 요동을 치면서 일어났다. 눈에서는 그 특유의 핏빛 같은 야수의 발광체를 띠면서 일어난 것이다. 처절하고 처참한 싸움이었다.

울프는 그래도 물었던 귀를 놓지 않았다. 누렁이 개는 뭐라고 괴성을 지르며 머리를 좌우로 무서운 힘으로 마구 흔들었다. 그래도 울프는 귀를 물고 버티었다.

'보라! 두 개의 피투성이의 처절한 혈전을……'

무섭게 머리를 흔들던 누렁이 개는 깨갱 금속성 비명을 지름과 동시에 울프에게서 드디어 떨어져 나왔다. 아! 울프의 입에 누렁이의 귀가 그대로 물려 있지 않은가!

누렁이의 한쪽 귀가 떨어져 나가고 없었다. 떨어져 나간 누렁이의 귀가 있던 자리에서 검붉은 피가 솟아 나오고 있었다. 사람들은 피비린내 나는 참혹하고 처절한 싸움에 몸서리를 쳤다.

"아, 피!"

군중 속 여기저기서 비명이 터져 나왔다. 자기 귀를 찢어 떨어뜨리면서 공격에서 벗어나는 누렁이의 분연한 투지력, 울프는 어정쩡한 자세로 누렁이의 귀를 문 채 누렁이를 멍하니 보고 있었다.

그때다, 누렁이는 와앙 하는 미친 맹수의 소리를 포효하며 무서운 기세로 울프에게 달려들어 울프를 넘어뜨리고 울프의 뒷다리를 물었다. 눈 깜빡할 순간이었다. 울프가 방심한 찰나를 누렁이가 놓치지 않은 것이다. 누렁이는 귀에 피를 흘리면서 입속 깊숙이 울프의 뒷다리를 물고 뼈를 부숴 버릴 듯 마구 흔들었다. 울프는 비명을 참으며 다리를 빼어 내려고 바동거렸지만 누렁이 이빨은 더욱 강하게 울프의 다리를 깊게 파고들었다. 울프는 이리저리 몸을 뒹굴며 빠져나오려고 요동을 치지만, 누렁이는 울프에게 깔리면서도 울프의 뒷다리를 놓지 않았다. 울프는 고통으로 일그러져 있고 누렁이 귀에서는 피가 계속 흐르고 있었다.

사람들은 잔혹하고 참혹한 혈투에 아연 놀랐다. 아저씨는 울프, 울프 계속 비명에 가깝게 악을 쓰며 외치고 있었다. 인범이도 "울프, 일어나. 울프, 힘내!" 목이 터져라 외쳤다.

울프는 탈진했다. 빠져나오기 위해 있는 힘을 다 소진한 것이다. 울프는 일어나라고 외치는 아저씨의 소리를 멍한 눈망울로 멀거니 바라만 보며 힘을 쓰지 못했다. 그래도 비명을 지르지는 않았다. 울프도 싸울 때 비명을 지르면 안 된다는 훈련을 받았기 때문이었다.

심판관은 울프의 개 주인인 아저씨를 힐끗 보았다. 아저씨도 심판관을 바라볼 뿐이었다. 심판의 손이 누렁이 개 주인의 손을 올렸다. 누렁이 주인은 두 손을 번쩍 들어 펄쩍펄쩍 뛰며 고함을 질렀다.

"와, 이겼다!"

"아, 여보세요. 좋아만 하지 말고, 당신 개를 저 개에서 먼저 떼어놓으시오."

심판관이 누렁이 개 주인에게 말했다.

"누렁아, 놓아! 누렁아, 놓아!"

하며 호통을 쳤다. 그래도 누렁인 울프를 물었던 다리를 놓지 않았다. 울프에게 물린 귀가 떨어진 것에 대한 보복인지 다리를 놓아주면 또다시 울프의 공격을 받을까 봐, 울프에게 혼이 난 것에 대한 두려움인지 아무리 주인이 놓으라고 명령을 해도 놓지 않았다.

심판관은 본부석에 손사래로 신호를 했다. 본부석에서 물통을 가져와서 물을 한꺼번에 누렁이에게 부어 버렸다. 그제야 누렁이는 울프의 뒷다리를 놓았다. 울프도 누렁이도 물벼락을 맞아 털이 물과 피로 범벅이 되었다. 누렁이와 울프에게서 흘러나오는 피가 물과 함께 씻겨 나왔다. 붉은 핏물이었다.

울프는 다리가 부러졌는지 일어나지 못했다. 화가 난 아저씨는 울프의 뒷다리를 질질 끌고 나왔다. 울프는 그제야 깨갱 비명을 질렀다. 사람들은 측은한 시선으로 안타깝게 바라보고 있었다. 인범은 울고 있었다. 얼굴은 눈물범벅이었다.

아저씨는 울프를 집어던지고 몽둥이로 사정없이 후려쳤다.

"에이, 이 개새끼! 방어하지 않고 멀거니 있긴 왜 있어! 죽여 버리겠다!"

"아저씨, 울프 때리지 마세요."

인범이가 아저씨의 팔에 매달렸다.

"아, 여보세요. 그 개 때리지 마시오. 정말 훌륭한 개요. 상대 개가 워낙 독종이니까, 어쩔 수 없는 것 아니요."

사람들도 말렸다. 울프는 더 맞지 않으려고 상하지 않은 한쪽 다리로 아저씨가 내리치는 몽둥이를 요리조리 피했다. 그럴수록 아저씬 인범을 밀어 버리고 무차별 몽둥이세례를 가했다. 울프는 깨갱 깨갱 비명을 질렀다. 인범인 일어서서 울면서 아저씨에게 매달리다 울프 몸 위에 엎디어 몸으로 몽둥이를 막으며 울부짖었다.

"아저씨, 아저씨! 때리지 마세요, 때리지 마세요! 울프가 불쌍해요. 더 때리면 죽겠어요."

아저씨는 인범이가 울며 울프의 몸을 덮고 있으니 몽둥이를 집어던지고 분을 못 참아 씩씩거리다 어디론지 가 버렸다. 주위 사람들도 동정 어린 시선으로 바라보았다. 인범은 울프를 끌어안고 울었다. 인범의 눈물이 울프의 털에 떨어지고 울프는 죽은 듯 두 다리 사이에 머리를 파묻고 움직이지 않았다.

"아따! 그 양반 성정머리 하나 고약하구먼. 이길 수도 있고 질 수도 있는데……."

"그 개 참 잘 싸웠는데……."

주위 사람들이 한 마디씩 하였다. 울프의 다리에서 피가 흐르고 있었다. 인범이는 울면서 아저씨의 차에 가서 수건을 가져와 울프의 다리의 물과 피를 닦았다. 울프도 우는지 커다란 눈을 슴벅이었다. 인범은 흙이 묻은 손으로 눈물을 닦아 얼굴이 눈물과 흙으로 범벅이 되어 있었다.

"그 개, 다리가 부러졌네."

어느 아저씨가 울프의 다리가 부러졌다고 말했다.

"옛! 다리가 부러졌다고요?"

인범은 깜짝 놀라 아저씨를 쳐다보았다.

"애야, 상처 진 다리를 좀 봐라, 뼈가 튀어 나와 있네. 상대 개에게 물린 자리야."

다리의 뼈가 피와 물기 사이에 하얗게 조금 삐어져 나와 있었다.

"빨리, 수의사한테 데리고 가 봐라."

"수의사가 뭐예요?"

"짐승의 병을 고치는 사람을 수의사라고 안 하나."

"수의사 어디 있는데요?"

"여기서 나가서 오른쪽으로 곧장 가면 동물 병원이 있다. 아니, 내가 같이 가 줄게. 여기 가만히 있거라. 짐차 갖고 올게."

아까부터 울프의 싸움을 지켜보던 아저씨였다. 아저씨가 울프에게 몽둥이세례를 할 때 말리던 친절한 아저씨였다. 인범이가 울프의 아픈 다리를 만지니 울프는 아픈지 기겁을 하고 다리를 움츠리고 낑낑거렸다. 인범은 마른 수건으로 피가 묻은 울프의 털을 닦아주었다.

아저씨의 작은 짐차에 가마니를 깔고 울프를 차에 싣고 동물 병원으로 갔다.

2

"개가 심하게 물렸구나! 이빨 자국이 있네. 물려서 다리가 부러졌나? 몽둥이에 맞아서 부러졌나?"

수의사는 울프의 이곳저곳을 소독하고 상처를 찾아 약을 발랐다.

"개를 꽉 잡아야 하는데 뼈를 붙이려면 개가 버둥거릴 것인데, 개를 꽉 잡아요."

같이 온 아저씨는 겁을 내어 잡지 못했다.

"나는 이 개를 잘 모르는데……."

하며 망설인다.

"개 주인이 아닙니까?"

의사는 같이 온 아저씨를 보며 말했다.

"예, 이 얘가 혼자 개를 움직이지 못해 도와주려 왔습니다."

"울프, 가만있어. 움직이면 안 돼."

인범인 눈을 부라리며 큰소리로 위협을 하고는 손으로 울프의 몸을 다독거리더니 두 손으로 꼭 잡았다.

"안 되겠다. 개를 묶어야겠다."

의사는 넓고 단단한 밴드를 가지고 울프를 수술대 위에 단단히 묶었다. 울프는 겁을 먹고 눈만 멀뚱거리며 인범을 쳐다보았다. 의사는 부러진 뼈를 한참이나 만지더니 원래 자리에 힘을 주어 순간적으로 꼭 끼워 넣었다.

"깨갱."

울프는 비명을 질렀다. 그러나 몸을 버둥거린다거나 수술에 지장을 주는 움직임은 하지 않았다.

"뼈를 제자리에 넣는 것은 사람으로서도 견디기 힘든 고통이 따르는 것인데."

수술을 하던 수의사가 잠깐 일손을 멈추고 중얼거렸다.

'많이 아플 것인데, 이 개는 이상한데…….'

하며 개를 내려다보았다. 울프는 지금까지 싸우면서 수의사에게 치료를 받은 경험이 있기 때문에 동물 본능의 불안을 느끼지 않았다.

"이 개는 투견인데 싸워서 다쳤습니다."

함께 온 아저씨가 설명했다.

"아, 그래요. 그런 것 같아요. 보통 개들은 여기 수술대 위에 올리려면 힘들어요. 막 버티는걸요. 이 개는 뼈가 부러졌기 때문에 조금만 움직여도 아플 것인데 그냥 견디는 걸 보면 이런 동물 병원에 온 경험이 있는 것 같아요."

의사 선생님은 숙련된 솜씨로 석고 붕대를 조심스럽게 감았다. 울프는 붕대를 당겨 감을 때 약간 낑낑거리기는 했지만 잘 참았다.

"야! 이 개 대단히 영리한 개이군요."

의사는 울프의 머리를 쓰다듬어 주고는 털에 묻은 피와 물, 그리고 흙을 말끔히 씻어 내고 소독을 하고 약을 발랐다. 그리고 주사를 놓았다.

"약 30일 정도 걷게 해서는 안 돼. 사람 같으면 3개월 이상은 깁스를 해야 하는데 개들은 회복이 빨라."

인범에게 주의를 주었다.

"예."

인범이는 의사가 울프를 치료하는 동안 맞은편 벽에 걸어 둔 이상한 목각 상에 시선을 멈추었다. 외국사람 같은데 머리에 가시 같은 월계관을 쓰고 반 벌거벗은 사람이 십자가 조각에 양팔을 벌린 채 고개를 떨어뜨리고 있는 것이 이상하게 보였다. 저런 것을 어디 다른 곳에서도 본 것 같았다.

아! 언젠가 성당을 구경했을 때 보았지…….

"자, 끝났다."

의사는 세면기에 물을 받아 손을 씻고 수건에 손을 깨끗이 닦고 있었다.

"야! 그 개 대단하다. 아프니 조금 낑낑거릴 따름이지 몸부림도 치지 않는구나!"

의사는 다시 한 번 감탄했다. 인범은 급하게 왔지만 그러나 막상 치료비가 걱정이었다.

"아저씨, 치료비가 얼마예요."

기어드는 소리다.

"가만 있자."

의사는 책상에 가서 무언가 적고 있었다.

"보자, 5만 원이다."

"아저씨, 잠깐 밖에 갔다 오겠습니다."

인범이는 아저씨에게 돈을 빌려야겠다고 생각하고 나가려니 울프가 왕왕 짖으며 일어나려고 했다.

"울프, 가만있어. 나 아저씨에게 갔다 올게, 가만있어."

인범이는 나가다 말고 울프를 다독거리고 밖으로 나갔다. 울프는 고개를 들고 따라 나오려다 묶여 있어 더 이상 칭얼거리지는 않았다.

"선생님, 저 아이는 개 주인의 아들이 아닙니다. 저 개가 싸움에 지고 주인이 몽둥이로 개를 죽이려는 걸 아이가 울며 매달려 이리로 데리고 온 것입니다. 저 잘못이었습니다. 어른인 제가 개 주인같이 선생님에게 보였으니깐요."

그는 아주 미안해했다.

"그래도 당신은 좋은 일 하셨습니다."

"예?"

의사 선생님의 너그러운 인사말이다.

"일단, 아이를 기다려 봅시다."

인범은 투견장에서 아저씨를 찾았다. 아저씨는 대형 개 도사의 시합에 대비해서 타이거에게 출전 준비를 하고 있었다.

"아저씨."

인범은 풀이 죽은 얼굴로 아저씨에게 다가갔다.

"아, 너 무얼 했니? 이제 타이거 시합을 봐야지."

"아저씨 혹시 돈 가진 것 있으시면 저 좀 빌려 주세요."

"뭣하게. 뭘 사 먹으려고?"

인범을 의아하게 본다.

"필요해서요."

"그래, 얼마나 줄까? 뭐 살 것 있더냐?"

"예, 좀 많이요."

아저씨는 지갑을 끄집어내어 이천 원을 주었다. 인범이는 평소에 군것질은 일절 하지 않는 아이라 고개를 갸웃거리며 인범을 바라보았다.

"아저씨, 돈이 많이 필요한데요."

"그래."

하시며 또 고개를 갸우뚱 하며 인범이가 들고 있는 이천 원을 받아 지갑에 넣고 만 원을 주었다. 인범은 돈을 들고 가만히 있었다.

"왜, 만 원도 부족해?"

"네, 더 필요해요."

"무얼 살려고 그렇게 많은 돈이 필요해?"

하며 만 원을 더 주었다. 아저씨의 지갑엔 돈이 얼마 들어 있지 않았다. 돈을 받은 인범은 부리나케 뛰어갔다.

"빨리 갔다 와. 타이거 싸우는 것 봐야지."

"선생님 이것밖에 없는데요. 저…… 집에 가서 저금통장에서 찾아서 부쳐드리겠습니다."

"너 집이 어디야? 진주 아이는 아닌 것 같은데?"

"서울이에요."

이만 원을 내어놓았다. 수의사도 같이 온 아저씨도 인범이가 들고 있는 돈을 멀거니 내려다보았다. 아이의 옷차림이나 얼굴 모습에서 가난이 몸에 배어 있었다.

"개 주인 아저씨가 주던가?"

"아니에요. 치료했다고 말 안 했습니다. 그냥 빌려 달라고 했어요."

"왜? 말 안 했어."

"개를 죽이려고 했는데요……."

눈물을 글썽이며 말끝을 흐렸다. 아이가 눈물을 흘리니 배종식 의사도 가슴이 찡했다.

"너의 개도 아니면서 왜 네가 치료해 주니?"

"그럼 어떻게 해요. 울프가 다리병신이 되는 걸요."

하며 죄인처럼 고개를 떨구었다. 같이 온 아저씨는 만 원을 호주머니에서 끄집어내었다.

"선생님, 이것도 받아 주세요."

수의사 배종식은 인범과 같이 온 아저씨를 번갈아 보며 싱긋이 웃었다.

"아저씨는 좋은 일 하고 돈까지 대신 내셔야 되겠습니까? 저도 좋은 일 할게요. 저는 동물을 좋아하거든요. 그래서 수의사가 된 것 아닙니까? 자, 학생, 개를 데리고 가거라. 돈은 안 받겠다. 돈 대신 이 개를 잘 키워라. 영리한 개인 것 같다. 석고가 아직 덜 굳었으니 움직이는 데 조심하여라. 그리고 1개월 후에 석고를 뜯도록 해. 동물병원이 아니더라도 정형외과나 외과 병원에 가면 된다."

수의사가 잠깐 인범의 얼굴을 보고는 말을 했다.

"돈 들여 병원에 가지 말고 석고에 물을 계속 뿌려 단단한 석고가 물렁해지면 뜯어내면 된다. 그리고 개 주인이 개를 죽이려거든 이 아저씨가 사겠다고 말하여라. 이런 영리한 개는 꼭 키워 보고 싶구나!"

"선생님, 고맙습니다. 선생님 여기 주소를 적어 주세요?"

"주소는 뭘 하게?"

의사는 책상 위에 있는 명함을 주었다. 인범은 서울에 가서 돈을 부쳐 줄 생각이었다. 의사 선생님이 돈을 받지 않은 것은 인범이가 돈을 모자라

197

게 준비해 오니 받지 않은 것이지, 처음부터 받지 않으려고 한 것은 아니라는 것을 알고 있기 때문이었다. 고마운 의사 선생님에게 그래서는 안 된다고 생각했다.

인범은 명함을 받아 주머니에 넣고 나오면서 다시 한 번 십자의 나무 조각을 보았다.

"예수님 상이란다. 십자고상(十字苦像)이라고 하지. 얘야, 성당에 다녀 봐. 성당에 다니면 착하게 자라는 길이 있단다."

"예? 성당에요?"

"그래, 천주교를 믿어 봐."

"……."

의사 선생님은 인범이에게 성당에 다니라는 말을 하며 문을 열고 나가는 인범의 등을 툭 치고 머리를 쓰다듬어 주었다. 인범은 큰절을 하고 돌아섰다. 투견장까지 차를 태워 주고 아저씨는 투견 구경을 하러 휘적휘적 걸어갔다.

"아저씨, 정말 고맙습니다."

"그래, 잘 가. 개 잘 보살펴?"

'아, 좋은 아저씨구나!'

인범은 의사 선생님의 성당에 다니면 착하게 자라는 길이 있다는 말이 묘하게 가슴에 여운을 남겼다.

3

진돗개 싸움은 끝나고 도사견 싸움이 시작되고 있었다. 아저씨도 타이거도 보이지 않았다. 아직 투견장에 있는 것 같았다. 인범인 투견장에 가지 않고 옆에서 울프의 머리를 쓰다듬어 주고 있었다.

울프는 고마운지 슬픈 눈동자로 인범을 쳐다보며 인범의 손을 핥았다. 싸움에서의 용맹스러웠던 그 모습은 보이지 않고 날개 부러진 새처럼 풀이 죽어 있는 모습은 측은하고 가련했다. 투견장에서는 함성과 박수 소리가 터져 나오고 있었다.

모든 사람들이 투견장에서 개 중에 제일 큰 도사견 싸움 구경을 하고 있었다. 때론 함성이 들려오기도 했다. 인범은 울프와 차 위에 가마니를 깔고 쓸쓸하게 앉아 있었다. 넓은 들판엔 파릇파릇 새싹들이 싱그러웠다.

인범은 왠지 모르게 밀려드는 슬픈 상념에 젖어 맑고 푸른 하늘을 쳐다보았다. 파아란 하늘엔 하이얀 솜털 구름 조각이 점점이 떠 있었다. 인범이는 하늘을 쳐다보다 아지랑이를 타고 오는 봄바람에 취해 잠깐 겉잠에 빠졌다.

한낮의 햇살이 서산에 기울고 긴 나무 그림자를 만들 무렵 아저씨는 풀이 죽은 모습으로 타이거를 끌고 왔다. 타이거는 온몸에 상처투성이였다. 격렬한 싸움을 했지만 우승에서 밀려났다.

"아저씨, 어떻게 되었어요?"

인범은 아저씨의 눈치를 살폈다.

"인범아, 가자. 올해는 운이 없는 것 같다."

인범의 질문에 아저씨는 힘없는 대답을 하면서 주머니에서 봉투에 든 돈을 끄집어내어 손가락에 침을 묻혀 세어 보고 있었다. 손끝에 힘이 없고 눈은 실망의 표정이었다.

"에이, 잔뜩 기대를 하고 왔는데 울프도 4강이고 도사도 4강이야. 올해는 4강에 만족해야겠어."

4강과 우승은 상금에서 많은 차이가 났다. 아저씨는 돈을 주머니에 넣고 장비를 챙기다가 차 위에 울프가 있는 것을 보고 금세 고리눈으로 변했다.

"이놈의 개새끼 왜 여기에 있어!"

화난 얼굴을 한 아저씨는 울프를 차에서 끌어내리려고 앞발을 잡아 힘껏 당겼다. 울프는 깨깽 하며 안 끌리려고 버티며 아저씨가 또 때릴까 봐 기겁을 하고 몸을 움츠렸다.

"아저씨, 그냥 데리고 가요. 울프는 다리가 부러졌어요. 동물 병원에서 수술했어요."

"뭐! 수술을……?"

아저씨는 깁스를 한 울프의 다리를 유심히 보았다. 울프는 아저씨의 시선과 마주치자 잔뜩 겁먹은 눈으로 노려보는 아저씨의 눈을 슬그머니 피했다.

"그래서 네가 돈이 필요하다고 했더냐?"

"예, 그런데 의사 선생님이 돈을 받지 않았어요."

인범은 아저씨에게서 빌린 돈을 내밀었다.

"뼈가 부러져 수술했으면 돈을 제법 달라고 할 것인데……, 인범아, 괜한 짓을 했구나! 이젠 울프는 투견으로서는 아무 가치가 없단다. 그리고 작은 개는 호신견으로도 찾지 않는데 괜스레 밥 먹여 무엇 하게. 여기 싸움에서 못쓰게 된 개를 사서 보신탕집에 고기값으로 넘겨 파는 장사가 있으니 팔아 버려야지."

"옛! 그럼 죽이려고요. 그건 안 돼요, 그건 안 돼요."

인범은 갑자기 울부짖기 시작했다.

"아저씨, 저에게 파세요, 저에게 파세요! 죽이면 안 돼요. 많이 비싸지 않으면 저가 살게요. 그리고 수의사 선생님이 울프를 죽이려면 의사 선생님이 사겠대요. 울프가 굉장히 영리하다고 칭찬도 하셨어요. 아저씨, 보신탕에 팔면 얼마 받아요? 의사 선생님에게 사라고 할게요. 지금 의사 선생님 데리고 올게요. 울프를 죽이지는 마세요."

"가지 말아."

아저씨는 인범이에게 가지 말라고 하고는 아무 말 없이 장비를 정리하고 있었다. 어린 인범이는 울프의 머리를 쓰다듬으며 울고 있었다.

아저씨는 장비를 다 정리하고 말했다.

"배 고프지? 점심 겸 저녁 겸 밥 먹으러 가자. 기다려, 아저씨 잠깐 갔다 올게."

하시며 어디론지 갔다. 아마 아저씨는 울프를 팔아 버리려고 개장사를 부르러 간 것 같았다. 인범은 눈물을 글썽이며 울프를 바라보았다. 인범이와 눈이 마주친 울프는 눈만 슴벅이고 있었다. 그 눈은 겁을 잔뜩 머금고 있었다.

"이 바보야. 너는 이제 죽어야 해. 아저씨가 너를 보신탕집에 팔아 버린데."

인범은 불쌍한 울프를 끌어안고 울었다. 그동안 울프와 정도 많이 들었는데 오늘 낮 용맹스럽게 싸우던 울프의 모습이 떠올랐다. 울프는 아픈 다리 사이에 머리를 박고 죽은 듯 눈을 감고 있었다. 조금 있으면 자기를 잡아 죽일 개장수에게 넘겨질 것도 모른 채.

인범은 죽은 듯 축 늘어져 누워 있는 울프를 바라보니 울프가 불쌍하여 자꾸만 눈물이 흘러나왔다.

'너는 왜 짐승으로 태어나 주인에게 돈을 벌어 주기 위해 피를 흘리고 싸워야 하고 이렇게 죽어야 하니? 불쌍한 울프야!'

아저씨가 저쪽에서 박스 하나를 가지고 왔다. 인범이가 두려워하는 개장사와 같이 오는 것이 아니었다. 인범이는 두렵고 불안한 시선으로 아저씨를 멍하니 바라보고 있었다. 인범의 눈은 온통 눈물로 얼룩져 있었다. 아저씨는 울고 있는 인범이를 멀거니 보더니 볼 박스를 가지고 차 위에 올라가 앞쪽에 박스를 놓고 끈으로 박스를 고정시켰다.

"인범아, 잠깐 올라오렴. 울프를 박스 안에 넣자. 그래야 편하게 데리고 갈 수 있지 않겠나. 울지 마라! 울프를 네가 키워 보렴. 인범이가 먹이도 주고 많이 보살피지 않았나?"

"옛! 저에게 울프를 주신다고요? 그게 정말이세요? 돈은 얼마 드리면 되나요?"

"돈은 필요 없다. 잘 키워 보렴."

"아저씨, 고맙습니다. 아저씨 고맙습니다."

"울프, 넌 이제 안 죽어도 돼. 아저씨가 널 나에게 주신데."

인범은 울프를 꼭 껴안았다. 울프는 그 말을 알아듣는지 모르는지 눈만 슴벅거렸다.

"인범아, 밥 먹으러 가자."

아저씨는 짐을 다 정리하고 인범을 재촉했다.

"울프! 나 아저씨와 밥 먹고 올게."

인범은 점심도 먹지 않아 배가 많이 고팠다. 울프의 걱정으로 배고픈 것도 잊고 있었다. 아저씨도 배가 고플 것이다. 인범은 음식점 걸상에 앉았다. 음식 냄새를 맡으니 입안에 군침이 가득히 고였다.

"아저씨, 저 강 보세요. 물이 참 깨끗하게 보여요. 경치도 좋아요."

기분이 좋은 인범과 침울한 아저씨의 기분과는 대조적이었다.

"남강이란다, 인범아. 너도 순대 먹을래? 여기 순대 한 접시하고 막걸리 한 병하고 우동 두 그릇 주세요."

청명한 하늘이었다. 시원한 봄바람이 바람결에 일고 넓은 들판 너머는 온통 푸른 채소밭이었다. 인범이 어릴 때의 경기도 시골의 고향도 이러한 정경이고 이런 들풀의 냄새였지. 향수에 젖어 질펀하게 뻗은 진주벌을 하염없이 바라보는 인범의 시야에 고향 산천과 들판이 망막에 중첩되어 명멸했다.

아저씨는 순대를 안주하여 막걸리를 자작으로 부어 마셨다.

"인범아! 이 순대 맛있어, 먹어. 점심도 안 먹었는데 우동 한 그릇은 배고플 거야."

짐승의 창자에 채소와 피를 섞어 만든 순대는 먹을거리라 보기에는 흉하지만 입에 들어가니 감칠맛 나게 혓바닥에 딱 달라붙었다.

맑은 5월의 푸른 하늘이 머리 위에 있었다. 남강벌의 들판엔 푸름으로 장식된 이름 모를 들풀들과 강가에 일정한 간격으로 심어 놓은 버드나무에서 신록의 냄새가 물씬 풍겼다. 들판에서 하늘을 바라보며 먹는 순대와 뜨끈한 우동 맛은 참으로 좋았다. 배를 곯고 있는 울프를 생각하니 갑자기 밥맛이 없어졌다. 아저씨는 일어나면서 아주머니에게 개 먹이를 좀 달라고 하니 손님이 먹다 남은 음식을 비닐봉지에 담아 주었다. 인범은 아주머니가 주는 비닐봉지를 받아 들었다.

차에 돌아온 인범은 얻어온 음식을 울프의 밥그릇에 담아 박스 안에 누워있는 울프 앞에 놓았다.

"울프, 너도 배고프지. 자, 밥 먹어."

울프는 처음은 밥을 떼즉떼즉 먹으며 아저씨의 눈치를 보았다.

나중 휴게소에서 내려서 울프의 밥그릇을 보니 밥을 다 먹었다.

해가 질 무렵에 집에 도착했다.

"인범아, 울프의 뼈가 다 나을 때까지 움직이지 못하게 개집에 가두어 두어야겠다. 이제, 네 개니 네가 자주 와서 울프를 보살펴. 그리고 울프의 다리가 낫거든 네가 데리고 가서 키워 보렴. 너도 덜 외롭고 혼자 외떨어진 토굴에서 살려면 무섭지 않으냐? 이제 울프와 살면 무섭지도 않을 것이다. 울프는 호신견으로 훈련을 받아, 주인을 해치는 짐승이나 사람들에게서 죽음을 무릅쓰고 주인을 지키는 용맹하고 영리한 개다. 그리고 네가 이 울프를 구하여 주었으니 너를 잘 따를 것이다. 무엇보다도 혼자 살아가는 데에 도움이 될 것이다. 아저씨에게는 투견이 아니면 아무 가치가 없단다."

"예, 아저씨. 고맙습니다. 잘 키울게요."

아저씨는 울프를 차에서 조심스럽게 안고 내려와 개집에 넣었다. 울프는 아저씨의 손길이 닿을 때마다 움찔움찔 놀라며 아저씨의 눈치를 살폈다.

"울프 움직이면 안 돼, 가만히 있어야 다친 뼈가 붙는다고 의사 선생님이 그러셨단다."

울프는 말을 알아듣는 듯 꼬리를 흔들며 인범의 손을 핥았다.

인범은 한참 동안 울프의 몸을 쓰다듬고 머리를 토닥거려 주었다. 토굴로 돌아오며 이제 아저씨 말대로 울프와 함께 살면 외롭지도 않고 무섭지도 않을 것 같았다. 무엇보다도 울프는 용감했다. 인범은 하루빨리 울프와 같이 살고 싶었다.

인범은 먼저 은행에서 돈을 찾아 편지와 함께 진주 수의사 선생님께 부쳤다. 인범에겐 큰돈이었고 아까웠지만 울프를 살려 가족이 된 것에 더없이 기뻤다.

울프, 가족이 되다

1

울프가 인범의 정성어린 간호를 받은 지 한 달이 가까운 어느 날, 인범은 의사의 말대로 깁스에 물을 조금씩 부었다. 단단하던 석고가 물렁물렁해졌다. 인범은 계속 물을 조금씩 부었더니 나중에는 석고 부위가 거의 물렁해져 쉽게 뜯어낼 수 있었다. 수의사 아저씨가 내가 가난한 것을 알고 물을 뿌려 뜯어내라고 한 것을 알았다. 생각할수록 고마운 아저씨였다.

인범은 호미와 삽으로 동굴을 더 넓게 파고 마른 풀을 폭신하게 깔아 울프의 잠자리를 만들었다. 고독하고 외롭던 인범의 생활이 울프가 인범의 가족이 되어 토굴에 함께 살게 되면서부터 하루하루가 즐거워지기 시작했다. 무엇보다도 밤이면 그렇게 무섭던 무섬증이 없어졌다.

인범은 의사 선생님의 말대로 재활 치료를 위해 처음은 울프의 다리를 주물러 주고 조금씩 움직이게 하였다. 처음은 아프다고 낑낑거리더니 나중은 낑낑거리지를 않았다. 인범은 그때부터 울프를 산으로 들로 끌고 나가 운동을 시켰다. 울프는 아직도 완전하지 않은 다리를 약간 절름거리며 인범이를 따라 산으로 들로 따라다녔다. 15일 정도 지나니 절름거리는 것도 없어졌다.

인범이가 울프를 데리고 아저씨 집으로 가면 집 앞에서 더 이상 따라오려고 하지 않았다. 인범은 마음이 아팠다. 인범이가 아무리 오라고 하여도 꼬리만 흔들며 오려고 하지 않았다. 그러면 인범은 울프를 그 자리에 기다리게 하고 혼자 아저씨 집에 들어가곤 했다. 어쩌다 아저씨 집 앞에서 아저씨를 만나면 잔뜩 겁을 먹은 울프는 꼬리를 배 밑에 감추고 죽는시늉을 하며 오줌을 질금질금 싸면서 슬금슬금 달아났다. 그러면 아저씬 부드럽게 울프를 부르다 달아나는 울프를 바라보며 아무 말을 하지 않았다. 아저씨도 마음이 아팠다. 말 못 하는 짐승도 혼이 난 그때를 기억하고 있는 것이다.

인범은 처음 몇 번은 아저씨 집에서 개밥을 가져다 먹였지만 아침저녁마다 가져가기가 미안했다. 그래서 쌀이 조금 섞인 보리밥을 울프와 같이 먹다 신문배달을 하는 큰 식당이 있어 버리는 음식이 있으면 달라고 하였더니, 인범이가 먹는 줄 알고 손님이 남기고 간 깨끗한 밥과 반찬을 플라스틱 통에 담아 주었다. 인범은 집에 가져와 울프와 함께 맛있게 먹었다. 인범은 영양가 있는 반찬과 쌀밥을 먹으니 키도 쑥쑥 자라는 것 같고 몸도 몰라보게 튼튼해졌다.

그리고 처음은 울프를 하루 종일 토굴을 지키게 했더니 외로운지 늦게 오는 인범을 너무너무 반가워했다. 울프가 불쌍했다. 인범이가 학교에 가면 울프가 한사코 따라나섰다. 쫓으면 토굴에 가는 척하다 인범이가 돌아서 가면 또 따라오곤 했다. 그때마다 야단을 쳐 토굴로 쫓아 보내곤 했는데, 한번은 동네까지 끈질기게 따라와 어쩔 수 없이 데리고 가지 않을 수 없었다.

인범은 아침에 나가면 울프가 밤늦게까지 혼자서 토굴을 지키는 것이 얼마나 지겨우면 기를 쓰고 쫓아올까 하는 애처로운 생각이 들어, 그 후부터 인범이가 가는 곳이면 어디든지 울프를 데리고 다니기 시작했다. 학교

한쪽 구석에 앉혀 놓고 교실로 들어가면서 "울프, 여기 가만히 있어야 한다. 알겠어?" 하고 교실로 갔다. 훈련받은 대로 아무 곳에서나 똥과 오줌을 누지 않았다.

　인범이가 학교 안으로 개를 데리고 들어오는 것을 본 어느 선생님이 인범이에게 왜 개를 학교에 데리고 오느냐고 하며, 못 데리고 오게 하는 것을 마침 교장선생님이 보았다. 교장선생님은 누구보다 인범이를 잘 알기 때문에 그 선생님에게 교장선생님은 자기가 이야기하겠다고 하며, 선생님처럼 왜 개를 학교에 데리고 오느냐고 물었다. 인범은 학교를 마치고 신문 배달을 하고 토굴에 돌아갈 동안 개를 혼자 하루 종일 토굴에 두려니 짐승인 개가 혼자 있기 싫은지 한사코 따라오려고 하여 데리고 온다고 하였다. 교장선생님은 개가 아이들을 물면 위험하다고 했다. 인범은 울프는 자기를 심하게 해코지만 않으면 절대로 아이를 물지 않는다고 하며 주인의 말을 잘 듣는 훈련이 된 개라고 하였다. 교장선생님이 어떻게 훈련이 잘 된 개인가 물었다. 인범은 울프는 길거리에 버려진 음식이나 남이 주는 음식을 절대로 먹지 않는다고 했다. 그러면 주인이 주는 음식만 먹느냐고 물었다. 인범이가 그렇다고 자신 있게 말하였다. 교장선생님은 개가 음식까지 주인이 주는 음식만 먹는다니 믿어지지 않는다고 하였다. 옆의 선생님도 이해가 안 된다는 표정을 지었다.

　교장선생님은 개가 훈련이 잘 된 개인지 시험을 해 보자고 했다. 교장선생님은 관사로 데리고 가 울프 앞에 맛있는 음식을 땅에 놓았다. 울프는 음식을 거들떠보지도 않았다. 교장선생님과 학교 안으로 개를 못 데리고 오게 한 선생님도 너무 신기하여 인범이에게 먹여 보라고 하였다. 인범은 교장선생님에게 세숫대야를 달라고 하여 음식을 대야에 담아 울프에게 먹으라고 하였다. 울프는 그제야 허급지급 음식을 먹어 치웠다. 교장선생님도 옆에서 보고 있던 선생님도 놀랐다.

　다음 날 아침 조례 때 교장선생님은 인범의 이야기를 하시면서, 인범이에게 가족인 개가 신문배달을 하고 혼자 늦게 오는 주인을 기다리는 것이 싫어 개가 억지로 따라와 어쩔 수 없이 개를 데리고 온다고 하고, 인범은 외진 산골에 살아 밤늦게 혼자 집에 가는 것이 무서워 개를 데리고 오니 학생들이 개를 해코지만 않으면 물지 않으니 해코지를 절대로 하지 말라고 당부를 하셨다. 그러나 교장선생님은 인범이가 토굴을 파고 산다는 말은 하지 않았다. 그냥 외진 곳이라고 했다. 인범은 교장선생님이 말씀을 하는 동안 고개를 푹 숙이고 있었다.

　다음 날, 수업에 들어간 인범이가 보이지 않자 울프가 인범이 냄새를 찾아 이 교실 저 교실 창문에 앞발을 걸치고 교실 안을 들여다보는 것을 발견한 아이들이 "와, 개 봐라." 외치는 소리에 수업이 중단되기도 했다.

　울프는 인범이를 찾지 못하자 다음 교실에 똑같이 앞발을 걸치고 들여다보았다. 인범이의 교실에서도 울프를 본 아이들이 일시 수업을 중단했다. 인범이가 급히 나가 울프를 호되게 야단을 쳤다. 그 후론 울프는 얌전히 인범이를 기다리고 있었다. 그 대신 쉬는 시간마다 인범은 울프에게 가니 인범을 보고 꼬리와 온몸을 흔들고 반기었다.

　인범은 학생들의 관심의 대상이 되었다. 그것은 인범이가 고아이고 개를 데리고 학교에 다니고 신문배달을 한다는 것 때문이었다. 학생들 중엔 인범이가 배달하는 집들이 많았다. 그보다 인범이는 학우들과의 대화를 거의 하지 않았다. 시키면 송충이 같은 눈썹에 두툼한 입술이 인범이를 더욱 과묵하게 보이게 했고 항시 얼굴에 근심이 담겨 있어 더욱 그랬다. 인범은 중간 중간 휴식 시간에 학우들과 어울리지 않고 울프에게 갔다. 담벼락 양지쪽에 가만히 있던 울프가 인범이가 나타나면 꼬리를 살랑살랑 흔들며 반겼다.

학우들이 개를 보고 가까이 다가와 구경을 하기도 했다. 어떤 아이는 인범에게 개의 이름을 물어 울프라고 불러 보기도 했다. 짓궂은 아이들은 교장선생님의 말도 잊고 인범이가 없을 땐 조그만 돌멩이를 던져 울프를 괴롭히기도 했다. 울프는 지나치지 않으면 언제나 모른척하지만 심하면 때론 이빨을 드러내고 으르렁거렸다. 그러면 아이들이 겁을 먹고 멀리 달아나기도 했다. 개가 학교에 종일을 있는 것은 아이들에게 위험하다고 우려를 하는 선생님들도 있었지만, 교장선생님의 당부이고 해코지만 하지 않으면 온순한 개라는 것을 알기 때문에 더 이상 말을 하지 않았다.

아이들은 인범이를 '개 아이'라고 하고 또는 '아이 개'라고 했다. '개 아이'를 거꾸로 부르는 것이다.

2

인범은 혼자 들길과 산길을 걷는 것보다 울프와 같이 걷는 것이 좋았다. 때론 울프와 이야기도 하곤 했다. 울프는 인범이와 다니는 것이 즐거운지 꼬리를 흔들며 언제나 가까이에서 걸었다. 주인을 잘 따르고 주인의 말을 잘 듣는 훈련이 된 명견, 아니 투견, 그리고 무엇보다도 호신견으로 훈련받은 울프가 있어 든든했고 외로운 인범이의 유일한 가족이 되었다. 다만 길을 가다 다른 개나 암캐, 특히 발정한 암캐를 보면 암캐를 하염없이 바라보며 인범이를 두고 암캐 곁으로 가려고 망설였다. 인범이가 빨리 오라고 하면 어쩔 수 없이 어슬렁거리며 발걸음을 옮기었다. 인범이가 사춘기가 지난 나이라면 짐승들이 종족 번식을 위한 교미의 본능을 이해했을 것이다.

인범이가 울프와 함께 다니고부터 운동을 마치고 늦은 밤 어두운 산길을 걸어 토굴로 갈 때 이젠 무섭지 않았다. 용맹한 울프와 같이 가면 머리가 쭈뼛하던 그 무섭증과 외로움이 없어져 참으로 좋았다.

인범은 토굴 생활과 신문배달, 학교생활에 차츰 익숙해지고 있었다. 노력의 대가로 얻어지는 금전이 무엇보다도 인범에게 정신적 육체적으로 안정을 가져다주었다.

인범이는 교장선생님의 배려로 인정이 많은 제민수 담임선생님의 반에 배정되었다. 제민수 선생님은 교장선생님에게서 인범이가 고아로 토굴에 살면서 신문배달을 한다는 말을 듣고 인범이에게 여러 가지로 보살펴 주었다.

어느 날 저녁밥을 먹고 담배를 피우던 미란이 아버지가 미란이에게, 너희 학교에 신문배달을 하는 고아이고 개를 데리고 학교에 다니는 아이가 있느냐고 물었다.

"있어요. 아버지는 그 아이를 어떻게 아세요?"

"응, 오늘 학교에서 육성회를 마치고 교장선생님이 말씀하시더군."

미란이 아버지가 피우던 담배를 재떨이에 비벼 끄며 말을 했다.

"아빠, 그 아이 우리 반 아이예요. 그 아이가 왜요?"

"교장선생님이 고아라 산 밑 언덕배기에 땅굴에서 산대. 미란이 넌 알고 있니?"

"땅굴에서 산다고요? 사람이 땅굴에서 어떻게 살아요? 어머, 불쌍해! 그 아인 말도 없고 매일 개를 데리고 학교에 와요. 그리고 학교를 마치면 개를 데리고 다니며 신문배달을 한다고 교장선생님이 말씀하셨어요."

"그래, 교장선생님이 말씀을 하셨어. 미란아 그런 고아 아이는 너희들과는 생각이 다른 아이야. 가까이 하지 마."

"아빠, 그 아이 나쁜 아이가 아니에요. 땅굴에서 짐승도 아닌 사람이 어떻게 살아? 인범이가 참 불쌍해."

미란은 아버지에게서 인범이의 이야기를 듣고부터 인범이를 유심히 관찰했다. 인범이는 언제나 말이 없고 얼굴에 그늘이 져 있었다. 입술이 두툼하여 더욱 과묵하게 보이게 했다. 아직까지 미란은 인범이가 웃는 것을 본 적이 없었다.

미란이가 학원에 가기 위해 막 대문을 나서고 있는데, 자기 집 아랫집 대문 밑으로 신문을 넣고 있는 눈에 익은 소년이 시야에 들어와 가던 길을 멈추고 소년을 기다렸다. 가까이 다가온 소년은 학교에서 꽤 이름이 난 한 반인 고인범이었다. 오늘 마침 우연히 자기 집 대문 앞에서 만나는 것이다. 미란은 고아이고 땅굴에 살면서 신문배달을 하는 인범이가 불쌍하고 가엽게 보였다.

인범이가 어깨에 배낭을 메고 한 팔에는 신문을 들고 잰걸음으로 미란이 앞으로 지나가고 있었다.

미란이는 자신에게 눈길도 주지 않고 앞만 보고 걸어가는 인범을 불러 세웠다.

"애, 고인범. 우리 집엔 신문을 안 넣고 가니?"

바삐 걸어가던 인범이가 돌아섰다. 앞에 선 소녀가 누군지 몰라 멍하니 바라보았다.

"……"

"인범아, 나 누군지 몰라?"

"…… 아, 미란이구나! 너의 집엔 우리 신문 보지 않아."

"그래? 네가 배달하는 신문은 무슨 신문이야?"

"조일신문이야."

"그래, …… 가 봐."

미란은 왠지 찡하는 아픔이 밀려왔다. 부모의 슬하에서 부족한 것이 없이 살아가는 자신과 고아인 인범이와 비교하니 인범이가 가련했다. 자기는 피아노를 배우기 위해 학원에 가지만 인범은 어린 나이에 돈을 벌기 위해 어깨에는 배낭을 팔에는 무거운 신문을 한아름 안고 배달하는 것이 가여웠다. 미란은 인범이가 빠른 걸음으로 가면서 배달할 집에 신문을 투입하는 모습을 바라보면서, 우유통을 개가 끌게 하며 우유 배달을 하는 동화에 나오는 '플란다스의 개'를 생각하니 인범이가 더욱 불쌍했다.

'아! 저 큰집이 미란이의 집이구나!' 미란이의 집 주위에는 집들이 모두 크고 웅장하며 담이 높고 고급 정원수 가지가 담을 넘어 뻗어 나와 있었다. 고급 주택들만이 있는 부자들이 사는 곳이었다. 그 중에 특히 미란이의 집이 제일 크고 웅장했다. 인범이는 미란이 집인 줄도 모르고 신문배달을 하면서 이따금 으리으리한 미란이의 집을 한참이나 쳐다보기도 했다. 어떤 사람이 저렇게 크고 좋은 집에서 살까? 누구의 집인가 궁금하기도 했는데…….

'미란이는 참 부잣집에 사는구나!'

미란이의 집 담은 고급스러우면서도 고색창연했다. 벽돌담인 데다가 미장까지 하여 튼튼해 보였고, 우아한 담벼락엔 그물처럼 얽혀 있는 담쟁이 넝쿨이 시멘트벽에 흡착돼 있었다. 담쟁이의 실타래 같은 줄기에서 샛노란 잎이 돋아나고 있었다. 여름이면 온 담이 푸른 담쟁이 잎으로 덮어져 더욱 집이 아름답고 웅장할 것이다. 인범은 일 년 내내 햇살 한번 쬐어 보지 못하고 흙바닥 위에 마른 풀잎을 깐 자신의 토굴과 미란이의 집을 비교해 보니 왠지 우울해졌다. 그리고 자신과 미란이를 비교해 보았다.

언젠가 학교에서 인범이와 아이들이 있는 앞으로 사뿐사뿐 걸음걸이마저 예쁘게 걸어가는 예쁜 옷을 입은 미란이를 상민이가 물끄러미 바라보더니 '미란이가 참 예쁘다.' 라고 말을 하는 것을 듣고 언제나 짓궂고 입이 야문 상민이가 어른처럼 '야, 인범아. 미란이는 우리와는 격이 다르다.' 라고 한 말이 떠올랐다. 하긴 지금의 처지를 보면 미란이와 인범이는 너무나 환경이 달랐다. 미란이가 공주라면 자신은 그 하인이고 머슴일 것이다. 그보다 미란이의 아버지는 학교에서 육성회 회장이고 미란이는 부반장이다.

인범이가 학교에 전학을 와서 한반 아이들과 서름서름할 때 미란이가 먼저 인범이를 아는 체하고 상냥하게 대해 주었다. 복도에서 마주쳤을 때다.

"너, 고인범이라 했지? 나 김미란이야."

미란이는 미소를 던지며 자기소개를 했다. 예쁘게 미소 짓는 희다 말고 뽀송뽀송한 얼굴에 웃을 때마다 보조개가 있어 더욱 예뻐 보였다. 그때 인범은 어색한 미소로 답했다.

그 후 인범이가 학교에 다니면서 제일 먼저 미란이의 얼굴이 익었다. 코스모스처럼 몸피가 유난히도 가냘프고 얼굴이 흰 미란이는 인범이와 마주치면 잔잔한 시선에 미소를 담고 가벼운 눈인사로 대하는 친절한 소녀였다. 미란이는 옷도 호사스럽지만 무엇보다도 친근감이 가는 조용한 미소를 머금은 것이 인상적이었다.

그날 저녁이었다. 미란은 저녁을 먹고 소파에 앉아 신문을 보고 있는 아빠의 곁으로 살며시 다가갔다.

"아빠! 아빠가 보는 신문이 무슨 신문이에요?"

신문을 보다 말고 미란의 아빠는 미란을 쳐다보았다.

"대한일보야, 왜?"

"아빠, 우리도 조일신문 보면 안 돼요?"

"조일신문? 그 신문도 괜찮지. 그러잖아도 바꾸어 보려고 하고 있어. 그런데 조일신문은 왜?"

"아빠, 우리 반 아이가 조일신문을 배달하고 있어요. 아빠가 말하던 땅굴에 산다는 신문배달을 하는 그 애 말예요."

"그래, 조일신문도 괜찮지. 내일부터라도 배달하라고 해."

"아빠, 고마워요."

"그런데 미란아, 그런 아이는 가까이 하지 마!"

"왜요, 또 아빠!"

"그런 아이들은 정상적으로 자란 아이들과는 생각이 달라."

미란이 아빠는 라이터를 켜 입에 문 담배에 불을 붙이면서 말했다.

"아닌데, 그 아인 참 착한데……."

미란은 아버지의 말에 고개를 갸웃했다.

다음 날 아침, 가정부가 식탁을 치우면서 어제 저녁에 먹은 갈비찜 뼈다귀를 버리기 위해 빈 그릇에 담고 있는 것이 보였다. 미란이는 울프를 먹였으면 하는 생각이 문득 떠올랐다.

"아! 아주머니, 그 뼈다귀 버리지 말고 비닐봉지에 싸서 주세요. 아니, 제가 할게요."

미란이는 얼른 일어나 비닐봉지에 뼈다귀를 쌌다. 그리고 도시락에 안 먹은 갈비찜도 몇 개 넣었다.

"미란아, 그 뼈다귀는 뭘 하려고 그래? 그리고 갈비찜은 왜 가져가는 거야?"

"응, 엄마. 내 친구가 개를 기르고 있어. 그 개를 주려고……. 그리고 갈비찜은 점심 때 먹으려고……."

"얘는 집에서는 잘 안 먹더니……."

오전 수업을 마치고 점심시간이었다. 미란은 오늘 아침 집에서 인범이를 주기 위해 가져온 갈비찜을 넣은 도시락과 그리고 개에게 줄 갈비뼈를 싼 비닐봉지를 가방에서 끄집어내어 인범을 힐긋 바라보고 있었다. 인범은 점심시간이면 점심을 개가 있는 곳에서 같이 먹는다는 것을 알기 때문에, 인범이가 일어서면 곧 따라가기 위해서였다.

아이들은 자리에 앉아 점심을 먹기 위해 도시락을 끄집어내고 있었고, 어떤 아이들은 가져온 도시락을 함께 펴 놓고 나누어 먹으려고 삼삼오오 모이고 있었다. 또 어떤 아이는 학교 매점에서 우동을 사 먹으려고 교실을 나가고 있었다.

"미란아! 점심 먹자."

"응, 먼저 먹어. 나 조금 있다 먹을게."

미란은 건성으로 대답하고 또다시 인범이를 힐긋 보았다. 인범이가 신문지에 싼 비닐봉지를 들고 나가는 것을 확인한 미란은 도시락과 비닐봉지를 들고 자리에서 일어났다.

햇살이 소복이 모인 양지쪽 담벼락 돌팍에 앉은 인범이가 신문지에 싼 비닐봉지를 끌렀다. 김에 보리가 많이 섞인 밥을 그야말로 아무렇게 싼 주먹밥이었다. 개가 먹을 밥도 역시 보리쌀이 많이 섞여 있었다.

"자, 울프. 우리 점심 먹자. 배고프지?"

인범은 꼬리를 살래살래 흔들고 있는 개에게 비닐에 싼 보리밥을 밀어 놓았다. 그리고 커다란 배낭에서 개 밥그릇에 밥을 넣고 물을 부었다. 미란은 조금 떨어진 나무 아래에서 개와 함께 점심을 먹는 인범이를 바라보았다.

'불쌍한 인범이, 어쩌다 부모를 여의고 어린 나이에 신문배달을 하며 고생을 하는지?'

미란이는 인범이 가까이 다가갔다. 먼저 개가 밥을 먹다 말고 미란이를 보고 경계의 눈으로 가벼운 소리로 으르렁거렸다. 인범이가 뒤를 돌아보다 미란이를 발견하고 입안 가득히 주먹밥을 먹다 바라보았다. 반찬은 달랑 단무지밖에 없었다.

"……."

"인범아, 우리 아빠가 네가 배달하는 신문 오늘부터 넣어 달래? 우리 아빠가 조일신문 보고 싶대."

"……."

"인범아, 이것 먹어 봐! 널 주려고 가져왔어. 그리고 이것은 울프에게 먹여."

하며 가져온 갈비찜을 인범이 앞에 놓고 갈비뼈를 울프 앞 땅바닥에 놓았다.

"……."

인범은 미란이의 호의에 어리둥절하며 멍하니 미란이를 바라보았다.

"먹어 봐! 인범아 너 생각이 나서 가져왔어."

"미란아, 너 점심은 어쩌고?"

"난 교실에 가서 먹을 거야."

"응, 고마워. 잘 먹을게."

그제야, 인범은 갈비찜을 먹기 시작했다. 고소한 맛이 혀에 감쳤다. 너무나 맛이 있었다. 태어나고 처음 먹어 보는 갈비찜 맛이었다.

"이, 개 울프라고 했지? 왜 개가 안 먹고 보고만 있어?"

"울프는 남이 던져 주는 음식은 절대로 안 먹어."

"왜 안 먹는데? 울프야 먹어, 너 주려고 내가 가져왔어 먹어."

그래도 울프는 냄새만 맡고 먹지 않았다.

"미란아, 울프는 남이 주는 음식이나 땅에 버려진 음식을 안 먹는 훈련이 돼 있는 명견이야."

"네가 훈련시켰어?"

"아니, 개 아저씨가 훈련시켰어."

"개 아저씨?"

"울프 전번 주인이었어. 이젠 내가 주인이지만."

"그럼, 네가 먹으라고 해 봐."

인범은 갈비뼈를 그릇에 담았다.

"울프, 먹어."

울프는 먹으라는 명령이 떨어지자 갈비뼈를 와작와작 씹었다.

"어머, 그러네!"

미란은 신기한 듯 감탄을 했다.

"신문은 왜 갑자기?"

"응, 내가 네가 배달하는 신문 보자고 아빠에게 부탁했어."

"그랬구나, 고마워."

"오늘부터 배달할게. 신문 요금은 삼 개월 간 무료야."

"아니, 그러지 않아도 돼."

"아니야, 다들 그렇게 해."

"미란아, 점심 먹으러 가 봐."

3

여느 때처럼 인범은 신문을 배달하기 위해 고샅을 올라가고 있었다. 동네 중심지에서 조금 떨어진 외곽진 이곳은 가난한 사람들이 따개비 같은 슬레이트집을 다붓다붓 짓고 서로 엉키어 모여 사는, 그 동네에서는 달동네라고 부르는 곳이었다.

달동네에 사는 사람들은 신문을 보는 집이 별로 없었지만, 단 한 집이라도 구독자가 있는 이상 배달을 하지 않을 수 없었다.

인범이 울프를 앞세우고 계단을 올라가고 있는데, 저만치에서 산에 갔다 오는지 중년의 남자가 커다란 셰퍼드 개를 몰고 내려오고 있었다. 좁은 골목이라, 어느 한쪽이 비켜주지 않으면 부딪쳐 서로가 갈 수 없는 골목이라, 앞서가는 울프와 셰퍼드가 마주치지 않을 수 없었다. 울프와 셰퍼드가 정면에서 마주쳤을 때 울프도 셰퍼드도 양보를 하지 않고 버티어 섰다. 두 개는 비켜설 기미가 보이지 않았다. 셰퍼드 주인은 작은 개가 자신의 개에게 겁을 먹고 비켜설 줄 알았는데 비켜날 생각은 전혀 하지 않고 있었다. 작은 개가 자신의 큰 개에게 조금의 겁도 없이 맞서 노려보고 있는 것이 가소롭고 한편 기분이 상했다.

"칼, 가자!"

개 주인이 자신의 개에게 작은 개를 밀어붙이라고 주문하고 개 줄을 힘껏 잡아 당겼다. 인범이도 울프에게 양보를 하라고 하지 않았다. 셰퍼드 주인은, 울프는 덩치는 작지만 영리하고 용맹스러운 사냥과 투견에 강한 우리나라 천연기념물로 지정된 진도 특산 토종 진돗개이며, 전국 투견 대회에서 여러 번 우승한 명견임을 모르기 때문에 덩치가 작은 울프를 무시했고, 작은 개가 큰 개에게 길을 비켜서는 것을 당연시했다.

울프는 귀가 짧고 머리가 삼각형인데 반해 셰퍼드는 귀가 유달리 길고 쫑긋 서 있고 머리가 길고 주둥이가 매우 길었다. 그리고 온몸은 검은데 얼굴 부분과 발 부분이 회색의 색깔에 약간 누런빛을 띠고 있었다. 앞발이 유난히 굵고 튼튼했다. 키가 울프와 비교가 되지 않았다. 그러나 머리와 목만 보면 울프가 셰퍼드보다 더 크고 굵었다.

셰퍼드가 주인의 명령이 떨어지자 그 큰 이빨을 까뒤집고 물어뜯을 듯 으르렁거리며 울프를 위협했다. 위에서 내려다보는 셰퍼드는 키와 덩치가 더욱 크게 보였다. 그러나 울프도 조금도 굴하지 않고 셰퍼드를 노려보며 이빨을 드러내어 맞서 으르렁거리고 있었다. 셰퍼드가 왕왕거리며 울프를 밀어붙였다. 울프가 몇 계단 아래로 굴러 떨어졌다. 덩치가 크고 위쪽에서 밀어붙이니 밀려 넘어지지 않을 수 없었다. 굴러 떨어진 울프가 전열을 가다듬고 셰퍼드를 공격하기 위해 계단을 올라가고 있었다. 셰퍼드 개 주인은 자신의 개보다 덩치가 훨씬 작은 개가 겁을 먹지 않고 덤비는 것을 가소롭다는 듯 미소를 머금고 구경하고 있었다. 두 개가 으르렁거리는 소리를 듣고 집 안에 있던 개들이 덩달아 일제히 짖기 시작했다. 갑자기 개들이 요란하게 짖는 소리로 좁은 골목이 왁자지껄해졌다.

"울프, 그만둬!"

인범은 신문배달을 해야 하기 때문에 시간이 없고 골목 계단이라 싸울 장소가 아니라고 생각했다. 그러나 셰퍼드 주인아저씨가 덩치가 큰 자기 개를 말리지도 않고 싸움을 붙이며 즐기고 있는 것이 얄밉고 괘씸했다. 울프는 인범이가 그만두라니 공격을 중단하고 잠깐 인범을 쳐다보더니 싸움이 하고 싶은 듯 셰퍼드를 노려보았다. 인범은 울프가 상대 개에게 자신감을 갖고 있음을 알았다. 인범은 울프가 상대 개와 싸우고 싶은지 확인하기 위해 아저씨에게 배운 대로 양쪽 검지를 붙였다 떼기를 연속으로 반복하며 울프의 의향을 물었다. 울프는 싸울 뜻이 있다고 왕왕 짖었다. 그러나 지금 싸움을 시킬 수는 없었다. 신문을 배달해야 했다. 그보다 경사진 계단에서는 싸울 장소가 아니었다. 좁은 곳에서는 큰 개가 유리하다. 넓은 평지에서라야 요리조리 피하면서 공격을 해야 울프에겐 유리하다.

"조그마한 개가 겁도 없이 덤비네. 하룻강아지 범 무서운 줄 모르고 …… 칼, 가자."

개 주인은 가죽 줄에 매달려 으르렁거리는 자기 개를 힘껏 당겼다.

인범은 아저씨의 말에 자존심과 감정이 상했다. 누구보다도 싸움엔 지기 싫은 인범이라 신문배달만 아니라면 싸움을 붙이고 싶었다. 울프는 투견에 이력이 난 진돗개가 아닌가. 그보다 울프가 자신감을 갖고 있지 않은가.

"아저씨, 싸움을 붙이면 아저씨 개가 이길 수 있다고 생각하세요?"

"야 인마, 그걸 말이라고 해. 저 조그만 개가 어디 상대나 된다고 생각해? 이 개, 보통 개 아니야. 독일산 셰퍼드야."

"아저씨, 우리 울프가 아저씨 개에게 지지 않을 거예요?"

"그럼 어디 한번 싸움을 붙여 봐."

"아저씨, 제가 지금 신문배달을 해야 해요. 개싸움을 시킬 시간이 없어요."

"자아식, 변명은 잘하네. 인마 단 일 분이면 끝나."

"그렇게는 안 될 거예요. 그리고 이곳은 개싸움을 할 장소가 아니에요. 넓은 장소라야 해요."

"얘 좀 봐, 개싸움을 많이 붙여 본 것같이 말하네."

개 주인이 어이가 없다는 듯 검지로 인범을 가리키며 입을 헤벌리었다.

인범이가 개 주인을 조롱이라도 하듯 미소를 머금고 말했다.

"아저씨, 큰소리치시다가 아저씨 개가 지면 어떻게 하시려고요."

"이놈, 바라! 점점 큰소릴 치네. 그래 내기를 하잔 말인가."

"그래요. 내기해요."

"그 참, 재미있네. 네 개가 죽든지 병신이 되면 개 값 물어 달라는 말하기 없기다."

"좋아요. 아저씨 개가 저의 개에게 물려 죽든지 병신이 되면 어떻게 하시겠어요?"

"그럴 리야 없어. 내 개가 지면 요구대로 들어 줄 테니 무엇이든지 말해 봐."

"아저씨, 아저씨 집에 조일신문 안 보시지요?"

"그건 왜?"

"조일신문 안 보시면 아저씨 개가 지면 저의 신문 봐 주세요."

"그래. 우리 회사는 조일신문 보지만 집은 대한일보 봐. 겨우 내기가 그거야? 그래. 그러지."

"그럼 약속했어요. 개싸움은 일요일 아니면 전 시간 없어요."

"그래. 나도 일요일이면 좋아. 장소는 연학초등학교로 정하자."

"그래요. 우리 학교에서 해요."

"10시면 어때? 그런데 네가 그 개를 매우 좋아하는 것 같은데, 개가 죽든지 병신 되면 어떻게 할 테야?"

"그런 걱정 마세요. 우리 울프는 안 져요."

인범은 "안 져요."란 말의 끝을 올리며 자신감을 표했다.

"이놈아, 큰소리는…… 걱정 마, 적당할 때 내가 뜯어말릴 테니, 그래, 다음 일요일이야, 잊지 마. 약속은 지켜야 한다."

"네, 꼭 지킬게요. 아저씨, 안녕히 가세요."

인범은 울프를 데리고 골목을 올라갔다.

"그놈 참 맹랑한 놈이네."

"울프야, 저 개와 일요일 싸움을 해야 해, 알았지."

인범은 아저씨가 싸움을 시킬 때처럼 검지를 다시 한 번 붙였다 떼었다를 반복했다. 아저씨가 투견을 할 때 개에게 싸우겠느냐고 물을 때 하는 신호란 것을 알기 때문이었다. 그보다 자신이 있느냐고 묻는 것이라고 했다. 개가 자신이 없으면 꼬리를 내리고 짖지 않는다고 했다. 울프는 알아들었는지 꼬리를 흔들며 멍멍 짖었다. 영리한 울프는 자신이 싸움을 해야 한다는 것을 알고, 그동안 싸움을 하지 않아 싸움이 하고 싶었던 것 같았다.

"그래, 울프야! 다행이야, 네가 싸우기 싫은 것을 억지로 시키는 것 같아 미안했는데."

인범은 마음이 편했다. '그래 오늘이 월요일이니 6일 남았다. 아저씨에게 맡겨 준비를 해야지.'

그날 저녁 인범은 어둠을 덮어쓰고 울프를 데리고 아저씨 집으로 갔다. 개들이 인범이와 울프를 보고 반갑다고 요란하게 짖었다. 아저씨는 늦은 시간에 찾아온 인범을 의아스럽게 보며 무슨 일이냐고 물었다. 인범은 셰퍼드와 싸울 약속을 했다고 말하고 도와 달라고 했다.

"그래, 약속을 했으면 싸워야지. 셰퍼드라고. 셰퍼드는 용맹하고 영리하여 경찰견이나 군견으로 적합한 개지만 투견은 아니야. 그러나 크기가 차이가 나서 초반전에만 버티면 이길 수 있지만. 그래도 워낙 무게와 키 차이가 난단 말이야. 다음 일요일이라고 했지? 아저씨가 훈련을 시킬게. 그보다 울프가 계속 너를 따라 많이 걸어 다녔으니 몸은 가벼울 거야. 울프를 두고 가, 토요일까지 내가 데리고 속성 훈련을 시킬게."

"예, 아저씨."

인범은 혼자 랜턴을 앞세워 산길을 내려왔다. 울프가 몇 번을 따라 내려오려고 하다, 인범과 아저씨가 안 된다고 하니 영리한 울프는 아저씨를 따라 개집에 들어갔다. 울프와 같이 걷지 않은 밤길은 으스스 무서웠다.

다음 날 저녁밥을 먹는 자리였다.

"미란아, 너의 학교 학생 중에 개를 데리고 조일신문 배달 하는 아이가 있니?"

"네, 전번에 우리 반 아이가 조일신문 배달한다고 내가 조일신문으로 바꿔 달라고 했잖아요. 바로 그 아이예요. 그런데 아빠 왜요?"

아버지의 말에 미란이는 의아했다.

"그럼, 그 아이 같네. 미란아, 오늘 아침 조기회 축구 모임에 가니 그 아이 진돗개와 아빠 친구 장 사장 셰퍼드와 싸움을 붙인대."

"그래요. 울프는 아주 순한데요."

"미란아, 너 그 개 이름까지 알고 있네. 넌, 그 개 어떻게 알아?"

"아빠가 그 아이 땅굴에 혼자 사는 고아라고 했잖아요. 개를 종일 토굴에 둘 수 없어 개를 데리고 학교에 와요. 교장선생님이 그 아이가 개를 학교에 데리고 와도 괜찮다고 허락했대요. 그래서 울프는 그 아이가 학교 마칠 때까지 얌전히 기다리고 있어요. 그 아이도 불쌍하고 그 개도 불쌍해요. 싸움을 할 개가 아닌 것 같은데요……."

"정 사장도 상대가 안 되는 개라고 하던데, 그 아이가 자기 개가 지지 않는다고 우긴대……. 미란아, 그런 아이 너무 가까이 하지 마."

"왜 또 그래요? 아빠. 그 아이 참 착해요."

"그런 아이는 너희들과는 달라. 아무튼 가까이 하지 마."

"아빠 싸움은 언제 해요?"

"일요일, 너의 학교 운동장에서 10시에 한대."

다음 날 아침 미란이가 교실에서 인범이를 불렀다.

"인범아, 일요일 울프가 셰퍼드와 싸움을 시킨다고 하던데 사실이야?"

"……?"

"맞아?"

"…… 넌 어떻게 알아?"

"우리 아빠가 울프와 싸울 개 주인과 친구야."

미란이의 말을 들은 아이들이 우르르 미란이 가까이 다가왔다.

"뭐, 울프가 싸움을 해? 어떤 개와 싸운대?"

"우리 아빠 친구의 개인데, 셰퍼드래."

"와! 일요일 우리 학교 운동장에서 울프가 셰퍼드와 싸움을 한다."

아이들이 일제히 환호성을 질렀다.

다음 날부터 상우는 울프에게 시장에서 얻어 온 뼈다귀를 삶아 그 국물을 밥과 함께 먹이고 무거운 타이어를 끌고 오르막을 오르는 지구전을 강화하는 지옥 훈련을 시켰다. 울프는 진주에서 누렁이에게 패한 설욕을 보여 주려고 그러는지 투견이 다시 하고 싶은 것인지, 고된 훈련을 잘 참고 해 내었다.

오늘도 상우는 울프 앞에 앞다리와 뒷다리에 보호대를 부착시킨 울프와 싸울 종류의 셰퍼드 한 마리를 눕혀 놓고 앞다리와 뒷다리를 물도록 훈련을 시켰다. 그리고 투견할 때 울프의 특기인 상대 개의 귀와 생식기를 물도록 집중적으로 훈련을 시켰다.

일요일 화창한 봄날이었다. 양지쪽 담을 끼고 아름드리 굵은 나뭇가지들엔 연초록 파릇파릇 잎들이 싱그럽게 돋아나 봄이 만연하고 있었다.

넓은 운동장엔 축구를 하는 학생들이 있는가 하면 담 쪽에는 야구 글러브를 끼고 공받기를 하는 아이들, 그리고 교정 주위를 걷는 사람들도 있었다.

양지바른 쪽에 십사오 명의 아저씨들이 모여 서서 담소를 나누며 정문 쪽을 바라보고 있었다. 그들은 미란이 아버지가 속한 장 사장과 같은 조기회 축구 회원들이었다.

운동장 조례대 앞에 십여 명의 인범이 반 아이들도 모여 있었다.

"미란아, 울프보다 저 셰퍼드가 훨씬 크다. 울프가 저 큰 개에게 이길 수 있을까? 인범이가 괜한 싸움을 붙이는 것 아닐까?"

"그러게 말이야."

아이들이 인범이가 나타날 정문 쪽을 바라보며 걱정의 소리를 하고 있었다.

울프와 개싸움을 할 셰퍼드 주인인 장 사장이 준비 운동을 시키기 위해 가죽 줄에 목을 맨 셰퍼드를 끌고 운동장을 가볍게 뛰다 축구 회원들이 모여 있는 곳으로 천천히 걸어왔다.

"어이, 장 사장. 시간이 되어 가는데 상대 개가 아직 안 나타나네?"

숨을 고르며 다가온 장 사장이 주머니에서 손수건을 끄집어내어 땀을 닦으며 시계를 보았다.

"10시가 되었네. 곧 올 거야."

그때 요란한 소리가 나면서 정문에 낡은 오토바이 한 대가 들어서고 있었다. 오토바이를 타고 온 사십 대의 중년 남자 뒤에 아이가 타고 있었다. 그리고 그 뒤에 누런 진돗개가 뛰어 들어왔다.

"와! 인범이가 울프를 데리고 왔다."

아이들이 먼저 인범이를 발견하고 조례대에서 우르르 사람들이 모인 곳으로 뛰어와 울프에게 환성을 보냈다.

"울프! 울프!"

오토바이를 운동장 담 옆에 정지시킨 상우가 차에서 내렸다. 그리고 인범이도 내렸다. 사람들의 시선이 오토바이로 향했다. 그리고 개를 보았다.

"저 개야. 셰퍼드에 비해 훨씬 작네. 상대가 안 되겠는걸."

개싸움에 잔뜩 기대를 한 사람들의 실망의 소리였다. 누가 보아도 셰퍼드에 비해 키가 작은 진돗개와 싸운다니 실감이 가지 않는 눈치였다.

"아저씨, 저 왔어요."

"응, 왔어. 그런데 저분은 누구냐? 네 아버지냐?"

"아니에요. 개 아저씨예요."

"뭐! 개 아저씨?"

"아, 예. 개를 키우는 아저씨라 저 혼자 그렇게 불러요."

"……"

상우가 울프를 데리고 가까이 왔다. 셰퍼드가 울프를 보자 금방이라도 요절을 낼 듯 흰 이빨을 까뒤집고 길길이 날뛰며 울프에게 마구 덤벼들었다. 울프도 이빨을 드러내고 마주 으르렁거리며 노려보았다. 셰퍼드도 울프도 지난번 감정의 찌꺼기가 있는 것을 기억하고 있는 것 같았다. 셰퍼드 주인이 날뛰는 자신의 개를 저지시키느라고 고삐를 힘껏 당기지만 덩치가 작은 송아지만한 개가 왕왕 짖으며 울프에게 덤비니 주인이 끌려가고 있었다.

셰퍼드가 날뛰는 것을 보고 겁을 먹은 아이들이 몇 걸음 물러섰다. 아이들의 눈은 한결같이 공포와 우려의 눈이었다.

그러면서 아이들은 인범이와 함께 온 아저씨가 날뛰는 셰퍼드를 보고 빙긋이 웃는 것을 보고 안도의 숨을 쉬었다.

"인범이와 같이 온 아저씨는 자신이 있나 봐."

"글쎄."

"칼, 시끄러! 그만 가만있지 못해!"

셰퍼드 개 주인이 개 줄을 잡아당기며 셰퍼드를 달래느라고 안간힘을 쏟고 있었다. 그제야 셰퍼드가 목이 당기는지 주춤했다. 그러나 고삐를 매지 않은 울프는 잘 훈련된 개이기에, 투견에서 심판의 시작 신호가 있어야 싸움을 한다는 것을 알기 때문에 셰퍼드처럼 날뛰지 않고 셰퍼드를 노려보며 경계를 하고 있었다. 운동장에서 축구를 하던 아이들도 야구를 하던 아이들도, 어른들도 개들이 으르렁거리는 소리를 듣고 우르르 와 두 개의 주위를 에워쌌다.

"덩치와 무게 차이가 너무 나서 상대가 안 되겠는데……."

팔짱을 끼고 있던 사람이 말했다. 옆에 있던 사람도 우려의 말을 했다.

"그러게 말이야. 일방적으로 끝나겠는데……."

"아니야, 진돗개를 우습게 보지 마. 영리하고 용맹한 우리나라 천연 기념물 토종이야. 끝까지 지켜보자고. 저 진돗개 봐, 머리와 목은 셰퍼드보다 더 굵잖아. 키와 덩치만 차이 나지."

"아무리 천연 기념물이라고 하지만 크기 차이가 너무 나잖아."

인범이와 한반인 아이들도 실망의 빛이 역력했다.

"어머! 저 큰 개 날뛰는 것 봐. 인범의 개가 저 개에게 물려 죽겠어. 인범이가 왜 저 큰 개와 싸움을 시키려고 그러지?"

한 아이가 인범이에게 다가가 얼굴을 찡그리며 말을 했다.

"얘, 인범아! 지금이라도 싸움을 중지시켜, 너네 개가 물려 죽을 거야."

"……."

인범은 그러는 친구들을 물끄러미 쳐다보며 입을 굳게 다물었다. 인범의 얼굴은 굳어 있었다. 아저씨는 울프가 초반 싸움만 견디어 내면 지구전에는 울프가 유리할 것이라고 했지만 걱정이 되었다. 혹시나 울프가 물려 죽든지 병신이 된다면……. 인범은 가슴이 떨리고 조였다. 괜히 싸움을 붙였다고 후회를 했다. 울프가 싸움에 진다든지 병신이 되면 무서운 산에서 혼자 못 살 것 같았다.

'울프, 지면 안 돼.'

인범은 가만히 기도를 했다. '하느님 울프가 지더라도 죽지 않고 병신이 되지 않도록 해 주십시오.' 그러면서 셰퍼드 아저씨가 울프가 위험하면 적당한 때 싸움을 중단시켜 주겠다는 말에 은근히 기대했다.

상우가 셰퍼드 주인 앞으로 갔다.

"우리 개와 투견을 할 주인 되십니까? 저는 진돗개의 주인 김상우라고 합니다."

정중히 인사를 하며 통성명을 했다.

"아, 예. 장민호라고 합니다. 송구스럽습니다. 아이들같이 개싸움을 시켜……."

"아닙니다. 이게 다 개 키우는 재미 아닙니까? 저는 개싸움을 즐겨하지요. 그런데 개싸움도 규정을 정해야 합니다. 우선 개싸움에서 개가 죽든지 심하게 다쳐도 아무런 보상을 서로 받지 못하는 조건으로 해야 합니다. 단, 싸움 중에라도 자신의 개가 불리하면 패배를 인정하여 싸움을 중단시킬 수 있습니다. 그리고 개가 비명을 지른다든지 싸움을 포기하고 달아나면 패가 되고 상대 개가 승이 됩니다."

"당연한 말씀입니다."

"싸움 시간은 무제한으로 합시다."

"그러지요. 뭐. 곧 끝날 것입니다."

이렇게 말하고 상우는 울프에게로 가서 주머니에서 물약을 끄집어내어 울프의 목 안으로 털어 넣었다. 울프는 모처럼 받아먹는 고소하고 새콤한 맛에 입맛을 다셨다. 그 약은 개가 투견을 할 때 겁을 먹지 않고 강하게 싸우게 하기 위해 먹이는 강심제인 것이다. 사람들이 개 주인이 개에게 약을 먹이는 것을 보고 비로소 작은 진돗개는 투견 경험이 많은 개이고, 개 주인이 투견에 경력이 많은 것을 알고 더욱 흥미를 갖고 지켜보고 있었다.

울프에게 물약을 먹인 상우는 구경꾼들에게 개가 싸울 공간을 충분히 확보하기 위해 자리를 정리했다.

"개가 싸울 수 있도록 충분한 넓이가 필요합니다. 좁으면 개들이 실력을 발휘할 수 없습니다. 그리고 너무 가까이서 구경하면 위험합니다. 자, 이 선 뒤로 물러나십시오."

상우는 사람들을 물러나게 하고 막대기로 둥그렇게 선을 그었다.

"울프, 이리 와! 자, 셰퍼드도 이리 중앙으로 데려 오십시오."

긴장을 하였는지 귀를 쫑긋 세운 울프가 셰퍼드를 경계하며 상우 가까이 다가갔다.

그러나 셰퍼드는 울프와는 달리 규칙도 없이 마구 울프에게 덤벼들었다. 셰퍼드 주인이 고삐를 억지로 당겨 개를 중앙으로 끌고 왔다.

"싸움이 시작되면 개 줄을 풀어 주십시오. 줄이 싸움에 지장이 됩니다."

"아…… 예."

셰퍼드 주인은 이빨을 무섭게 드러내고 으르렁거리며 울프에게 다가가려는 개의 고삐를 힘껏 잡고 있었다. 셰퍼드가 얼마나 흥분을 하였는지 입에서 흰 거품이 묻은 느침이 가득 묻어 있었다.

"어머, 저 개 봐, 무서워!"

여학생들이 셰퍼드가 거품을 물고 설치는 것을 보고 무서워했다.

"잠깐 줄을 잡고 계십시오. 제가 손으로 시작 신호를 하면 그때 고삐를 놓아 주십시오."

상우가 오른손을 높이 올렸다. 울프가 싸울 자세를 취하고 상우의 손을 보고 있었다. 지금까지의 자세와는 달리 셰퍼드 가까이 다가가 무섭게 노려보며 몸을 바짝 낮추었다. 사람들도 긴장을 했다. 그러면서 셰퍼드에 비해 작은 울프에게 동정의 시선을 보내고 있었다. 누가 보더라도 이 싸움은 덩치가 큰 셰퍼드가 일방적으로 이길 것이라는 생각을 하고 있었다.

"시작!"

번쩍 들었던 상우의 손이 빠르게 밑으로 내려졌다. 동시에 셰퍼드의 주인이 줄을 풀었다. 고삐가 풀린 셰퍼드가 울프를 덮치려고 저돌적으로 울프를 향해 돌진했다. 그러나 셰퍼드의 돌진은 힘으로 밀어붙이려는 맹목적 돌진이었다.

"울프, 피해!"

아저씨의 날카로운 주문이었다.

셰퍼드가 울프를 덮치려는 찰나 울프가 살짝 몸을 비켰다.

"그래, 울프, 잘했어."

상우가 짤막한 소리를 내뱉었다. 셰퍼드가 울프를 깔아뭉갤 찰나, 울프는 훈련을 받은 대로 몸을 살짝 피한 것이다.

와! 하는 사람들의 탄성이 터져 나왔다.

울프가 살짝 피하자 돌진하던 셰퍼드가 헛방을 쳤다. 중심을 잃은 셰퍼드가 돌아서서 울프를 찾았다. 울프는 벌써 다음 자세를 취하고 셰퍼드를 노려보며 앞발을 낮게 낮추고 공격에 대비하고 있었다. 사람들이 울프가 살짝 몸을 비키고는 다음 동작을 취하는 것을 보고 놀란 눈으로 다음 동작의 추이를 지켜보고 있었다. 보통 개의 마구잡이 싸움과는 달리 작전을 쓰는 개를 보고 아연 놀라고 있었다. 돌아선 셰퍼드가 다시 울프를 향해 돌진했다. 이번엔 납작 엎드려 있던 울프가 셰퍼드가 자신의 몸을 덮치려는 순간 펄쩍 몸을 솟구쳐 셰퍼드를 뛰어넘었다. 작은 개가 큰 개를 뛰어넘는 묘기를 보고 사람들이 놀라지 않을 수 없었다.

"와, 잘한다!"

구경하던 사람들이 환성을 질렀다. 울프는 투견을 하기 위해 주인에게서 높이 뛰는 훈련을 받았기 때문에 가능한 것이다. 이번에도 헛방을 친 셰퍼드가 돌아서서 숨을 헐떡이며 믿어지지 않는 듯 멍하니 울프를 보고 있었다.

"울프, 잘했어!"

상우가 다시 울프를 칭찬했다. 가슴을 조이고 있던 인범은 민첩한 울프의 싸움 기술에 쾌재를 부르며 안도의 한숨을 길게 내쉬며 불안에서 벗어나고 있었다.

울프가 큰 개에게 무참하게 당할 것이라고 맘 졸이며 안타깝게 지켜보고 있던 미란이와 친구들도 의외로 인범의 개가 잘 싸우는 것을 보고 두려움에서 벗어나고 있었다. 셰퍼드 주인 장 사장은 자기 개가 단숨에 작은 개를 물어뜯어 일방적으로 끝날 줄 알았는데, 작은 개가 기술을 쓰고 있는 것을 보고 한편 걱정을 했지만 작은 개가 자신의 개를 피할 뿐 물어뜯지를 못할 것이라고 생각을 했다. 자기 개가 곧 작은 개를 무참하게 물어뜯어

박살을 낼 것이라고 믿어 의심치 않았다.

셰퍼드가 울프를 다시금 덮치자 이번엔 울프가 재빠른 동작으로 셰퍼드를 피하더니 셰퍼드의 뒤쪽에 바짝 붙어 셰퍼드 꼬리의 중간을 꽉 물었다. 꼬리를 물린 셰퍼드가 이리저리 방향을 바꾸어 뱅뱅 돌며 울프를 물려고 하였지만 동작이 빠른 울프가 꼬리 쪽에 바짝 붙어 이리저리 피했다. 그러면서 단단히 문 꼬리를 놓지 않았다. 운동장은 두 개가 서로 물려고 뛸 적마다 먼지가 풀썩풀썩 일어났다.

"와! 저 진돗개 싸움 실력이 기똥차다."

한 아저씨가 커다란 소리로 환성을 질렀다.

"와, 울프 잘한다. 울프, 울프!"

아이들도 울프를 연호하며 응원의 열기를 돋웠다.

이러기를 몇 차례 돌던 셰퍼드가 숨을 몰아쉬며 헐떡이기 시작했다. 한 번도 제대로 물지 못한 셰퍼드는 이젠 기진맥진 상태였다.

"울프, 이제 공격해!"

드디어 아저씨가 공격 명령을 내렸다. 울프가 상우의 말을 알아들었는지, 단단히 물었던 꼬리를 놓고 수세의 자세에서 공세의 자세를 취하며 무섭게 흰 이빨을 까뒤집고 셰퍼드에 맞섰다. 셰퍼드가 기다렸다는 듯 큰 입을 벌리고 울프를 물려고 했다. 그러나 울프의 동작이 더 빨랐다. 재빠른 동작으로 펄쩍 뛰어 셰퍼드의 등에 올라타고는 셰퍼드의 큰 귀를 덥석 물었다. 투견 경험이 많은 울프가 투견의 기본기가 전혀 되어 있지 않은 무방비 상태의 셰퍼드의 큰 귀를 공격하기는 너무나 간단했던 것이다.

"와! 인범의 개가 이긴다! 작은 개가 이긴다!"

두 손을 모으고 친구들과 안쓰럽게 구경을 하던 미란이가 울프가 셰퍼드를 이기는 것을 보고 아버지에게 뛰어갔다.

"아빠! 인범이의 개가 큰 개에게 이기고 있어요."

"그래, 저 개 대단한 개야. 오늘 장 사장 그야말로 개망신 당한다."

미란이가 다시 친구들에게 돌아왔다.

울프가 셰퍼드의 큰 귀를 위에서 단단히 물고 늘어졌다. 귀를 물린 셰퍼드가 울프의 이빨에 물린 귀를 빼려고 하지만 싸움에 이력이 난 울프가 상대 개의 귀를 놓아 줄 리 없었다. 셰퍼드가 귀를 움직일수록 더욱 이빨을 강하게 박았다.

인범은 진주벌에서 누렁이의 귀를 물어 꼼짝 못 하게 했던 그때가 생각나 공포의 몸서리가 났다. 그때 누렁이가 자신의 귀를 찢기어 가면서 울프에게 벗어나 울프의 다리를 부러트린 것이 기억이 났기 때문이었다. 그러나 이번엔 셰퍼드의 귀가 워낙 커 그럴 염려는 없을 것 같았다. 그보다 셰퍼드는 독종 누렁이처럼 자기 귀를 찢기어 가며까지 울프에게 이기려고 할 개가 아닐 것으로 생각이 들었다.

"와! 울프, 잘한다."

미란이와 친구들이 펄쩍펄쩍 뛰며 환호성을 질렀다. 아이들이 뛰니 먼지가 풀썩풀썩 일어났다.

"울프, 단단히 물어!"

상우는 회심의 미소를 짓고 있었다. 저 셰퍼드는 투견이 아니고 동네 개들의 싸움 이상도 이하도 아닌 것임을 알았다. 울프가 급소인 귀를 문 것으로 싸움은 사실상 이미 끝난 것으로 결정된 것이다. 귀를 놓아 줄 울프가 아니라는 것을 너무나 잘 알기 때문이었다.

"칼! 무엇해! 빨리 일어나!"

"싸움은 이제 끝났습니다. 중단시킬까요."

"무슨 말씀. 우리 개가 저까짓 작은 개를 이기지 못할 것 같아요. 칼! 빨리 일어나라니까."

"……"

셰퍼드가 대가리를 마구 흔들며 울프에게서 벗어나려고 안간힘을 썼지만 그럴수록 울프는 더욱 이빨을 깊이 박았다. 셰퍼드의 귀에서 붉은 피가 흐르고 있었다. 사람들은 큰 개가 덩치만 컸지 자기보다 훨씬 작은 개를 제대로 공격다운 공격 한번 해 보지 못하고 귀가 물려 꼼짝 못 하는 것을 보고 놀라고 있었다.

싸움을 시작할 때 마구 날뛰며 작은 개를 당장 요절을 낼 듯 덤비던 셰퍼드가 작은 개에게 귀를 물려 대가리가 비딱하게 운동장 모래 바닥에 처박혀 숨을 헐떡이고 있는 몰골이 너무나 초라했다.

"어떻게 하시겠어요. 중단시킬까요?"

"……."

낭패한 셰퍼드 주인의 얼굴이 벌겋게 달아올라 있었다.

"장 사장, 중단시켜! 저 진돗개 보통 개가 아니야. 개 주인도 투견에 경험이 많은 사람 같아!"

"아니야! 우리 칼이 곧 일어나 저 개를 요절낼 거야!"

셰퍼드 주인이 아직도 미련을 갖고 있다는 것을 알고 상우는 빨리 끝내야 한다고 생각했다.

"울프! 빨리 공격해!"

상우가 두 손으로 신호를 보냈다.

울프가 공격의 신호를 듣고 무섭게 으르렁거리며 대가리를 마구 흔들었다. 셰퍼드의 귀를 문 채 으르렁거리는 소리가 입안에 가득했다. 셰퍼드가 드디어 깨갱깨갱 비명을 질렀다.

"울프, 이제 그만해! 울프가 이겼어!"

"와! 울프가 이겼다!"

아이들이 두 손을 번쩍번쩍 들고 환호성을 지르며 운동장을 펄쩍펄쩍 뛰고 있었다. 그 중에 미란이가 제일 기뻐했다. 미란이도 친구들과 같이 두 손을 번쩍번쩍 들고 운동장을 펄쩍펄쩍 뛰었다.

개싸움은 셰퍼드가 작은 개를 한 번도 제대로 못 물고 싱겁게 끝났다.

"개새끼! 덩치 값도 못하고 저 작은 개에게 지고 있어."

얼굴이 벌겋게 상기된 장 사장이 아직도 귀에서 붉은 피가 흐르는 개의 목에 줄을 채우며 투덜거리고 있었다.

"그 개 야단치지 마세요. 이 진돗개 전국에서 일등을 여러 번 한 챔피언 개예요."

"아! 그래요!"

장 사장은 비로소 아이가 자기 개가 지지 않을 것이라고 말을 하는 것이 이해가 갔다.

그 후 인범이가 장 사장 집에 신문을 배달하면서, 어쩌다 셰퍼드가 울프를 만나면, 셰퍼드가 겁을 먹고 꼬리를 내리고 오줌을 질질 싸곤 했다. 장 사장이 이러는 자신의 개를 보고 인범을 바라보며 민망해했다.

달수의 복수전

1

어느 날 인범이가 배달을 마치고 보급소로 가고 있는데, 길목에서 달수가 제 또래 아이 몇 명과 함께 서 있었다. 그들은 모두 머리스타일과 옷매무새, 그리고 행동들이 잔뜩 불량기를 자랑하고 있었다. 아마 인범이를 기다리고 있었던 것 같았다. 그리고 조금 뒤쪽에 용수와 지용이, 그리고 형준이도 보였다. 형준이는 근심 어린 눈으로 인범이를 안쓰럽게 바라보았다.

인범과 달수는 지난번 결투를 한 후 서로 보지 못한 지 6개월 만이었다.

"야, 촌놈, 잘 있었나? 그동안 네 놈을 죽이기 위해 육 개월을 칼을 갈았다. 달아날 생각 말고 조용히 따라와!"

불량한 중학생들은 인범이를 노려보며 히죽거리고 있었다.

"달수, 저 새끼가 네가 말하던 그 새끼야? 아직 젖비린내 나는 어린놈이네. 저 새끼에게 복수하기 위해 그동안 그렇게 오래 칼을 갈았나?"

달수는 아무 말없이 앞장을 서 가고 있었다.

인범은 예상한 대로 드디어 올 것이 왔구나 생각했다. 그런데 육 개월이나 칼을 갈았다니 달수로서는 인내하기가 힘이 들었을 것인데……, 그러면 무슨 칼을 갈았단 말인가? 궁금했다.

인범은 달수가 앞장을 서 가는 것을 보고도 움직일 생각을 하지 않고 있었다. 이를 본 세 놈은 가다 말고 돌아섰다.

"야, 이 새끼! 안 따라오고 뭘 해, 빨리 따라와!"

지용이와 용수는 비릿한 미소를 흘리고 있었다. 형준이가 인범이 가까이 왔다.

"인범아! 지금 달아나. 달수가 그동안 태권도를 배우고 있었는데. 나도 오늘 처음 지용이에게 들었어. 달아나, 빨리!"

"형, 오늘 달아난다고 그냥 넘어갈 수 있겠어요?"

"그럼 어쩔 테야?"

"부딪쳐 봐야죠."

"심하게 맞을 텐데."

앞장서 가던 달수와 깡패들이 돌아서 보고 있었다.

"이 새끼야, 빨리 와! 달아날 생각 마!"

영리한 울프가 아이들이 큰소리를 치는 걸 보고 무슨 낌새를 챘는지 인범이 가까이 붙었다. 울프는 주인을 해치는 사람에게서 주인을 보호하는 훈련을 받은 맹견이었다.

인범은 말없이 걸었다. 형준이가 근심스러운 얼굴로 인범을 바라보며 인범을 따랐다.

달수가 으슥한 넓은 공간에서 기다리고 있다가 인범이가 오는 것을 보고 가죽장갑을 천천히 끼고 인범이 앞으로 다가왔다.

인범이는 달수도 태권도를 배우고 있다니, 그동안 배운 태권도를 시험할 좋은 기회라고 생각했다.

"야, 촌놈. 내 구역을 네놈이 차지했다며?"

"……."

"이 새끼야, 겁먹지 말고 말해 봐!"

"네 구역을 내가 차지했다고? 너는 소장님에게 미안하지도 않아? 예고도 없이 그만두어 소장님이 네 구역을 배달하도록 하고도. 소장님이 지용이와 용수, 그리고 형준이 형에게 맡아 달라고 하셨단 말이야. 그러나 시간이 너무 걸려 맡지를 못한 거야. 그래서 내가 책임감으로 맡은 거야.”

“소장은 고생 좀 해야 한다 말이야. 그리고 네놈이 무슨 책임감이 있어?”

“왜 책임이 없어? 네가 나에게 항복하고 내가 겁이 나고 창피해서 우리 보급소를 그만둔 것 아닌가? 그렇지 않으면 왜 우리 보급소를 그만두었어?”

“…… 뭐 네가 겁이 나고 창피해서 그만두었다고!”

“그럼 왜 그만두었어? 말해 봐.”

“……”

지용이와 용수, 형준은 그리고 세 깡패들도 인범이가 당당하게 말하는 것을 보고 놀랐다.

“그리고 나에게 이길 자신이 없어 저치들을 데리고 왔어?”

“뭐, 이 새끼야! 친구를 데리고 온 것은 내가 네놈을 KO 시키는 것을 보여 주기 위해 데리고 왔어. 지용이, 용수, 형준이도 내가 불렀단 말이다.”

“그래, 내가 오해해서 미안하다. 그러면 빨리 한번 붙어 보자. 나는 시간이 없다.”

인범은 언제나 몸에 지니고 다니는 소장이 사 준 손가락이 없는 가죽장갑을 주머니에서 끄집어내어, 전번에 달수에게 기습공격을 몇 번이나 당한 것이 기억이 나, 달수를 경계하며 천천히 끼었다. 달수는 인범이가 싸움할 때만 사용하는 손가락 없는 가죽장갑을 끼는 것을 보고 아연 놀랐다. 저 새끼가 싸움을 대비해서 가죽장갑까지 준비하고 있었구나! 은근히 신경이 쓰였다. 그리고 촌놈이 그 사이 키가 커졌고 몸도 많이 건강해진 것을 보고 내심 놈이 만만찮게 보여 약간의 두려움마저 들었다. 그러나 달수는 6개월 동안 도장에서 품새와 자유 대련을 많이 했기 때문에 자신이 촌놈에게 진다고는 조금도 생각하지 않았다. 달수는 인범이도 태권도장에 다녔고 태권도 3단인 소장의 특별 개인 교습으로 비술을 배우고 있다는 것을 모르고 있었던 것이다.

인범은 소장이 달수가 반드시 깡패들을 동원하여 흉기나 몽둥이로 테러를 할 것이니 길을 걸을 때 미행을 조심하라고 한 말이 떠올랐다. 그래서 인범은 길을 갈 때 기습에 대비해서 미행자를 주의하고 골목 모퉁이를 돌아 들어가기 전 살피며 걸어가곤 했었다. 몇 달이 가도 아무 일이 일어나지 않아 인범도 소장도 이상하게 생각했는데 오늘 달수가 정면에서 당당하게 기다리고 있는 것이다. 그러나 달수가 그동안 자신에게 복수를 하기 위해 태권도를 배웠다는 말을 듣고, 소장의 예감이 빗나가지 않은 것에 역시 어른의 예감은 아이들과 다르다는 것을 알았다.

달수는 놈에게 잡혀서는 안 된다고 생각했다. 놈이 지난번처럼 잡으려고 사정권 안에 오면 발차기로 놈을 격퇴할 계획을 세웠다. 달수는 태권도 자세를 취하고 무서운 눈으로 인범을 노려보며 다가갔다. 그 눈은 섬뜩하리만치 살기 띤 눈이고 안면 근육이 실룩거리고 눈꼬리가 파르르 떨리고 있었다. 달수가 얼마나 인범이에게 원한을 품고 있었는지는 살기 띤 눈과 얼굴의 표정에 역력히 나타나 있었다.

그러나 인범은 달수에 비해 감정의 흔들림은 없었다. 다만 도장에서 배우고 익힌 대로 한 치의 오차 없이 싸워야 한다고 다짐하며 달수의 움직임을 읽고 있었다.

인범은 달수가 태권도를 배우고 있다는 말을 형준이 형에게서 듣고 먼저 달수의 발길질에 대비했다. 태권도를 배우기 전에도 달수의 발길질이 위협적인 것을 기억하고 있었다.

예상대로 달수는 발길질로 인범을 무섭게 몰아붙였다. 달수의 발끝이 매섭고 스피드가 대단했다. 육 개월 전과는 비교가 되지 않았다. 달수가 발차기를 중점적으로 단련한 것 같았다. 만약 인범이도 태권도를 배워 대련을 익히지 않았다면 달수의 공격에 치명상을 입었을 것이다. 인범은 달수의 발길질이 뻗어올 때마다 사정권에서 벗어나 피했다. 달수의 발길질이 탄력이 있고 빨랐지만 인범은 침착하게 달수의 공격을 팔뚝 가로막기로 방어했다. 달수의 발길이 얼마나 매섭고 스피드가 빠른지 발길질이 옆구리와 얼굴을 스쳐 갈 때마다 바람이 휙 휙 일었다.

형준은 달수가 지용이와 용수에게 비밀로 하라고 했기 때문에 달수가 그동안 태권도를 배우고 있다는 사실을 몰랐다. 그리고 다른 지역에서 신문을 배달하기 때문에 만날 일이 없었다. 형준은 오늘 지용이에게서 달수가 인범이를 데리고 오라고 하더라는 말을 듣고 왜 그러느냐고 물었다. 지용인 달수가 복수전을 한다고 했다. 전번 싸움에 졌는데 왜 또 붙자고 하느냐고 물으니, 지용이는 이번에는 인범이가 존나게 터질 것이라고 하며, 그동안 달수가 태권도를 배워 청띠를 땄다고 하고 곧 홍띠를 딸 것이라고 의기양양했다. 그 소리를 듣고 형준은 걱정을 하며 인범이에게 주의하라고 했던 것이다. 형준은 인범이가 자신의 말을 듣고도 조금도 동요를 하지 않고 고개만 크게 끄덕이는 것을 보고 내심 걱정이 되었다.

형준은 인범이가 지금까지는 달수의 공격을 용케 버티어 왔지만, 곧 태권도를 배운 달수에게 심하게 맞는 것을 보아야 하는 안타까움을 감추지 못해, 자기도 모르게 두 손을 만지작거리며 안절부절못하고 있었다.

입이 무거운 인범은 자신이 태권도를 배우고 있다는 말을 형준이에게 전혀 하지 않았기 때문에 형준은 모르고 있었다. 그래서 형준은 태권도를 배우고 있는 달수가 인범이를 이길 것이라고 걱정을 하고 있었던 것이다. 한편 지용이와 용수도 인범이가 달수에게 무참하게 깨지는 즐거움을 맛보려고 희색이 만면한 여유 있는 얼굴을 하고 있었다.

인범은 달수의 발차기를 주의해야겠다고 생각했다. 달수의 공격에서 허점을 찾았다. 달수가 발길질을 할 때 왼팔로 방어하는 것과 동시에 달수를 공격하기로 계획을 세웠다. 그것은 소장의 가르쳐 준 비법이었다. 상대가 공격을 하다가 수비 자세로 전환하는 것은 시간이 걸리기 때문이다. 공격과 수비의 전환 그 순간의 시간차를 포착하면 정확한 공격을 할 수 있다고 하여 소장과 대련할 때 그 연습을 집중적으로 했다.

소장이 가볍게 발차기로 공격할 때 인범은 소장이 가르쳐 준 비법대로 왼팔로 상대의 무릎 아래 정강이를 방어함과 동시에 전광석화처럼 접근하여 상대의 턱이나 관자놀이를 주먹으로 강타하면 대부분 KO 시킬 수 있는 비법을 잊지 않았다.

인범은 달수의 발차기를 몇 번이나 피했다. 흥분한 달수는 계속 인범이를 몰아붙였다. 인범은 기회를 포착하기 위해 달수의 동작을 세심하게 읽었다. 형준이와 지용이, 용수, 그리고 중학생들이 숨을 죽이고 달수와 인범의 동작 하나라도 놓치지 않고 싸움을 지켜보고 있었다. 그러면서 달수의 공격을 한 치의 빈틈없이 막아내는 인범이의 싸움 기술에 내심 놀라는 표정이 역력했다.

달수는 빠르고 강한 발길로 인범의 가슴과 얼굴을 노리며 무섭게 몰아붙였다. 달수의 공격 목표를 간파한 인범은 달수의 허점을 찾았다. 인범이 의도적으로 어설픈 동작을 취하며 달수를 유인했다. 달수가 이때를 놓치지 않고 인범의 얼굴을 향해 발을 날렸다. 그 순간 인범은 달수의 발길을 피함과 동시에 "어이!" 기합을 토하며 전광석화처럼 중심을 잃은 달수에게 접근하여 무방비 상태로 노출된 턱에 필살의 주먹을 정확히 꽂았다. 툭 하는 둔탁한 소리가 나며 턱을 움켜쥔 달수가 뒤로 비실비실 몇 걸음 물러나더니 그대로 땅바닥에 키대로 뻗었다. 인범은 소장이 가르쳐 준 비법대로 달수가 다음 동작을 취하기 전 찰나의 순간을 포착하여 주먹으로 강타한 것이다.

땅에 넘어진 달수는 피를 토했다. 달수는 더 이상 일어나지 못했다. 달수가 넘어져 일어나지 못하자 같이 온 세 학생이 동시에 인범이에게 덤벼들었다. 이때다. 싸움의 전개를 지켜보며 잔뜩 긴장하고 있던 울프가 인범이보다 먼저 맨 앞에서 공격해 오는 놈의 가슴에 뛰어올라 얼굴을 물어뜯었다. 놈은 악 소리를 내며 달아나기 시작했다.

인범은 두 놈 중 한 놈의 가슴에 수도로 급소인 명치를 가격했다. 놈은 억 소리를 내며 조용히 뻗었다. 울프가 뒤에서 덤벼들던 놈에게 덤벼들었다. 개가 자기에게 덤벼들자 놈은 그대로 줄행랑을 쳤다.

울프가 놈의 뒤를 쫓는 것을 보고 "울프, 그만둬!" 소리를 질렀다. 인범이가 울프를 그만두게 하지 않으면 울프는 끝까지 따라가 물어뜯는다는 것을 알기 때문이었다. 울프는 놈을 쫓다 말고 돌아섰다. 싸움을 구경하던 지용이도 용수도 형준이도 순간적으로 일어난 결과와 개의 출연에 망연자실하여 벌린 입을 다물지 못했다. 그들은 개가 투견에서 용맹을 떨친 진돗개라는 것을 모르고 있었던 것이다.

인범은 싸움이 끝나자 할 일을 다 했다는 듯 형준이에게 먼저 간다고 말하고 미련 없이 울프를 데리고 표표히 사라졌다.

지용이, 용수가 달수에게 다가가, 달수의 입 언저리에 묻은 피를 손수건으로 닦아 주고 달수를 일으켰다. 달수는 겨우 일어나 두리번거리며 인범이를 찾았다. 보이지 않았다.

"이 새끼, 어디 갔어."

"……."

이빨이 아팠다. 달수는 이빨을 만져 보았다. 이가 부러지지는 않았지만 이가 흔들리고 많이 아팠다. 달수는 놈이 두려웠다. '나는 인범이를 이길 수 없단 말인가?' 6개월 동안 피가 마르는 복수의 칼날을 갈았는데, 놈은 지난번보다 더 강했다. 달수는 너무나 허탈하고 허망했다.

달수는 인범이가 소장에게 태권도를 배우고 있다는 것을 꿈에도 모르고 있었다. 놈이 두려웠다. 겨우 6개월 지났는데 키도 더 커졌고 몸도 건강해졌고 싸움도 더 잘했다. 도저히 이 참패의 수모를 참을 수 없었다. 달수는 마지막 한 가지 기습 극을 계획했다.

2

　며칠 후 저녁이었다. 어스름이 골목에 서서히 덮일 무렵 달수는 지난번 싸움에 가담했던 불량한 세 친구를 데리고 인범이가 신문배달을 마치고 지나갈 길모퉁이에 서서 인범을 기다렸다. 달수와 친구들의 손에는 쇠파이프를 들고 있었다. 달수는 인범이와 개를 해칠 두 가지 계획을 세웠다. 이번에도 개가 달려든다면 쇠파이프로 개 대가리를 박살내어 죽이자고 친구들과 의논했다. 인범에겐 쇠파이프로 어깨나 팔을 분질러 인범이가 다시는 싸움을 못하도록 불구로 만들자는 잔인한 계획을 세웠다. 중학생인 달수는 겨우 초등학생인 놈에게 두 번이나 참패를 당한 분함을 복수를 하지 않고는 도저히 견딜 수가 없었다.

　달수는 친구들과 치밀한 기습 계획을 세우고 으슥한 골목에 숨어 기다리고 있는 것이다.

　"야, 대길아! 너는 봉태와 개 대가리를 무참히 찍어 버려! 그 개 보통 개가 아니야? 무슨 훈련을 받은 것 같아."

　"응, 걱정 마. 개새끼를 죽여 버릴 거야. 그때 당한 복수를 깨끗이 갚아 줄 거야."

　놈은 쇠파이프를 단단히 손에 쥐며 각오를 다짐했다.

　"태수야! 넌 나를 도와 놈을 까자. 놈의 머리나 팔을 작살내어 병신을 만들든지 죽여 버리지 않고는 놈과 이 지구상에 같이 살 수는 없어."

"알았어. 너 소원 풀어 줄게. 걱정 꺼."

인범이가 배달을 마치고 집으로 가고 있었다. 앞쪽에서 두 아저씨가 뒤를 힐긋힐긋 돌아보면서 이야기를 나누며 걸어오고 있었다.

"저 아이들, 노상강도 아니야?"

"글쎄, 아직 어린데 겨우 중학생이 무슨 노상강도 짓이야 하겠어?"

"아니면 왜 쇠파이프를 들고 숨어 있지?"

인범은 지나가는 두 아저씨의 말을 듣고 불안한 예감이 뇌리를 때리며 달수의 얼굴이 섬광같이 떠올랐다. 그렇다, 달수일 것이다. 놈이 이제 비겁하게 흉기까지 사용하며 기습으로 기어이 복수를 하려고 내가 다니는 길목에 숨어 기다리는구나! 소장님이 달수를 조심하라는 말이 떠올랐다. 미행과 곡각 지점에서의 기습을 주의하라는 소장님의 말. 인범은 걸음을 멈추고 어둠이 밀려드는 하늘을 쳐다보았다. 그리고 눈앞에 닥친 위험을 어떻게 대처해야 할지 잠시 생각했다.

인범은 달수의 집념에 몸서리쳤다. 나와의 싸움에서 진 달수가 6개월간 태권도를 배워 복수전을 하였지만 졌고, 또다시 무기를 가지고 복수전을 하겠다고 골목에 잠복해 있다는, 달수의 집념에 인범은 진저리를 쳤다.

인범은 고향에서 형들과 싸워 지고 며칠을 두고 찾아가, 상대가 항복할 때까지 끈질기게 시비를 걸었던 자신을 생각하며 고개를 끄덕이었다.

인범은 걸음을 멈추고 잠시 생각에 잠겼다. 길을 계속 걸어가야 할지? 아니면 돌아서서 길이 멀어도 다른 길로 달수를 피해 달아나야 할지, 생각을 정리해야 했다. 이대로 아무 대비 없이 위험 속으로 뛰어든다면 쇠파이프에 맞아 병신이 될지 모른다. 아니, 죽을지도 모른다.

인범은 겁이 났다. 겁이 난다고 생각하니 온몸이 떨렸다. 그래, 달아나

자. 달아나면 그만 아닌가? 자신에게 복수를 하려는 끈질긴 달수가 무서워졌다. 인범은 이대로 다른 길로 달아나고 싶었다.

인범은 달아나야겠다고 생각을 하면서도 얼른 돌아서지 못했다. 발걸음이 땅에 붙은 듯 떼이지 않았다. 위험하다고 달아나는 것은 비겁자가 아닌가, 언제부터 내가 달수를 무서워했단 말인가, 지금까지 나는 달수를 피하지 않았지 않은가.

그런데 오늘은 왜 이렇게 달수를 두려워한단 말인가. 달수가 흉기를 가지고 있어 그런가, 인범은 뒷걸음하고 담벼락에 기대었다. 그리고 어둠이 밀려드는 하늘을 다시 쳐다보았다. 밤하늘에 별이 빛나고 있었다. 오늘 달수를 피한다고 달수가 복수를 포기하지는 않을 것이다. 피할 수 없는 달수라면 오늘이 좋은 기회가 아닌가. 다행히 길가는 아저씨가 위험을 알려 준 것이 행운이었다. 순간 온몸에서 뜨거운 피가 끓고 투지가 솟구쳤다.

'그래! 오늘 놈의 기습을 멋지게 막아 보자. 오히려 내가 놈의 기습을 역이용하자. 그래, 이에는 이, 눈에는 눈이라는 말이 있지 않은가, 그렇다면 나는 어떻게 무엇으로 달수를 공격해야 한단 말인가.'

울프가 인범이의 행동이 이상한지 자꾸만 인범이를 쳐다보았다.

인범은 벽에서 몸을 떼고 발길을 돌렸다. 아까 길가 나무더미가 있는 것을 보았기 때문이었다. 앞에서 걸어가던 울프도 묵묵히 인범을 따랐다. 인범은 나무더미에서 적당히 굵은 나뭇가지를 골랐다. 아마 동사무소에서 야산의 나무들이 너무 조밀하여 간벌을 하여 둔 것 같았다.

인범은 단단하게 보이는 가지 하나를 골라 잔가지를 꺾고는 돌에 걸쳐 두고 큰 돌을 들어 올려 내리찍었다. 꿍, 땅이 울리고 나무가 뚝 부러졌다. 갑자기 내리찍는 소리에 울프가 깜짝 놀라 후닥닥 몇 자국 물러나 경계 태세를 취했다. 인범은 긴장한 울프를 보며 빙긋이 웃고는 돌에 찍힌 나무를 꺾어 손에 쥐어 보았다. 묵직한 감각이 손에 느껴졌다. 인범은 야구 방망이를 휘두르듯 허공을 향해 휘둘렀다. 쉬이익, 바람소리가 밤하늘을 갈랐다. 울프가 긴박함을 예감했는지 귀를 쫑긋하고 인범을 쳐다보았다.

인범은 몽둥이를 들고는 가던 길을 되돌아 걸어가다 담벼락에 붙어 있는 채소밭 앞에서 잠시 걸음을 멈추고 담벼락 모퉁이에 한 무더기의 돌멩이가 있는 것을 유심히 바라보았다.

'그래! 나는 돌팔매질을 잘 하지 않았나.'

인범은 돌팔매질이라면 자신이 있었다. 고향에서 마당에 곡식을 말리기 위해 늘어놓은 것을 쪼아 먹기 위해 새나 비둘기들이 떼로 몰려오면 인범은 돌멩이를 새떼 중심에 던져 잡아먹곤 했었다. 특히 비둘기의 털을 뽑아 볶아 먹으면 기막히게 맛이 좋았다. 인범이는 시골에서 친구들과 길을 가다 심심하면 전봇대를 맞히는 시합을 하곤 했다. 그때마다 친구들에게 한 번도 지지 않았다. 형들에게도 지지 않았다. 돌팔매는 자신이 있었다. 인범은 밭 안으로 들어가 던지기에 알맞은 돌멩이 몇 개를 골라 양쪽 호주머니에 넣고 돌 하나를 오른손에 단단히 쥐었다.

영리한 울프가 몽둥이를 준비하는 인범이를 보고 긴박한 사태를 감지했는지 바짝 긴장을 하고 주위를 경계하며 앞장을 서며 주인의 얼굴을 쳐다보았다. 인범은 손가락을 입에 대고 조용히 하라는 신호를 보내고 손짓으로 울프를 뒤로 물러나게 했다. 울프는 짖지 말라는 것과 공격하라는 신호는 훈련을 받아 잘 알고 있었다. 위험한 사태를 감지한 울프는 꼬리를 살래살래 흔들며 자기가 앞장을 서겠다는 듯 뒤로 물러서려고 하지 않았다.

인범은 울프가 걱정이 되었다. 울프가 앞장을 서 먼저 공격한다면 놈들이 울프에게 쇠파이프로 난타할 것이다. 지난번에 울프의 공격에 혼이 난 그들이 아닌가. 이번엔 울프를 그냥 두지 않을 것이 자명했다. 놈들이 울프에 대한 철저한 대비를 했을 것이다. 울프가 놈들의 휘두르는 쇠파이프에 맞는다면 울프의 몸 어딘가는 부서지는 치명상을 받을 수도 있다.

인범은 얼굴에 잔뜩 화를 낸 인상을 하고 울프를 노려보았다. 인범의 화난 얼굴을 본 울프는 그제야 슬그머니 꼬리를 내리고 인범이 뒤로 슬금슬금 물러섰다. 울프가 뒤로 물러서는 것을 확인한 인범은 주위를 경계하며 조심조심 걸었다.

길모퉁이가 가까워지자 인범은 심호흡을 하고는 꺾인 골목을 응시했다. 어스름 속에서 사람의 머리 하나가 삐죽이 나와 있는 것이 희미하게 보였다. 외진 골목이라 인적이 드물었다. 인범은 다시 한 번 호흡을 가다듬고 앞을 응시하며 걸었다. 인범이가 다가가자 머리 하나가 쑥 들어갔다.

인범은 곡각 지점에서 걸음을 멈추고 주위를 둘러보았다. 밭 울타리 쪽에 돌멩이 몇 개가 보였다. 인범은 그 중 큰 돌을 주워 느닷없이 골목을 향해 힘껏 던졌다. 돌이 담벼락에 부딪치며 요란한 소리를 내었다. 달수와 그 친구들이 인범이가 나타나는 즉시 쇠파이프를 내리치려고 노리고 있는데 갑자기 담벼락이 벼락 치는 소리가 나면서 돌멩이가 앞에 떨어지자 놀라 일시에 뒤로 물러섰다.

인범이 급히 골목에 들어섰다. 돌멩이 소리와 떨어지는 돌멩이에 놀라 저만치 물러선 달수와 불량 학생 세 명이 쇠파이프를 들고 놀란 얼굴로 이쪽을 노려보다 인범이를 발견하고 달수가 골목을 빠져나왔다. 그 뒤를 세 명도 따라 나왔다. 그들 모두의 손에는 쇠파이프가 들려 있었다.

"이 새끼! 네놈을 오늘 죽이고 말 테다."

"……."

인범은 대꾸를 하지 않고 그들의 몸 움직임 하나도 놓치지 않고 예리한 눈으로 노려보고 있었다. 어둠이 깔린 골목은 인적이 드물었다. 뒤에서 따라오던 울프가 어느새 앞을 나서 흰 이빨을 드러내며 무섭게 으르렁거렸다. 그러나 이미 개의 출현을 예기한 그들은 지난번처럼 당황하지 않고 개가 덤벼들면 내리칠 자세를 하고 개의 몸놀림에 따라 그들의 쇠파이프가 움직이고 있었다. 울프는 무섭게 으르렁거리며 놈들이 주인에게 가까이 가지 못하게 막고 있었다. 인범은 더 이상 울프를 제지하지 않았다. 인범은 달수와는 충분한 거리를 두었다.

"달수야! 비겁하다고 생각하지 않나?"

어린이답지 않은 말이다.

"이 새끼, 죽이고 말 테다!"

쇠파이프를 든 세 명이 한꺼번에 골목에서 빠져나왔다. 맨 앞에선 놈이 울프를 가격하기 위해 쇠파이프를 높이 들었다. 이 순간을 놓치지 않고 인범은 손에 든 돌멩이를 놈의 면상을 향해 던졌다. 불과 몇 미터 앞이라 돌멩이는 정확하게 놈의 이마에 명중했다. 딱 하는 소리와 동시에 "어이쿠!" 비명을 토하며 놈의 손이 이마에 갔다. 이마에서 뜨끈한 피가 묻어 손을 적셨다. 놈은 손으로 흐르는 피를 꼭 누르며 담벼락에 기대었다.

인범은 몽둥이를 땅에 놓고 주머니에서 돌멩이를 끄집어내어 양손에 들었다. 그리고 이번엔 달수를 노렸다. 달수와 한 무리가 된 두 명이 쇠파이프를 한꺼번에 높이 쳐들고 덤볐다. 인범이가 손에 돌멩이를 든 것도 자기 친구가 돌멩이를 맞은 줄도 몰랐다. 너무 순간적으로 이루어졌기 때문이었다. 인범의 손에서 돌멩이가 날아갔다. 날카로운 쪽의 돌이 달수의 면상 눈 바로 아래에 꽂혔다. 딱 하는 소리와 아얏 하는 비명 소리가 동시에 들렸다. 달수는 얼굴을 감싸더니 땅에 넘어지듯 주저앉았다. 울프가 달수의 얼굴을 물어뜯으려고 달려들었다.

"울프, 안 돼!"

이 소리를 들은 울프가 멈칫 섰다. 달수의 기습은 또 실패했다. 나머지 놈은 달수 뒤에 서서 어쩔 줄 모르고 있었다. 손에 몽둥이를 들고 인범은 주저앉아 얼굴을 감싸고 있는 달수를 물끄러미 바라보았다. 인범은 자신이 던진 돌멩이의 위력에 스스로도 놀랐다.

얼굴을 감싸고 한참을 앉아 있던 달수가 슬며시 일어나 아무 말도 하지 않고 골목을 빠져나갔다. 인범은 달수의 축 처진 어깨를 말없이 바라보았다. 마침 지나가는 사람이 없어 다행이었다.

'아, 인범이! 놈은 내가 정녕 이길 수 없는 놈인가?'

놈과 세 번째 싸웠다. 친구의 도움으로도 놈을 이기지 못했다. 그러나 그때는 놈의 개 때문이라고 생각했다. 그러나 오늘은 무기까지 들고 잠복했는데 어떻게 놈이 알고 대비했을까? 놈이 돌멩이까지 미리 준비한 것을 보면 우리의 기습을 알고 있었던 것을 증명한다. 아무에게도 알리지 않았는데…….

달수는 또다시 인범이에게 당했다. 인범이에게 복수를 하려고 하면 할수록 부메랑이 되어 자신만 치명타를 받았다. 아! 나는 정녕 놈을 이길 수 없단 말인가.

3

인범은 토요일이라 일찍 신문배달을 마치고 토굴로 돌아오고 있었다. 동네를 벗어나 산길을 올라올 땐 이내가 산야를 덮고 있더니 토굴 가까이 왔을 땐 고요한 황혼을 이루고 있었다. 토굴에 도착하니 평상에 모기장이 쳐져 있었다. '아! 아저씨가 모기장을 쳐 놓았구나!' 고마운 아저씨였다.

인범이가 토굴을 파고 첫 여름을 맞았다. 6월 말이 지나면서 산골에도 여름의 열기가 서서히 퍼지더니 본격적인 한더위로 치달았다. 이글거리는 태양의 계절이 다가오고 있었다. 들판의 풀 속에서 내뿜는 후덥지근한 열기와 지열이 온 산야를 뜨겁게 달구고 있었다. 인범은 토굴보다 밖에서 더 많은 시간을 보냈다. 토굴 안은 열기가 가득 차 잠깐이라도 있을 수 없었다.

해가 지고 들판에 서서히 어둠이 밀려들면 인범은 모깃불을 먼저 피워야 했다. 어둠을 타고 모기들이 인범에게 아귀같이 달려들어 피를 빨기 때문이었다. 산골의 모기는 지독했다. 물린 곳이 벌겋게 부어오르고 물린 자리가 따갑고 가려웠다. 어제 아저씨의 집에 들렀을 때 아저씨가 인범의 팔뚝에 모기가 문 자국을 보았다.

"인범아, 아저씨가 잊었구나! 우리는 벌써 모기장을 치고 자는데, 산 모기는 짐승들의 피를 빨아먹고 살기 때문에 한번 물리면 물린 자리가 퉁퉁 붓고 따갑고 간지러워. 지독한 모기들이야. 내일 당장 시장에 들러 모기장을 사 줄게."

아저씨가 오늘 이렇게 평상 위에 모기장을 쳐 두었다. 고마운 아저씨. 토굴 입구에도 열고 닫고 할 수 있도록 모기장을 만들어 놓았다. 참으로 고마운 아저씨였다. 인범이에겐 아저씨, 아주머니가 부모 같았다.

인범은 모기장을 걷고 몇 번이나 평상을 오르락내리락하였다. '아! 이젠 모기에 물리지 않겠구나!' 평상에 누워 하늘을 쳐다보았다. 훤히 뚫린 모기장 안쪽인데도 모기장 안에 있으면 묘하게도 낭만적이고 운치가 있었다. 인범은 평상에 누워 밤하늘을 쳐다보았다. 하늘에는 수천 수만의 별들이 반짝이고 있었다. 북두칠성도 보였다. 한곳에 별들이 소복이 모여 있었다. 아, 저곳이 학교에서 배운 은하수이구나! 별 바다 같았다. 반짝이는 무수한 별들이 군무를 추고 있었다.

별 하나가 지구보다 크다는 선생님의 말이 믿어지지 않았다. 지구에서 제일 가깝다는 별이 수백만 광년의 거리라고 했다. 1초에 수만 km 가는데 그 속도로 몇 년 가야 한다니 우주가 얼마나 넓은지 상상조차 할 수 없었다.

책에서 목성이 지구의 800배라는 것을 읽었다. 그 어마어마한 크기의 목성이 조그만 별처럼 보인다니 인범은 우주의 신비에 수수께끼 같은 경이로움을 느꼈다. 선생님은 언젠가 과학이 발달되면 먼 후일에 우주의 신비가 벗겨질 때가 있을 것이라고 말했다. 인범은 신비한 별들을 바라보았다. 하늘은 별빛이 반짝이는데 산야는 어둠에 묻혀 있었다. 저 멀리 산 아래엔 빌딩과 집들에서 맑은 불빛이 보였다.

인범은 이제 모기장과 평상이 있으니 열기로 가득한 토굴 안에서보다 평상에서 자야겠다고 생각하고, 토굴에 들어가 군용 담요를 가지고 나왔다.

울프에게 모기가 무는지 울프가 몸을 움직이고 꼬리로 모기를 쫓고 있었다. 인범은 울프를 평상 위로 올라오게 하였다. 인범에겐 울프가 가족이었다.

인범은 평상에 누워 별들을 쳐다보며 아버지, 어머니, 그리고 동생들을 생각하며 잠이 들었고, 침묵의 풍경은 어둠 속에 묻히고 있었다.

4

그해 여름 일요일 점심때였다. 인범은 토굴 앞에서 끓는 물에 라면을 넣고 있는데, 한가롭게 누워 있던 울프가 으르렁거리며 일어나 어느 한쪽을 노려보고 있었다. 인범은 냄비 뚜껑을 덮고는 울프가 노려보는 곳에 시선을 던졌다. 매운 연기에 눈물을 흘리는 어룽한 시야에 군인 두 명이 가다 말고 서서 이쪽을 보고 있었다.

초소로 가던 최 상병과 김 일병이 들판에 연기가 나는 것을 보고 이상히 여겨 올라왔다. 한여름 외진 들판 언덕배기에서 아이가 불을 피우고 있는 것을 보고 이상하게 생각했다. 이곳은 인가도 없고 과일밭도 없는 들판인데 원두막이 있다는 것은 정녕 이상한 것이었다. 그리고 무더운 여름에 불을 피우고 있는 것도 이상했다. 평상이 놓여 있고 평상 위에 햇빛을 가리는 천막이 덮혀 있었다.

김 일병이 큰소리로 물었다.

"얘, 이 더운 여름에 들판에서 뭘 하니?"

인범은 소매로 눈물을 닦고 소리가 나는 쪽을 바라보았다. 두 군인이 뭐라고 말하며 이쪽을 보고 있는 것이 보였다.

"……."

"야! 뭘 하는지 묻고 있지 않나?"

"라면을 끓이고 있어요."

두 군인이 자기들끼리 뭐라고 하더니 인범의 토굴 쪽으로 걸어왔다. 들판에서 불을 피우고 있는 인범이가 이상하게, 아니 수상하게 보였던 것이다. 울프가 벌떡 일어나 으르렁거리며 두 군인에게 다가갔다.

"울프, 조용히 해! 이리 와."

인범은 울프를 불렀다. 울프는 가다 말고 돌아와 얌전히 그늘 밑에 앉았다.

인범은 꺼져 가는 불씨를 살리기 위해 아궁이에 엎디어 입바람을 불고 있었다. 두 군인이 다가와 평상과 토굴을 유심히 보더니 토굴 안을 들여다보았다.

"얘, 네가 이 굴에서 살고 있니?"

"예."

"너 혹시 거렁뱅…… 아니, 언제부터 살고 있니?"

"얼마 되지 않았어요."

"그래?"

하며 고개를 갸웃거렸다.

"군인 아저씨, 점심 식사 전이죠? 라면 하나 끓여 드릴까요?"

"얘, 라면이 여유가 있어? 라면 냄새를 맡으니 배가 환장을 하는 것 같아."

"예, 어제 라면을 한 박스 사 두었어요."

"그러면 두 개 끓여 줘, 이자 붙여 갚을게."

인범은 많이 굶어 배고픈 사정을 누구보다도 잘 알고 있었다.

"아저씨들은 저 깊은 산에 근무해요?"

"그래, 이 산에는 아무나 들어가지 못해, 중요한 군사 기지가 있거든. 왜, 가보고 싶어? 그러면 한번 와! 아저씨가 구경시켜 줄게. 산속에 들어가면 짐승들도 새들도 많아. 그리고 계곡엔 맑은 물도 많아."

"예, 꼭 구경하고 싶어요."

두 군인은 개 아저씨와 목수 아저씨가 부엌에 비가 들이치지 않도록 만들어 놓은 것을 자세히 보고는 평상에 앉았다.

"얘, 네가 만들었니?"

"제가 다한 것은 아니에요. 어른들이 도와주었어요."

인범은 먼저 끓인 라면을 그릇에 부었다.

"아저씨, 배고프면 먼저 드세요. 지금 바로 끓일게요."

"아니야, 네가 먼저 먹어. 손님이 주인의 라면을 먼저 먹을 수는 없지, 안 그래?"

"그래, 김 일병 말이 맞아. 얘야, 먼저 먹고 끓여 줘."

인범은 냄비에 담긴 라면을 다른 그릇에 붓고 냄비에 물을 부어 불 위에 냄비를 얹고는 나무를 아궁이 속에 밀어 넣었다.

"아저씨, 저 먼저 먹을게요. 이건 한 개라 두 아저씨가 먹기엔 양이 모자라요. 물이 끓을 동안 저 먼저 먹을게요. 조금만 기다려요. 불살이 좋아 곧 물이 끓을 거예요."

인범은 라면을 먹기 시작했다.

"얘, 네가 가난한 것 같은데 라면을 얻어먹어 미안해. 몇 배 이자를 붙여 줄게."

한 군인이 미안한지 다시 한 번 말했다.

"괜찮아요. 저 돈 벌어요."

"어린 네가 무슨 일하여 돈 벌어."

"저 신문배달해요."

"그래, 기특하구나."

군인 중 한 군인이 토굴 안으로 얼굴을 밀어 넣고 토굴 안을 살피고 있었다.

"애야, 토굴 안이 덥지 않니? 그리고 겨울은 추워서 어떻게 자니?"

"네, 견딜 만해요."

"그럼 이 토굴도 네가 팠니?"

"예, 그런데 개 아저씨와 목수 아저씨가 많이 고쳐 주셨어요."

"뭐! 개 아저씨가? 그게 무슨 소리야?"

"아, 네! 이웃에 사시는 개를 키우는 아저씨를 제가 개 아저씨라 그렇게 불러요."

"그 소리 개 아저씨가 들으면 기분 나쁘겠다."

두 군인은 자기들끼리 키득거리고 웃었다.

"저 혼자만 그렇게 불러요."

"그래, 너 혼자만 그렇게 불러. 얘, 여기서 혼자 살면 무섭지 않느냐?"

"처음엔 무서웠는데 울프와 같이 살고 난 후는 무섭지 않아요."

"이 개가 울프니?"

"예, 용감한 개예요. 투견 대회에서 우승도 했다고 아저씨가 말했어요. 그런데 올해에는 4강에서 졌는걸요. 이길 수 있었는데 울프가 방심을 했거든요. 그래서 개 아저씨가 보신탕집에 팔려는 것을 저에게 팔라고 사정을 하였더니, 아저씨가 저에게 공짜로 주셨어요."

인범은 라면을 먹으면서 말을 했다.

"그럼, 이 개가 보통 개가 아니군. 뭐라고 했지 이름이?"

"울프예요. 울프라는 말은 늑대라고 아저씨가 그랬어요."

두 군인은 인범이의 말이 재미가 있는지 자세히 듣고 있었다. 인범은 라면을 훌훌 소리를 내며 먹으면서 말을 하다 보니 라면 조각이 풀에 떨어져 흐르고 있었다.

"개 아저씨가 유식하구나. 영어도 잘 아는 것 보니."

"그렇지도 않은 것 같아요. 개 이름은 누가 가르쳐 준 것 같아요. 저 보고 공부를 하지 않으면 자기처럼 무식쟁이가 되어 고생만 하고 사람대접도 못 받는다고 했거든요."

"김 일병, 애한테 말 시키지 마. 라면 먹게."

"이제 다 먹었어요. 아! 아저씨 라면이 끓어요."

인범은 라면 국물을 후르르 마시고는 냄비를 땅바닥에 내려놓고 냄비 뚜껑을 열었다. 하얀 김이 솟구쳐 올랐다. 라면 냄새가 물씬 코에 스며들었다.

두 군인은 인범이가 그릇에 담아 주는 김이 무럭무럭 나는 라면을 평상에 앉아 맛있게 먹었다. 인범은 라면을 맛있게 먹는 두 군인을 멀거니 바라보았다. 나도 저 아저씨만큼 나이가 되면 군에 가야 한다고 생각하니 묘한 기분이 들었다. 인범은 하늘을 쳐다보았다. 하늘엔 하얀 뭉게구름이 점점이 떠 있었다.

라면을 다 먹은 두 군인은 일어서고 있었다.

"가시게요?"

"응, 가야지. 너 덕분에 점심 잘 먹었다. 한번 산에 놀러 와, 저 밑으로 내려가면 길이 있어."

"최 상병님, 우리가 와야 되잖습니까? 이 아이에게 라면을 빌려 먹었으면 갚아야 될 것 아닙니까."

"그러지. 우리 한번 올게."

"아니에요. 안 갚아도 돼요. 그냥 놀러 오세요. 저는 일요일 아니면 시간이 없는걸요."

"어린애가 무슨 시간이 없다고 그래?"

"전 아침에 학교 가고 오후엔 신문배달 가야 해요. 그리고⋯⋯."

인범은 하던 말을 삼켰다. 태권도를 배우러 간다는 말을 할 수 없었다.

"애야! 그리고 또 뭐야? 너 많이 바쁘구나?"

"⋯⋯."

군인은 더 묻지 않았다. 아이에게는 무슨 말 못할 사연이 있다는 것을 짐작했다. 이렇게 외진 산자락에서 토굴을 파고 혼자 산다면 보통의 삶을 살지 않을 것이라고 유추해 보았다.

"네 이름이 뭐야?"

"고인범이에요."

"고인범. 그래, 일요일에 올게. 그리고 낮에 네가 없을 때에 굴속에 라면을 갖다 놓을게."

"라면은 가져오지 않아도 돼요."

"그래, 알았다. 인마."

최 상병은 처음엔 아이가 비렁뱅이인 줄 알았다. 비렁뱅이 아니고 누가 산골 산자락에 토굴 속에 산단 말인가. 그러나 막상 아이를 대하고 보니 아니었다. 비록 토굴에 사는 처지지만 조금도 구김살 없이 씩씩하게 살아가는 아이가 기특하여 아이의 삶의 터전인 토굴을 돌아보고 발길을 돌렸다. 인범은 일어나서 군인을 따랐다. 누워 있던 울프도 일어나 인범을 따랐다.

"애! 더우니까 따라오지 마."

"아니에요. 산으로 가는 길을 보아 두려고요. 전부터 한번 가 보려고 했거든요."

"그래? 아니…… 그럴 것 없어. 우리가 일요일 널 데리러 올게, 어디 가지 마!"

"그럼 가세요. 아저씨 기다릴게요. 일요일 꼭 와야 해요."

인범은 걸어가는 군인의 뒷모습을 한참이나 바라보았다. 작열하는 태양이 바로 위에서 쏟아지고 있었다.

'나도 자라면 군인이 돼야겠다.'

인범은 학교에서 친구들과는 달리 군인들과는 말을 많이 했다. 산자락엔 인적이 드문 곳이라 사람의 왕래가 없었다. 그래서 그런지 인범은 군인들이, 아니 사람이 반가웠다.

군인들이 다녀간 이틀 후였다. 언제나처럼 손전등을 비추며 토굴 속으로 들어가는데 입구에 박스가 놓여 있었다.

인범은 토굴 속에 들어가 촛불을 켜고 포장을 뜯었다. 안에는 라면이 들어 있었다. 인범은 괜히 미안했다. 겨우 라면 두 개를 끓여 주었는데 한 박스나 가져다주었다. 어른들이 말하는 되로 주고 말로 받는 말이 생각났다. 군인들에게 괜히 미안했고 한편 고마웠다. 십여 일 이상을 먹을 수 있어 행복했다.

일요일 아침 인범은 아침밥을 늦게 먹고 군인들을 기다렸다. 인범은 군인들을 기다리다 토굴에서 조금 떨어진 조금은 높은 바위 위에 올라가 군인들이 올라올 길 쪽을 바라보았다. 오늘도 어제처럼 무더운 날을 예고하듯 구름 한 점 없는 하늘에 눈이 시리도록 이글거리는 태양이 내리꽂히고 있었다.

인범은 손 채양을 하고 계곡 쪽을 바라보고 있었다. 이따금 계곡으로 내려가 시원한 물에 발을 담그곤 하던 인적이 드문 계곡이었다. 인범은 끌리듯 계곡으로 내려갔다. 여름이라 그런지 야천에는 맑고 많은 물이 흐르고 있었고, 물가엔 크고 작은 돌들이 지천으로 널브러져 있었다. 그리고 계곡의 둑에 이름 모를 들꽃이 서로 아름다움을 과시하듯 다투어 피어 있었다. 산속으로 올라가면 계곡엔 가재가 많이 있을 것 같았다.

인범은 야천을 따라 계곡이 있는 산 쪽으로 올라가 보고 싶었다. 계곡의 물이 풍부한 만큼 골도 깊을 것으로 생각했다. 어린 시절 시골에 살 때 고향 새골산에서 가재랑 산과실을 따먹었던 향수가 가슴을 저미게 했다.

인범이가 어릴 때 여름이면 형들을 따라 산속 깊은 계곡으로 가재를 잡으러 갔다. 여름인데도 계곡 물이 너무 차가워 물속에 오래 다리를 담가 있을 수가 없었다. 형들은 가재가 있을 만한 제법 큰 돌을 가만히 들어올렸다. 처음은 물이 뿌옇더니 차츰 맑아지면서 가재가 보였다. 가만히 있는 놈, 부리나케 다른 돌 밑으로 달아나는 놈도 있었다. 형들은 빠른 손으로 달아나는 놈의 등을 덮쳐 잘도 잡았다. 때론 놓치기도 했다.

인범이도 형들을 따라 가재를 잡아 보려고 했지만 힘이 모자라 큰 돌을 들 수가 없었다. 가재도 많이 없었거니와 간혹 있다 하더라도 작은 놈이었다. 어쩌다 큰놈을 잡다가 가재에게 손가락을 물려 기겁을 하면서도 끝내 놓치지 않고 잡았다. 이러는 인범을 본 형들이 인범이를 지독한 놈이라고 하기도 했다.

형들이 살이 통통하게 찐 누런 가재를 제법 많이 나누어 주어 집으로 가져오면 어머니가 좋아하셨다. 먹을 것이 부족한 가난한 살림이고 시골이라 가재는 맛있는 반찬거리가 되었다. 어머니가 가재를 냄비에 넣고 불을 지피면 가재가 빨갛게 익어 있었다. 그러면 어머니는 고추장에 간장과 물을 섞고 그 위에 파와 마늘을 썰어 넣었다. 벌겋게 익은 가재는 너무나 맛이 좋았다. 인범은 와작와작 씹히는 가재의 맛을 잊지 못해 친구들과 가재를 잡으러 갔다. 그러나 인범은 형들처럼 많이 잡지를 못했고 잡아 온 가재들도 작았다.

가재를 본 아버지는 말했다.

"인범아. 내일 아버지와 같이 가자. 아버지가 큰놈을 잡는 방법을 가르쳐 주마."

다음 날 아침 일찍 논에 갔다 온 아버지가 개구리를 여러 마리 잡아 통에 넣어 왔다.

"아버지, 개구리는 왜 잡아 오셨어요?"

물었더니 아버지는 빙긋이 웃으며 가재를 잡는 데 필요하다고 했다. 인범이는 가재를 잡는 데 왜 개구리가 필요하냐고 물었지만 아버지는 더 이상 말을 하지 않았다. 인범이는 아버지가 건네주는 개구리가 든 통을 받아 들고 쫄래쫄래 아버지를 따랐다. 인범은 언제나 아버지를 따라다니는 것이 좋았다. 아버지는 계곡 높은 곳까지 올라가더니 큰 돌이 많은 곳에 멈추어 서서 주위를 살펴보고는, 인범이가 가져간 개구리가 담긴 통을 받아 쥐더니 개구리 한 마리를 끄집어내어 두 손으로 양쪽 다리를 잡고 푹 찢었다. 아버지는 숙달된 솜씨로 금세 7, 8마리의 개구리의 다리를 찢었다. 인범은 개구리가 불쌍하여 얼굴을 찡그렸다.

아버지는 계곡 주위에 작은 나뭇가지를 꺾어 개구리 다리를 실로 묶었다. 인범은 아버지가 개구리 다리로 가재를 잡는다는 것을 비로소 알게 되었지만 어떻게 잡는지를 알 수 없어 아버지가 하는 것을 유심히 보았다.

아버지는 개구리 다리 몇 개를 들고 이리저리 살피고는 개구리 다리를 묶은 작은 꼬챙이를 물에 잠기지 않은 돌구멍에 밀어 넣었다.

"인범아, 이렇게 하는 거야. 꼬챙이가 움직이거든 아버지를 불러, 알았지?"

그리고는 개구리 다리를 묶은 꼬챙이 몇 개를 가지고 조금 위로 올라갔다. 인범은 꼬챙이에 눈을 박고 있었다. 개구리 다리를 넣은 지 얼마 되지 않아 꼬챙이가 조금씩 움직이더니 안으로 들어가고 있었다.

"아버지! 꼬챙이가 구멍 안으로 들어가고 있어요?"

인범이의 소리를 들은 아버지가 금세 내려와 구멍 속으로 들어가는 꼬챙이를 잡아 살금살금 잡아당겼다. 꼬챙이가 구멍 속에서 빠져나오니 개구리 다리를 문 커다란 가재가 딸려 나오면서도 먹이에 집착하여 개구리를 놓지 않았다. 가재는 지금까지 인범이가 보아 온 어떤 가재보다도 크고 살이 쪘다.

아버지는 가재를 통에 넣고는 꼬챙이를 또다시 다른 구멍에 넣고는 위로 올라갔다. 인범이는 아버지가 하는 방법대로 가재를 잡았다. 너무나 재미가 있었다. 그날 크고 살이 통통 찐 누런 가재를 많이 잡았다.

5

인범은 군인들이 오기 전에 개구리를 잡아 놓아야겠다고 생각하고 계곡 옆에 있는 논으로 갔다. 그 뒤를 울프가 따랐다. 논둑에는 개구리들이 지천으로 많았다. 큰 개구리만 골라 다섯 마리를 잡아 비닐봉지에 넣고 급히 집으로 돌아와 토굴 앞 평상에 앉아 군인들이 올라올 길에 눈을 박고 있는데 저만치에서 두 군인이 올라오고 있었다. 군인들은 마중 나오는 인범을 발견하고 손짓으로 불렀다.

"어이, 인범아! 기다리고 있었구나, 가자!"

군인은 인범이가 손에 든 비닐을 보더니 무어냐고 물었다.

"인범아, 너 손에 든 것이 뭐냐?"

"개구리예요."

"개구리! 개구리 먹으려고?"

"아니에요. 가재 잡으려고……."

"가재를……?

"그런 게 있어요."

"……."

고개를 갸우뚱 하던 최 상병은 더 이상 묻지를 않았다.

두 군인과 인범은 내리꽂는 따가운 햇살을 받으며 계곡 둑을 끼고 차 한 대가 겨우 지나갈 비포장도로를 따라 한참을 걸어 올라갔다. 걸어가는 도 중 졸졸 흐르는 물소리가 내내 인범의 귀를 시원하게 했다. 산 입구에 들 어서자 조그마한 초소가 보였다.

숲 속에 들어서자 따갑게 내리쬐던 햇볕이 사라지고 시원한 그늘이 어 느새 흐르는 땀을 식혀 주었다. 울창한 숲이 우거진 산속은 아늑하고 적요 했다. 굵은 나무 둥치와 가지에 붙은 매미들이 극성스럽게 울어대며 한여 름 제철을 마음껏 즐기고 있었다. 깊은 숲 속으로 들어갈수록 매미소리가 소낙비처럼 쏟아졌다. 울프는 숲 속이 좋은지 꼬리를 흔들며 이리저리 뛰 어다니며 코를 땅에 대고 냄새를 맡고 돌아다녔다. 그리고 중간 중간 오줌 을 갈기며 자신의 체취를 남기고 있었다.

"인범아, 시원하지? 우리도 간혹 더위를 식힐 겸 산속에 들어와 한잠을 자고 가기도 한단다. 그런데 모기가 많아."

"아저씨, 바쁜데 내려가 보세요. 저는 울프와 산을 구경하고 내려갈게 요."

"혼자 내려올 수 있겠어?"

"그럼요, 울프는 한번 온 길은 잊지 않아요. 울프가 냄새를 맡고 다니는 걸 못 보셨어요?"

"그럼, 놀다 와, 우린 초소로 내려갈게. 너무 깊은 곳엔 가지 마."

"예, 알았어요."

두 군인은 인범이 산속으로 들어가는 모습을 바라보다 담배를 피우며 초소로 내려갔다.

산속으로 들어갈수록 숲 속은 더욱 고요하고 숲이 짙었다. 인적에 놀라 푸드덕거리며 날아가는 새들이 산속의 적막을 깨트리고 있었다. 새콤한 숲 냄새와 흙냄새가 물씬 인범의 코에 스며들었다.

'아! 얼마 만에 맡아 보는 고향 냄새인가.'

나무마다 신록의 푸름이 싱그럽게 넘쳐 나고 있었다. 녹음 사이로 햇살이 눈부시게 부서지는 정경을 바라보며 이제 본격적인 여름이 다가오고 있음을 느낄 수 있었다. 여름방학이 되면 산에 자주 와서 버섯도 따고 가재도 잡아야겠다고 생각했다.

인범도 울프도 고삐 풀린 소처럼 온 산을 신나게 헤매고 다녔다.

녹음이 우거진 짙은 숲과 온갖 풀잎과 나뭇잎들은 신선하고 싱싱했다. 계곡의 바위를 비집고 흘러내리는 물소리와 새들의 울음소리가 청량했다. 어린 시절 마을 뒷산 새골산의 정경처럼 아스라이 시야에 다가왔다. 이 산도 골이 깊고 인적이 드물어 가재가 많을 것 같았다.

인범은 바지를 무릎 위까지 걷어 올리고 빨려들 듯 계곡물에 신발을 신은 채 뛰어들었다. 그리고 가재를 잡기 위해 가져온 비닐봉지를 허리에 차고 가재가 있을 만한 곳에 개구리 다리를 구멍에 넣었다. 물속에 한참을 있으니 한여름인데도 발이 시렸다. 물 가장자리에서 놀던 피라미 새끼 떼들이 무리를 지어 부리나케 바위 밑으로 숨어들었다.

시간이 얼마나 흘렀는지 허리가 아팠다. 인범은 허리를 펴고 나뭇잎 사이로 햇살이 비치는 태양을 찾았다. 해가 어느덧 서산에 가깝다. 무게를 느낄 수 있는 비닐봉지를 펴 보았다. 봉지 안에는 누렇고 살이 통통하게 찐 가재가 소복이 담겨 있었다.

인범은 서둘러 산길을 내려왔다. 가재 잡기에 몰두한 사이 어느새 시간이 많이 흘렀다. 배가 고팠다.

앞서가던 울프가 후닥닥 달리기 시작했다. 이십여 미터 앞에서 고라니 두 마리를 발견한 것이다. 인범이도 울프를 따랐다. 커다란 바위가 있는 곳에서 갑자기 두 고라니가 사라졌다. 고라니를 놓친 울프가 바위 주위를 맴돌더니 제법 큰 구멍을 발견하고 들어가지는 못하고 코를 벌름거리고 있었다. 아마 고라니가 동굴 안으로 달아난 것 같았다.

　울프가 고라니가 동굴 안에 숨어든 것을 확인한 듯 안으로 들어가려고 하는 것을 인범이가 제지했다. 동굴 속에 독사가 있을 수도 있고 멧돼지도 있을 수 있었다. 그리고 안이 얼마나 깊고 넓은지 확인을 해야 했다. 인범은 다음 일요일은 꼭 손전등을 가져와야겠다고 생각하고, 주위의 위치를 눈에 담아 놓고 발걸음을 돌리지 않을 수 없었다.

　군인들이 걱정을 할 것 같아 초소로 달리듯 내려왔다. 인범은 왠지 모르게 고라니가 숨어 들어간 동굴이 머리에 맴돌았다. 군인들에게 다음 일요일 꼭 다시 오겠다고 하고 돌아왔다.

　그날 저녁, 인범은 고향에서 어머니가 가재를 볶을 때 본 대로 산에서 잡아 온 가재를 냄비에 넣고 볶았다. 가재가 익어 발갛게 되었을 때 고추장에 물과 간장을 풀어 삶은 가재에 골고루 뿌렸다. 파와 마늘이 없어 넣지를 못했다. 가재 반찬으로 저녁을 맛있게 먹었다. 참으로 맛이 좋았다. 파와 마늘을 넣었다면 더 맛이 좋았을 것인데 아쉬웠다. 울프가 와작와작 씹으며 맛있게 먹었다.

　기다리던 다음 일요일 인범은 다시 산을 찾아 눈여겨보아 두었던 바위 밑 동굴 앞에 섰다. 동굴 입구는 어른 몸 하나가 들어갈 수 있는 넓이였다. 인범은 먼저 손전등을 안으로 비추어 보았다. 정확한 넓이는 가늠할 수 없지만 제법 넓은 것 같았다.

　울프가 냉큼 구멍 속으로 들어갔다. 인범도 안으로 들어갔다. 동굴 안은 물비린내가 나고 흙냄새에 섞인 짐승의 오물 냄새가 코에 물씬 스며들었다. 동굴 안은 의외로 큰 방 두 개 정도로 넓고 높이도 어른이 서도 닿지 않을 정도였다. 인범이가 살고 있는 토굴에 비교할 수가 없었다. 인범은 산속이 아니고 멀지만 않다면 이곳에 살고 싶었다.

날이 갈수록 더위가 기승을 부리며 들판에 불볕이 쏟아지고 있었다. 인범은 나무 한 그루 없는 풀들이 무성하게 자라있는 토굴 언저리의 풀에서 내뿜는 더운 열기에 시달려야 했다. 평상 위에 햇빛을 차단하기 위해 비닐 천으로 덮었지만 그 열은 고스란히 평상에 머물렀다. 바람기라곤 없었다. 언덕배기 주위의 잡풀들이 불볕에 시들어 맥없이 널브러져 있고 후끈거리는 지열이 산야를 달구고 있었다. 그야말로 가마솥 더위였다.

인범은 한낮이면 더위를 피해 야천으로 달려가기도 했다. 야천엔 인범이가 만들어 놓은 작은 수영장이 있었다. 인범이가 크고 작은 돌들을 옮겨 물길을 막고 돌들을 들어내어 작은 웅덩이를 만들어 놓은 곳이다. 그 안에서 인범은 헤엄도 치고 울프와 물싸움도 했다. 인범이가 울프에게 손 바가지로 물을 끼얹으면 울프는 저만큼 달아났다가 계곡 둑에서 인범이가 있는 곳으로 뛰어내려 커다란 물 파장을 만들어 인범에게 물을 덮어 씌웠다. 그러면 인범은 그 보복으로 울프에게 물을 끼얹었다. 울프는 물세례를 받곤 또 달아나곤 했다.

인범은 계곡물로 울프의 몸을 비누로 깨끗이 씻어 주기도 했다. 때론 산속에서 가재도 잡고 다래를 따기도 했다. 인범은 여름방학을 친구도 없이 이렇게 산야에서 보냈다.

동굴 생활

1

여름 끝자락의 어느 날 토요일이었다. 이날은 다른 날과는 달리 아침부터 찌푸린 날씨가 계속되더니 오후가 되면서 먹장 같은 매지구름이 낮게 깔리었다. 대낮인데도 어스름이 덮이더니 서서히 어두워 졌다. 수업을 마칠 때쯤, 선생님이 오늘은 폭우가 온다는 일기예보가 있으니 다른 날보다 수업을 일찍 마치겠다, 서둘러 집으로 가라고 했다.

보급소에 도착하니 소장이 초조하게 아이들을 기다리고 있었다. 소장은 비닐에 싸 두었던 신문을 주며 큰비가 올 것 같으니 빨리 배달을 하고 집으로 가라고 했다. 아이들도 먹구름이 짙게 깔리는 어두운 하늘을 불안한 눈으로 바라보며 각자 서둘러 총총히 보급소를 빠져나가고 있었다.

"인범아! 배달 마치는 대로 바로 와! 오늘 밤은 내가 해 놓을게, 저녁밥을 먹고 집으로 바로 가거라. 일기예보에 큰비가 온다고 해. 도장에 갈 생각 말고 집에 일찍 가. 그리고 이 비옷 가지고 가."

소장이 아이들 몰래 챙겨 둔 우비를 주었다. 다행히 배달하는 동안에는 비가 오지 않았다. 거리는 어둡고 무겁게 가라앉아 을씨년했다.

인범이가 저녁을 급히 먹고 산길을 달리듯 치받았다. 토굴에 도착한 인범은 큰비에 대비하여 주위를 정리하고 비닐로 땔나무를 단단히 덮고 바람에 날아가지 않도록 무거운 돌로 눌러 놓았다.

그날 한밤중이었다. 머리맡에서 낑낑거리는 소리가 나고 몸을 당기는 느낌에 아슴푸레 잠이 깼었다. 울프가 머리맡에서 낑낑거리며 이상한 몸태짓을 하고 있었다. 인범은 야광시계를 보았다. 밤 2시가 지나고 있었다. 인범은 바깥의 소리에 귀를 기울였다. 쏴쏴 하는 빗소리와 이상한 소리가 들렸다. 그리고 울프가 언제부터인지 자신을 깨우고 있었다는 것을 알 수 있었다. 울프가 자기에게 무엇을 알리려는지 불안한 표정으로 계속 낑낑거리고 있었다. 울프가 동물 본능의 위험을 감지한 것 같았다.

하늘에서 우르르 쾅쾅하며 천둥소리가 토굴을 박살내듯 울리고 비가 내리퍼붓는 소리가 났다.

인범은 손전등을 켜 토굴 내부를 비추며 입구의 나무판자를 걷어 내자 양동이로 물을 쏟아 붓듯 소낙비가 내리고 있었다. 연거푸 천둥소리가 나더니 거세게 내리쏟는 빗줄기가 토굴 안으로 파고들었다. 잠이 확 달아난 인범은 잔뜩 긴장을 하고 사태를 파악했다. 비가 얼마나 쏟아지는지 언덕 위에서 콸콸 물 흐르는 소리가 들렸다.

인범은 아연 긴장했다. 언덕이 무너지면 유일한 잠자리가 없어진다는 걱정이 가슴을 짓눌렀다. 어떻게 판 토굴인데……. 위험이 시시각각 다가옴을 알 수 있었다. 아! 울프가 위험함을 알고 나를 깨우고 있었구나! 인범의 머리에 물방울 하나가 떨어졌다. 그리고 조금 있으니 또 한 방울의 물이 떨어지고 천장에 물기가 배고 벽면에도 물기가 배어 있었다. 우르르 쾅쾅 천둥소리를 신호로 바깥에서 빗소리가 더욱 요란하게 들렸다. 또다시 울프가 불안한지 낑낑거리더니 인범의 옷을 물고 잡아당기며 밖으로 나가자는 시늉을 하면서 이상한 몸태짓을 계속했다.

잔뜩 긴장한 인범은 주위를 감지했다. 바닥이 차가워지면서 바닥이 축축해지고 있었다. 바닥에 손을 대어 보았다. 손에 물기가 스며들었다. 손전등으로 벽과 천장을 비추며 자세히 살폈다. 물기가 한꺼번에 배더니 뚝뚝 떨어지고 흙덩어리가 밀리면서 천장과 벽면에 균열이 생겼다. 어린 인범이가 보아도 붕괴의 조짐임을 알 수 있었다. 인범은 끙끙거리는 울프를 앞세우고 몸만 급히 토굴을 빠져나왔다

　소낙비가 인범이와 울프의 몸에 물세례를 퍼부었다. 인범과 울프는 단번에 온몸을 적셨다. 인범은 얼른 울프를 데리고 평상 위로 올라갔다. 천막 위에 소낙비가 떨어지는 소리가 요란했다. 인범이가 나오고 얼마 있지 않아 토굴이 무너지는 소리가 등 뒤에서 들렸다. 아! 조금만 늦게 나왔더라면 흙이 무너진 좁은 입구를 도저히 빠져나올 수 없어 속절없이 진흙에 깔려 죽었겠구나! 아! 울프가 나를 살렸구나!

　천막 위에서 내리붓는 낙숫물이 한꺼번에 떨어지고 있었다.

　인범은 울프를 껴안고 평상에 쪼그리고 앉았다. 소낙비가 천막에 떨어지며 툭툭 소리를 내었다. 들판은 짙은 어둠이 드리워 있었다. 칠흑같이 어두운 한밤중, 폭우로 토굴이 무너져 평상에 앉아 있으면서도 묘한 향수에 젖었다.

　인범은 소낙비가 오는 날이면 항상 떠오르는 향수가 있었다. 시골에서 오늘처럼 비가 내리퍼부을 때 인범은 우산을 쓰고 마당에 쭈그리고 앉아 우산에 떨어지는 낙숫물 소리를 들으면 기분이 즐거웠다. 그러나 곧 인범은 향수에서 벗어났다. 평상 밑으로 언덕에서 내리쏟는 물이 콸콸 흐르고 있었다.

　순간 인범은 산속의 동굴이 떠올랐다. 이렇게 소낙비가 내리는 날은 동굴은 어떨까? 동굴이 있는 지대는 높은 지대라 괜찮을 것 같았다. 소낙비를 덮어쓴 울프가 오들오들 떨고 있었다. 인범은 울프를 끌어당겨 꼭 껴안았다. 굵은 소낙비가 머리 위 천막에 수없이 떨어지고 있었다.

　여름이지만 추위가 비에 젖은 온몸을 파고들었다. 인범은 울프를 더욱

꼭 껴안았다. 한참을 꼭 껴안고 있었더니 울프의 따스한 체온이 전달되었다. 인범은 물을 피해 달아날 수도 없어 평상 위에서 울프를 껴안고 내리퍼붓는 짙은 어둠에 깔린 밤하늘을 망연히 바라볼 뿐이었다. 잠자리를 마련하기 위해 땀 흘리며 판 토굴이 한순간에 무너지고 말았다. 정 목수 아저씨가 각목으로 천장을 받쳐 놓지 않았다면 흙 속에 파묻혀 생매장 당했을 것이라고 생각하니 몸서리가 쳐졌다. 아! 고마운 아저씨들이었다.

당장 오늘부터 인범이 몸 하나 운신할 잠자리가 없어 막막했다. 아저씨 집에 신세질 수도 없었다. 토굴이 무너진 것을 안다면 아저씬 방 하나를 내어 주겠지만 아주머니의 얼굴이 떠올랐다. 지난번처럼 자기 때문에 다툴까 걱정이 앞섰다. 그래, 그 동굴이면 큰비에도 끄떡없을 것이다. 날이 새고 비가 그치면 아저씨의 리어카를 빌려 동굴에 짐을 옮겨야겠다고 생각했다. 과연 군인들이 동굴에 살게 해 줄는지 걱정이 되었지만 당장 갈 곳은 그곳밖에 없었다.

밤하늘에 수심이 가득한 어머니의 얼굴이 명멸했다. 사고무친의 자신의 처지가 가슴에 사무쳤다. 작은 몸 하나 건사할 토굴마저 허락지 않았다. 울프도 오들오들 떨며 꼼짝을 하지 않고 인범의 가슴에 안기어 있었다. 울프를 껴안고 잠시 선잠에 빠졌다가 눈을 떴을 땐 폭우는 거짓말처럼 걷히고 새벽이 열리는지 먼 동쪽 하늘에 희부연히 밝아오고 있었다.

김상우는 비를 후줄근히 맞은 인범이가 아침 일찍 자신을 찾아온 것을 보고 가슴이 철렁했다.

"인범아, 웬일이야 아침 일찍? 너 어제 폭우에 괜찮았니?"

"…… 아저씨 저, 리어카 좀 빌려 주세요."

입을 꾹 다문 인범이에게서 무슨 일이 있음을 직감했다.

"리어카는 왜? 혹시 토굴이 무너졌니?"

"…… 예."

"그런데 리어카로 뭘 하려고. 아니, 같이 가 보자."

김상우는 사태의 심각성을 짐작할 수 있었다. 인범이가 파 놓은 토굴은 흙이 부드러워 응집력이 없어 위험하다고 생각을 했는데……, 그래도 정 목수가 각목으로 받쳐 괜찮을 줄 알았는데……. 그래 어제같이 큰비가 오면 붕괴될 수 있다. 그러잖아도 어젯밤에 내린 폭우가 걱정이 되었는데 결국 무너지고 만 것이구나! 아침에 일찍 일어나 가 본다는 것이 조금 늦잠을 잔 것이다. 다행히 변을 당하지 않은 것이 불행 중 다행이었다. 상우는 삽을 리어카에 싣고 앞장을 섰다.

토굴은 폭삭 무너져 있었다. 그런데 인범이가 다치지 않았다는 것이 이 상했다.

"인범아, 어떻게 알고 미리 빠져나왔니?"

상우는 고개를 갸웃거렸다. 참으로 천만다행이었다.

"울프가 절 깨워 주었어요."

"울프가……?"

짐승의 본능이구나! 특히 영리한 개니까…….

"인범아, 그동안 모아 둔 살림이 다 파묻혔구나! 아저씨가 흙을 파낼 테니 넌 주워 모아 리어카에 실어."

밤새도록 내리퍼붓던 소낙비가 언제 왔냐는 듯 동녘 하늘 흰 구름 사이로 밝은 해맑은 햇살이 쏟아지고 있었다.

언제 왔는지 아주머니가 미영이를 업고 토굴 앞에서 무너진 토굴을 안쓰럽게 바라보고 있었다. 이불도 옷가지도 생활 용품도 온통 진흙투성이였다.

김상우는 땀을 뻘뻘 흘리며 무너진 흙무더기를 치웠다. 어린 인범이의 유일한 잠자리가 허망하게 없어졌다. 상우는 침통한 얼굴로 흙 속에 파묻

흰 그릇과 세간을 찾아내 인범이에게 건네었다. 아주머니는 인범이가 모아 둔 세간과 이불과 옷에 묻은 흙을 털어 내고 있었다.

"인범아! 우리 집에 가자! 네가 잘 방은 내 마련해 줄게, 응? 인범아!"

아주머니의 목소리는 애원에 가까웠다.

"……."

순간 인범의 얼굴이 밝아졌지만 이내 고개를 저었다.

"그래, 인범아. 우리 집에 가자."

상우도 아내의 말에 동의를 했다.

"고마워요. 그러나 저 산에 동굴을 하나 봐 둔 것이 있어요. 군인 아저씨들이 허락을 해 줄지 모르지만요. 아니 군인 아저씨들이 동굴에 살게 해 줄 거예요."

"산속에 무슨 동굴?"

"인범아! 산속에 동굴이 있다 해도 멀고 무서운 곳에 어떻게 어린 네가 살려고. 그보다 저 산은 통제 구역이라 산돼지가 있어 위험해. 너를 해칠지도 몰라……. 우리 집에 같이 살자."

"걱정하지 마세요. 이불이랑 옷이나 빨래를 좀 해 주세요. 다른 것은 제가 씻을게요."

얼굴에 미소까지 머금은 인범의 목소리는 힘차고 명랑했다. 아니 애써 꾸미는 억지 미소였다.

"……."

"그래, 인범아 혼자 살아 보렴."

김상우는 오토바이에 매단 커다란 플라스틱 통 안에 흙투성이가 된 이불과 옷가지를 실었다. 인범이도 자신이 씻을 수 있는 세간들을 하나하나 리어카에 실었다.

아주머니도 아저씨도 리어카를 끌고 산으로 터벅터벅 걸어 올라가는 인범이의 뒷모습을 측은한 얼굴로 물끄러미 바라보았다. 어린 주인을 따라가는 울프마저 처량하게 보였다.

가슴속에 빗물이 가득 고인 아주머니와 상우의 소리 없는 절규가 메아리치고 있었다. 아이가 살 곳이 깊은 산속 동굴이라고 했다. 무서운 적막강산, 그것도 아이가 혼자서 어떻게 살아갈까? 저 아이보다 더 굴곡진 삶이 있을까? 아이를 데리고 왔을 때 아내가 아이를 거둘 수 없다고 한밤중 말다툼을 하는 것을 듣고 보호받는 것을 외면하고 언덕배기에 토굴을 파고 스스로 고행의 삶을 선택한 아이가 아니었던가.

그래, 내버려두자. 강하게 살아가도록 하자. 상우는 유일한 가족인 말 못 하는 개와 함께 리어카를 끌고 가는 인범의 여린 어깨를 바라보며 가슴은 찢어지고 있었다. 상우는 힐긋 아내를 보았다. 눈물을 가득 머금고 있는 아내 순실의 눈시울이 붉게 물들어 있었다.

2

인범은 함께 살자는 아저씨와 아주머니의 고마움을 뿌리치고 산길을 비에 젖은 진흙길을 리어카를 끌고 가고 있었다. 울프가 말없이 따랐다. 산길을 가는 길은 좁고 진흙길이라 미끄럽고 힘이 들었다.

'나는 혼자 힘으로 살아가야 한다. 누구의 도움으로 산다는 것은 나를 약하게 한다. 나는 한여름의 담쟁이 넝쿨처럼 강하고 질기게 살아야 한다.'

인범은 좌절될 때마다 이렇게 되뇌는 것이 버릇이 되었다.

부모가 없이 고아로 자라야 하는 것이 얼마나 힘들고 비참한지 절절히 느꼈다. 우리 가족의 전 재산인 논밭과 집을 판 돈을 날치기하고 아버지를 죽인 날치기를 목숨이 있는 한 지구 끝까지 찾아내어 복수를 해야 한다고

이를 앙다물었다. 인범은 자신의 처지가 너무 슬퍼 흐르는 눈물을 소매로 훔치며 힘들게 리어카를 끌고 산길을 가고 있었다. 동굴까지 리어카를 끌어다 주겠다는 아저씨를 뿌리친 것을 후회하지 않았다. 군인들에게 동굴을 허락 받으려면 아저씨가 없어야 한다는 것은 어린 인범은 알고 있었다. 그보다 군인들이, 아저씨가 자기를 거두어 주지 않는다고 아저씨를 오해를 할 수도 있기 때문이었다.

계곡이 가까워지는지 어느 때보다 힘찬 물소리였다. 어젯밤 소낙비로 계곡물이 노도처럼 범람하고 있었다. 길 가까이까지 물이 넘실거렸다. 땀 흘려 마련한 잠자리가 하룻밤 사이에 허무하게 사라져 버렸다. 어젯밤과는 달리 푸른 하늘엔 흰 구름이 점점이 떠 있었다.

최 상병과 김 일병은 땀을 뻘뻘 흘리며 초소 안에 들어온 물을 퍼내고 있었다. 잠시 허리를 펴고 이마에 흐르는 땀을 닦으며 허리를 펴고 쉬던 최 상병이 인범이를 발견했다.

"어! 리어카 끌고 올라오는 저 아이 토굴에 사는 인범이란 아이 아닌가?"

자세히 보던 김 일병도 인범이를 알아보았다.

"최 상병님, 인범이 그 아이가 맞습니다. 그런데 저 애가……?"

"저 아이에게 무슨 일이 있는 것 같아."

최 상병은 인범이가 리어카를 끌고 온 사정을 듣고 걱정을 했다. 그리고 산에 그런 동굴이 있는지도 몰랐다.

"인범아! 큰일 날 뻔했구나! 울프라는 저 개가 역시 보통 영리한 개가 아니구나! 그런데 너 사정은 딱하지만 본부에 보고하여 허락을 받아야 하는데, 일요일이라 급한 보고 아니면 못 하는데……."

"최 상병님, 보고는 하지 마십시오. 본부에서는 민간인을 통제하는데 아무리 어린아이지만 산에서 살게 하겠다면 허락을 하지 않을 것입니다. 여기는 최 상병님 권한 아닙니까? 그냥 살라고 하시면 됩니다. 아이가 이 산 속에서 무슨 잘못을 하겠습니까? 아이가 불쌍하지 않습니까. 당장 갈 곳이 없다고 하는데……."

선뜻 결정을 못 하고 생각에 잠겨 난처한 얼굴을 하던 최 상병이 김 일 병의 말에 용기를 얻고 결정을 했다.

"그래, 네가 말하던 동굴에서 살아 봐. 내가 있는 동안은 괜찮아. 그 다 음은 다음에 생각해 보자."

"최 상병님, 아이가 말하던 동굴에 가는 길은 작은 계곡 쪽이지만, 지금 은 물이 범람해 갈 수 없습니다."

"인범아, 우선 오늘은 초소에 머물다 물이 빠지면 가도록 해."

"…… 아저씨 저가 올라가 보고 올게요."

인범은 리어카를 두고 산으로 올라갔다. 산에는 곳곳에 물이 흘러 내려 오고 있었다. 낙엽들로 덮인 길이 모두 물에 씻겨 내려가고 황토만 남아 있었다. 동굴로 가는 작은 계곡에도 물이 노도처럼 흐르고 있었다. 물이 줄어들지 않고는 리어카를 끌고 갈 수 없었다. 인범은 계곡을 건너는 것을 포기하고 군인들을 도와 초소 안을 정리했다. 초소 뒤쪽에 시멘트로 지은 나지막한 막사에 식당도 있었고 이동식 간이 목침대가 몇 개 있었다. 그날 밤은 초소 건물에서 잠을 자고 학교로 갔다.

다음다음 날, 물이 많이 줄어들었다. 격류이던 물살도 어느덧 온순한 양 처럼 조용히 흐르고 있었고, 작은 계곡의 물은 거의 끊어져 동굴로 가는 산길이 열렸다. 좁고 울퉁불퉁한 경사가 진 산길을 김 일병이 리어카를 끌 고 뒤에서 인범이가 밀며 올라갔다. 힘이 들었다. 김 일병이 같이 오지 않 았다면 인범이 혼자서는 힘이 부쳐 동굴까지 리어카를 끌고 가지 못했을 것이다. 인범이와 김 일병은 온몸이 땀으로 범벅이 되어 있었다.

"아저씨, 이제 다 왔습니다. 저기 보이는 바위 밑이에요."

인범이가 숨을 헐떡이며 손가락으로 가리키는 곳에 큰 바위 하나가 보였다.

"인범아, 조금 쉬었다 가자."

인범이가 눈에 익은 바위 앞에 리어카를 세웠다.

동굴 앞에 도착한 김 일병은 등에 땀으로 흠뻑 젖은 군복 상의를 벗어 나뭇가지에 걸고, 허리에 찬 수건으로 이마와 목에 밴 땀을 닦았다.

"인범아! 네가 찾던 동굴이 이 바위 안에 있단 말이냐?"

"예, 안에 들어가면 많이 넓어요."

"그래?"

김 일병은 컴컴한 동굴 안을 들여다보며 고개를 갸웃거렸다.

"예, 지난번에 산에 왔을 때 울프가 고라니를 발견하고 잡으려 가니 이 동굴 안으로 사라졌어요. 그때 발견했어요."

인범은 손전등 빛을 앞세우고 짐승이 있을까 조심하며 안으로 들어갔다. 짐승은 보이지 않았다. 인범은 세 개의 촛불을 밝혔다. 동굴은 지난번에 탐사를 했기 때문에 낯설지 않았다.

"어! 제법 넓다. 인범아! 그 토굴보다는 훨씬 좋다. 그런데 너무 멀고, 이 산속에서 무섭지 않겠냐?"

"괜찮아요. 울프가 있는걸요. 앗! 따가워. 아저씨 모기가 물어요."

동굴에 있던 모기가 땀 냄새를 맡고 피를 빨려고 덤벼들었다.

"인범아, 산엔 모기가 많아. 얼른 초소에 가서 모기향과 몸에 바르는 약 가져올게. 잠깐 밖에 나가 기다려. 산모기에 물리면 많이 아프고 살이 심하게 붓고 가렵단다."

인범과 울프는 최 일병을 따라 급히 동굴을 빠져나왔다. 토굴의 모기보다 산 모기가 더 지독했다.

김 일병이 숨을 헐떡이며 돌아와 동굴 사방에 모기향을 피웠다. 모기향이 모랑모랑 퍼지더니 모기가 사라졌다.

김 일병은 어린아이가 잠자리를 마련하려고 이렇게 먼 산속에 살겠다고 하는 것을 보고 가슴이 찡하도록 아팠다. 아이가 너무 불쌍했다. 동굴 안은 밤새도록 비가 그렇게 많이 왔는데도 물기가 없었다. 지대가 높은 동굴은 습기마저 없는 것 같았다. 인범은 토굴에 비해 동굴이 너무 좋았다. 이곳은 여름은 시원하고 겨울은 따뜻할 것 같았다. 무엇보다도 동굴이 토굴보다는 훨씬 넓어 나무를 저장할 자리와 살림살이를 놓을 자리가 넉넉해 좋았다.

오늘은 마침 일요일이라 학교 수업도 신문배달도 없어 종일 동굴을 대강 정리했다. 아주머니가 빨래한 이불과 담요만 말랐으면 오늘 밤부터라도 잠을 잘 수 있을 것 같았다. 그러나 산속이라 무서울 것 같았다. 그러나 인범이에게는 무섭다든지 불편하다는 것은 안중에 없었다. 몸 하나 누워 잘 수 있고 밥을 해 먹을 수만 있다면 바랄 것이 없었다. 머리맡 바닥 쪽에 잔모래가 폭신하게 깔려 있는 곳에 짐승이 누운 자국이 있고, 여기저기 짐승의 배설물도 털도 있었다. 아마 이곳에 밤이면 짐승들이 잠을 자는 것 같았다.

"인범아, 이 동굴에 짐승들이 사는 것 같아."

"예, 그런 것 같아요."

인범은 어떤 동물의 잠자리인지 몰라도 짐승의 집이라면 무섭기보다 동굴을 이제 자신이 차지해야 하게 되어 미안했다. 얼마 전에 본 고라니가 떠올랐다.

인범과 김 일병은 동굴 안을 깨끗이 청소했다. 이제 이곳이 나의 잠자리고 삶의 터전이 될 것이다.

"아저씨, 내려가세요. 짐 정리는 제가 할게요. 아저씨, 고마워요. 산길이 험해서 아저씨 아니었으면 리어카를 여기까지 끌고 오지 못했을 거예요."

"혼자 할 수 있겠어?"

"그럼요. 짐이 몇 개 되지 않아요. 그리고 생각해 보면서 짐을 놓아야겠어요."

"그래? 그럼 정리해."

동굴은 인범이가 생각한 것보다 훨씬 넓고 좋았다. 울프는 동굴 구석구석 코를 끌고 다니며 냄새를 맡고 있었다.

희미한 빛이 비치고 있었다. 인범은 동굴을 둘러보았다. 동굴 입구는 하나지만 동굴 중간에 작은 구멍 세 개가 있었다.

울프는 새로 옮기는 동굴이 좋은지 굴 안팎으로 드나들기를 몇 번이나 반복하고 있었다.

세 개의 구멍들이 있어 안에서 밥을 하여도 연기가 빠져나갈 수 있어 환풍이 잘 될 것 같다. 토굴이 무너지면서 인범에겐 안전하고 포근한 잠자리가 마련되었다.

인범은 가져온 세간을 적당한 자리에 놓았다. 살림살이라야 합판 쪼가리들과 식판과 반찬통, 밥그릇이었다.

동굴은 토굴과는 비교할 수 없을 정도로 넓었다. 이 동굴은 주거 공간만이 아닌 마음의 안식처가 되고 생활의 공간이 될 것이다. 다만 토굴에 비해 거리가 멀고 산속이라 무섭겠지만 절박한 인범의 형편으로선 무섭다거나 거리가 멀다는 것은 생각할 수 없었다. 몸 하나 누일 자리가 당장 급급하기 때문이었다. 비바람과 추위만 피할 수 있다면 다른 생각은 할 수 없었다. 그리고 산속이라 어린 내가 혼자 살기엔 무섭지만 울프가 있기에 무섭지 않다고 생각했다.

인범은 음산한 동굴이라고 생각하지 않고 근사한 피노키오 궁전이라고 생각했다. 아! 이 동굴은 이제 나의 궁전이다. 나는 이 궁전의 왕이고 나의 신하는 울프다. 산에는 아름드리 굵은 참나무도 박달나무도 밤나무도 많앉다. 그 중에 귀한 물푸레나무도 보였다. 아버지가 고향 산에서 물푸레나무를 솎아 목공소에서 가구를 만들어, 매일 기름걸레로 쉼 없이 닦아 사랑땀을 하며 귀하게 아꼈다. 아버지가 물푸레나무가 가구 짜는 데 제일 좋은 판재라고 하여 알았다.

아버지가 고향 목공소 아저씨에게 산에 물푸레나무 몇 그루가 있다며 판재가 될 나무를 베어올 테니 가구를 짜 줄 수 있느냐고 물었다. 목수가 솎아 오라고 했다. 인범은 아버지를 따라 산에 따라가 물푸레나무를 베어와 오랫동안 그늘에 말려 두는 것을 보았기 때문에 잘 알고 있었다. 그해 겨울 아버지가 목공소에서 종일을 목수 옆에 붙어 서서 사포질을 잘해 달라고 말하던 생각이 났다.

산에는 땔나무가 지천으로 있고 계곡에는 맑은 물이 흐르고 있었다. 계곡에서 가재도 잡아먹을 수 있고 버섯도 산과일도 따먹을 수 있을 것 같았다. 동굴 안은 토굴과는 달리 그렇게 무덥지 않았다. 오히려 시원했다.

인범은 바닥에 흩어진 동물의 배설물과 짐승의 털을 깨끗이 쓸고 바닥을 수평이 되도록 골랐다. 바닥은 잔모래들이라 손으로도 쉽게 정리가 되었다. 갈고리를 가지고 마른 잔풀을 긁어 오기 위해 밖으로 나와 숲길을 걷다 고즈넉한 숲 속의 고요에 끌리어 편편한 바위에 앉아 주위를 음미했다. 인적이 없는 숲 속 정적을 깨뜨리며 졸졸 흐르는 계곡의 물소리와 매미소리, 지지배배 지저귀는 청량한 새소리가 아름다운 음악의 선율 같았다.

햇살이 내리쏟는 무더운 열기가 지열을 달구는 언덕배기의 토굴과는 달라, 산속은 나뭇잎이 햇살을 차단하고 시원한 산바람이 땀과 열기를 씻어 주었다.

만약 토굴이 무너지지 않았다면 인범은 동굴로 잠자리를 옮기지 않았을 것이다. 전화위복이란 말을 이럴 때를 두고 하는 말인가, 인범의 산속 생활은 이렇게 시작되었다.

인범은 잠자리에 깔 마른 풀을 긁어 오기 위해 서둘러 일어났다.

몇 번을 긁어 온 마른 풀을 동굴 바닥에 깔았다. 인범은 풀을 바닥에 납작하게 깔리게 하기 위해 누워서 뒹굴기를 반복했다. 쑥대강이같이 부풀었던 풀이 인범이가 여러 번 뒹굴러니 바닥에 납작하게 다져져 폭신폭신해졌다.

인범은 해가 서산에 넘어갈 즈음에 리어카를 끌고 아저씨 집에 도착했다. 아저씨와 아주머니가 초조하게 기다리고 있었다.

"인범아! 군인들이 동굴에 사는 것을 허락하더냐?"

"모르겠어요. 허락은 다음에 받을 것이라며 당장 잘 곳이 없으니 우선 짐부터 옮기라고 했어요."

"그러면 짐은 대강 정리되었니? 하긴 살림살이가 없으니."

"예, 정리했습니다."

"그래, 수고 많았다. 이불과 담요를 말려 두었다. 햇살이 좋아 잘 말리더구나 인범아, 그 산은 통제 구역이라 짐승이 많을 것이다. 작년에 군인들이 총으로 산돼지를 잡아가는 것을 아저씨가 봤어. 어린 네가 살기엔 위험해. 너 신문배달하고 또 무엇을 배우고 늦게 산으로 돌아간다고 했지? 인범아, 아저씨가 대장간에 가서 창을 한 자루 만들어 줄게. 울프가 있어 다행이지만, 산돼지가 너를 해치려고 하면 용감한 울프는 너를 지키려고 산돼지와 싸울 거야. 그러나 울프 혼자서는 산돼지에게 이길 수 없어. 혹시 울프가 산돼지와 싸우면 위험하지만 너도 같이 싸워야 하지 않겠어. 네가 달아나면 울프가 위험해. 그때 창으로 산돼지를 찔러야 해. 넌 용감하니 잘할 거야. 산에 살려면 각오를 하고 살아야 해. 그리고 산속은 모기가 독하단다. 모기장을 깨끗이 씻어 말려 두었다. 우선은 모기향을 사용하고 내가 건재상에 가서 각목을 사 와 모기장을 설치할 수 있도록 만드는 방법을 가르쳐 줄 테니 모기장을 치도록 해. 만들기는 간단해. 내가 산에 들어갈 수 있다면 만들어 줄 수 있지만……. 산속은 모기장이 없으면 살 수가 없어."

"아저씨, 모기에 물리니 너무 아파요. 모기향은 군인 아저씨가 가져다주었어요."

"그래, 산에서 생활하려면 모기향이 많이 필요할 거야."

상우는 산은 군사통제구역이라 일반인은 들어갈 수 없다는 것을 알고 있었다. 만약 인범이를 도운다고 자신이 출입을 하려고 하면 인범이마저 동굴에서 살지 못하게 될지 모르기 때문이었다. 그보다 군인들이 아이를 돌보지 않고 산속에 살도록 버려둔다고 자신을 경멸할 것이라고 생각했다.

며칠 후, 아저씨는 단단한 창을 만들어 왔다. 인범의 키보다 큰 스테인리스 파이프를 잘라 한쪽에 끝이 날카롭게 뾰족한 쇠를 용접한 창이었다. 차가운 촉감이 손에 전달되었다. 창이 단단하여 마음에 들었다. 굵은 나무 둥치에 찌르는 연습도 휘두르는 연습도 했다. 인범은 갑자기 무사가 된 착각이 들었다. 이 창만 가지면 아저씨가 말하던 산돼지도 어떠한 짐승도 능히 물리칠 수, 아니 죽일 수 있다고 자신했다. 역시 어른은 위험과 계절에 따라 적응해 가는 지혜를 알고 있었다. 아주머니도 이불과 담요, 그리고 약간의 반찬과 씻어 둔 그릇을 광주리에 담아 주었다. 그리고 준비해 둔 모기장과 모기향을 리어카에 실었다.

'아! 고마운 아저씨, 아주머니!'

"인범아, 어린 네가 고생이 많구나!"

아주머니는 목이 멘 소리로 울먹였다.

아저씨가 따라나섰다.

"아저씨, 저 혼자 갈게요. 오지 마세요."

그날 저녁부터 인범의 동굴 생활이 시작되었다. 인범은 먼저 동굴 안 네 곳에 모기향을 피워 놓고 어둠이 밀려들기 전에 서둘러 계곡에 내려가 쌀을 씻어 왔다. 토굴과는 달리 동굴 안이 넓어 안에서 밥을 할 수 있어 너무 편했다. 토굴에서는 비가 올 땐 밖에서 밥을 해야 해, 참으로 불편했는데…….

낮에 그렇게 극성스럽던 모기가 모기향을 피웠더니 거짓말처럼 자취를 감추고 사라졌다. 다만 모기향을 밤새도록 피우려면 모기향이 많이 필요할 것 같았다. 아저씨가 말하던 각목으로 모기장을 칠 수 있도록 해야겠다고 생각했다.

폭신하게 깐 마른 풀 위에 담요를 깔고 잠자리에 들었다. 모기향의 냄새가 코에 모락모락 스며들었다. 토굴에 비해 동굴은 대궐 같았다. 인범은 새로운 환경에 잠을 이루지 못하고 잡다한 상념에 젖었다. 짙은 적막에 밤은 깊어가고 있었다. 밖에서 무슨 소리가 나는 것 같아 신경이 쓰였다. 동굴 안에 짐승의 털이 있고 냄새가 나는 것으로 보아 이 동굴 안에 짐승이 살고 있었던 것 같았기 때문이었다. 동굴 입구에서 코를 실룩이며 안의 동정을 살피는 짐승이 있는 것 같았다. 아니, 엿보고 있었다.

갑자기 울프가 으르렁거렸다. 으르렁거리는 소리를 들은 짐승이 후닥닥 줄행랑을 치는 소리가 밤의 정적을 깨뜨렸다. 노루나 고라니이었을 것 같았다. 울프가 잠이 든 줄 알았는데 주인의 안전을 위해 동물 본능으로 주위를 경계하고 있었던 것이다. 아! 짐승들이 언제부터 밖에서 들어오지 못하고 있었던가. 짐승들의 잠자리를 빼앗은 것이 미안했다. 잠이 달아났다.

깊은 산속 동굴에서 무서움과 외로움에 잠 못 이루는 인범이는 켜켜이 짙은 천장에 시선을 둔 채 온갖 상념에 젖어 있었다. 인철이, 인순이 생각, 비명에 돌아가신 부모의 원수, 턱이 뾰족하고 입가에 흉터가 있는 소매치기 두목의 얼굴을 되새기며 이를 갈았다.

다른 아이들은 모두 부모의 슬하에서 배고픔을 모르고 행복하게 학교에 다니는데, 유독 나만이 산속 동굴에서 원시적인 삶을 살아야 하는 처지가 너무나 서글펐다. 앞으로 얼마나 더 이 동굴에서 살아야 할지 앞날이 암울했다. 어서 자라 돈을 벌어 개 아저씨처럼 판잣집이라도 지어야겠다고 야무진 각오를 했다.

울프는 잠이 들었는지 아무 소리도 들리지 않았다. 산골의 밤은 깊어만 갔다.

다음 날 아침을 먹고 아저씨 집으로 갔다. 울프는 아저씨 집에 가면 그동안 인범이를 따라 다니며 놀지를 못했던 지겨운 나날을 보상이라도 받을 듯 다른 개들과 어울려 놀기에 바빴다. 다른 개들도 울프가 오면 반기는 표시로 꼬리를 흔들며 무리로 엉겨 붙어 야단법석이었다. 이제 울프는 아저씨를 두려워하지 않았다.

인범은 아저씨가 챙겨 주는, 겨울에 때려고 둔 장작과 잘라 둔 각목을 리어카에 싣고 집을 나섰다. 울프는 신기하게도 그렇게 신나게 놀다가도 인범이가 부르면 부리나케 따라나섰다.

인범은 동굴 안에서 아저씨가 가르쳐 준 대로 각목에 큰못을 박아 직사각형을 만들어 그 위에 모기장을 덮었다. 모기장을 덮고 그 안에 들어가니 참으로 아늑했다. 이제 모기향은 잘 때는 필요 없었다.

인가에서 멀리 떨어진 외롭고 무서운 산속이지만 평화롭고 호젓한 인범이만의 삶의 근거지가 만들어지고 있었다.

〈2권에 계속〉